LA

SIRÈNE DE PARIS

PARIS. — TYPOGRAPHIE MORRIS Père et Fils

64, Rue Amelot, 64

LA

SIRÈNE DE PARIS

PAR

A. DESNOUES

———————

EN VENTE

AUX BUREAUX DU *JOURNAL DU DIMANCHE*

64, RUE AMELOT, 64

PARIS

LA
SIRÈNE DE PARIS

Par A. DESNOUES

PREMIÈRE PARTIE

I

L'Inconnu

Aux portes de l'ancienne ville de Lille, il y avait, en 1663, une petite chartreuse bâtie sur le chemin de Paris, souriant comme une coquette au fort Saint-Sauveur, construit par le maréchal Vauban. Une haie vive de charmille et d'aubépine en ourait un jardin parsemé de fleurs où broutaient quelques chèvres. Au sein d'une petite basse-cour s'ébattaient, dans la poussière, quelques poules gloussant au milieu de leurs frétillants poussins ; une demi-douzaine de ruches, placées au midi, étaient toutes bourdonnantes d'abeilles ; plus loin, s'élevait un petit colombier où roucoulait le pigeon pattu en battant de l'aile autour de sa constante compagne. La vue de cette champêtre habitation dilatait le cœur et portait l'esprit à la poésie bucolique. Les souples rameaux de la vigne se jouaient sur les parois de cette paisible demeure. Devant cette maison venaient jouer les enfants du faubourg. Parmi ces enfants, deux appartenaient à Dominique Vanderkove, le propriétaire de cette petite chartreuse : Marcel et Thérèse.

Dominique Vanderkove, ou le père Dominique, comme on l'appelait communément, était le plus habile fauconnier de toute la Flandre ; mais depuis longtemps il n'avait pu guère mettre son adresse à l'épreuve.

Lors des troubles de la Fronde, son maître et seigneur, le comte d'Armentières, avait été contraint de vendre ses domaines pour fuir à l'étranger ; mais avant de quitter son pays, voulant récompenser les fidèles services de son vieux et intègre serviteur, il lui fit don de la chartreuse qu'il possédait aux portes de Lille.

Dès ce jour, le père Dominique ne voulut plus servir d'autre maître et se retira dans cette habitation pour vivre du produit de ses travaux et de ses économies.

Quelques années plus tard, le père Dominique, devenu veuf, porta toute son affection sur ses deux enfants, qu'il élevait, autant que sa petite fortune le lui permettait, dans la crainte de Dieu et les principes d'honnêteté.

Tant que ses enfants furent petits, il les laissa courir par le bois et la prairie ; mais bientôt arriva le moment des études qui consistaient à lire couramment dans l'Evangile et à copier sur l'ardoise quelques pages de l'histoire de France.

Marcel, l'aîné de la famille, avait dix-huit ans, et semblait en avoir vingt, tant il était fier et bien découplé. Il parlait peu, mais il agissait avec une hardiesse et une résolution extrêmes quand il croyait être dans son droit. Sa force le faisait redouter de tous les écoliers du faubourg et de la banlieue, comme sa droiture l'en faisait aimer. Souvent on le prenait pour arbitre dans les querelles d'enfants, et Marcel rendait son arrêt en l'appuyant au besoin de bonnes taloches, et chacun rentrait content au logis.

Arrivait-il quelque dispute ou quelque bataille pour des cerises ou pour des billes, dès que Marcel se présentait, les plus tapageurs se taisaient et les plus faibles se redressaient ; Marcel séparait les combattants, se faisait rendre compte des causes du débat, donnait un conseil aux uns, un coup de poing aux autres, adjugeait l'objet en litige et ramenait la bonne harmonie entre eux par une partie de barres.

Lui arrivait-il de s'attaquer à plus fort que lui ? la crainte d'être battu ne l'arrêtait pas. Vingt fois terrassé, il se relevait vingt fois ; s'il était vaincu aujourd'hui, il recommençait le lendemain et, fort de son courage et de la justice innée en lui, il finissait toujours par sortir victorieux de la lutte.

Cependant ce jeune homme si fort, si courageux, si déterminé, qui n'aurait pas reculé devant une brigade de la maréchaussée, tremblait devant une jeune fille qui pouvait avoir trois ans moins que lui. L'aspect seul de Léonore de

Merville suffisait pour l'arrêter court dans ses plus violents exercices. Dès qu'il l'apercevait, il abandonnait ses plus sérieux travaux pour voler au-devant de la jeune fille, qu'il abordait en balbutiant et en rougissant jusqu'aux oreilles.

M. de Merville, père de Léonore, était un riche traitant de Lille, qui s'était enrichi, du temps de la Fronde, où tant d'autres s'étaient ruinés. Il ne s'était pas toujours appelé du nom pompeux et sonore de de Merville, qui était celui d'une petite terre, avec ferme et château, située sur les bords de la Lys, à quelques pas d'Estaires, et qu'il avait achetée à un riche frondeur; mais, en homme d'esprit, il s'était dit :

— Pourquoi ne changerais-je pas mon nom roturier, comme tant d'autres bourgeois de ma connaissance, en celui de Merville ?

Et le vaniteux bourgeois avait ajouté à son nom propre de Chauvelot celui de Merville, pour se distinguer, disait-il, de ses frères ; puis, de Chauvelot de Merville, il se fit enfin appeler de Merville tout court. L'orgueilleux bonhomme, content de sa métamorphose, n'attendait plus que le moment propice pour décorer son nouveau nom du titre de baron ou de chevalier.

A une certaine époque où ses affaires nécessitaient de fréquents voyages dans la province et souvent même à Paris, M. de Merville, puisque de Merville il y a, avait confié l'administration de ses biens à Dominique Vanderkove, qui avait la réputation d'être le plus honnête homme de la contrée. M. de Merville s'était bien trouvé de la confiance qu'il avait octroyée au père Dominique, et de ces relations journalières il s'était établi entre le traitant et le fauconnier une espèce d'intimité qui profita à Marcel et à Thérèse. Léonore, qui était à peu près de l'âge de la jeune fille, avait des maîtres de toute espèce, et les leçons, données en communauté, profitèrent aux deux enfants du père Dominique, qui bientôt en surent plus long que tous les petits bourgeois de la bonne ville de Lille.

Marcel, doué d'une rare intelligence, fit de rapides progrès en travaillant avec persévérance. S'il arrivait, parfois, qu'il ne comprit pas les leçons des maîtres de mademoiselle de Merville, il s'y acharnait jusqu'à ce qu'il les eût comprises. Une seule chose pouvait le distraire de ses études, c'était le plaisir qu'il prenait à voir son père manier les vieilles armes qu'on lui apportait de la ville ou de la province pour les remettre en état. Dominique Vanderkove était le meilleur arquebusier du pays ; il avait appris cet état au service du comte d'Armentières, dont il avait été le premier fauconnier. Marcel aidait souvent son père dans ses occupations, et il était le plus heureux des mortels lorsqu'il avait fourbi un haubert ou une épée, pourvu toutefois que mademoi-

selle de Merville le gratifiât, au commencement du jour, de son sourire
quotidien. Quand Léonore se promenait avec les enfants du père Dominique,
elle offrait, auprès de Marcel, le plus singulier contraste qu'on pût voir, car
Marcel était svelte, vigoureux et bien cambré sur de fortes hanches. Ses yeux
noirs, de la couleur de ses longs cheveux bouclés, brillaient d'un éclat éton-
nant d'audace et de fermeté que tempéraient de longs cils soyeux. A ses
formes herculéennes, on devinait une force peu commune en ce jeune homme
qui, cependant, rougissait sous le regard de Léonore.

Léonore, au contraire, avait une délicatesse exquise de formes et de traits;
à quinze ans elle semblait en avoir treize à peine; son visage pâle, sa taille
mince, ses membres frêles annonçaient une organisation des plus impression-
nables. Ses pieds et ses mains, une divinité les eût enviés; ses grands yeux
bleus, pleins de douceur, illuminaient un front où se lisait l'intelligence; les
suaves lignes veloutées de sa bouche dénotaient une âme poétique, douce et
expansive; toutefois son maintien, par moments décidé, laissait entrevoir un
caractère ferme et résolu. Son corps était celui d'une enfant, mais toute
l'expression de sa personne était celle d'une femme. Lui arrivait-il de
s'endormir sous l'ombrage de quelque berceau en fleurs, sa séraphique tête
appuyée sur l'épaule de Marcel, on l'eût prise pour un ange descendu du ciel;
alors le pauvre garçon demeurait immobile et respirait à peine, dans la crainte
de dissiper son rêve, mais il contemplait, avec le trouble au cœur, le gracieux
visage de la douce idole qui reposait ainsi sur son sein avec ce confiant
abandon de l'innocence. Léonore parlait-elle, Marcel l'écoutait avec un charme
indéfinissable, sans pouvoir se rendre compte de l'impression qu'il éprouvait
au son de cette voix archangélique qui, parfois, attirait des larmes à ses
paupières, en apportant à son âme une sensation divine.

Cinq ans avant l'époque où commence ce récit, par une belle après-midi
du mois de mai de l'année 1658, et quelques jours avant la glorieuse bataille
des Dunes, Marcel, qui pouvait alors avoir quatorze ou quinze ans, vit venir
à lui, tandis qu'il jouait le long d'un petit bois en vue des fortifications de
Lille, un inconnu très modestement vêtu et dont les habits participaient du
civil et du militaire. Sans la légère gibbosité qui lui affectait le dos, on l'eût
pris volontiers pour un déserteur. Marcel pensa que ce devait être quelque
marchand forain. Quand l'inconnu fut à portée d'adresser la parole à Marcel, il
l'examina un instant, puis s'avança résolument vers lui.

— Es-tu de ce pays, mon petit ami? demanda l'étranger.

— Oui, monsieur, répondit Marcel.

Si quelqu'un avait demandé à Marcel pourquoi il appelait le marchand forain *monsieur*, il eût été très embarrassé de l'expliquer. L'inconnu avait un air qui imposait à Marcel, bien que celui-ci ne se laissât pas facilement intimider.

— Eh bien, reprit l'inconnu, pourrais-tu m'indiquer quelqu'un capable de faire une longue course à cheval ?

La chartreuse de Dominique Vanderkove.

— Je suis à votre disposition, monsieur.

— Toi, enfant ?

— Moi-même.

— Mais tu ne sais pas qu'il s'agit de faire dix à douze lieues au galop sans reprendre haleine.

— Peu m'importe ! répondit l'enfant avec assurance ; fournissez-moi le destrier, je vous fournis le cavalier, et vous serez satisfait !

— Tudieu ! avec quelle chaleur tu me dis cela ! fit l'étranger en riant.

Puis il ajouta :

— Le cheval est tout de feu.

— J'ai le poignet solide.

— Il est rétif.

— J'ai le pied ferme dans l'étrier.

— Arrive donc; le cheval est à deux pas d'ici.

Marcel et l'inconnu entrèrent dans le bois; arrivés à une petite clairière, le fils du fauconnier aperçut un cheval bai attaché à un chêne et molestant la terre de ses pieds impatients.

Marcel n'avait jamais vu un plus superbe animal, même dans les écuries de M. de Merville.

Il s'approcha de la bête, la caressa un instant, délia le lien qui la retenait, et s'apprêtait à sauter en selle, quand l'étranger le retint par le bras.

— Avant de partir, lui dit-il, il faut au moins que tu saches où tu dois aller.

— C'est juste, répondit Marcel, qui avait déjà le pied à l'étrier.

Marcel avait oublié le but de sa course dans l'impatience où il était de galoper sur un si fier cheval.

— Tu connais la petite ville de la Bassée? fit l'étranger.

— Pardié! sur la route de Lille à Béthume.

— Eh bien! c'est là que tu vas te rendre; maintenant retiens bien ceci : avant d'entrer à la Bassée, il y a sur la droite, dans les champs, une petite métairie...

— Je la vois d'ici.

— Tu frapperas six coups à la porte.

— Bien.

— Au sixième tu prononceras distinctement le nom de Bartholomée.

— C'est convenu.

— Un homme se présentera et tu lui remettras ce papier...

En parlant ainsi, l'inconnu tira de sa poche un calepin; mais comme il allait écrire il releva les yeux sur Marcel.

— Sais-tu lire? lui demanda-t-il d'une voix brève.

— Aussi bien que le curé de notre faubourg.

Cette réponse parut contrarier l'étranger; mais prenant aussitôt une subite résolution, il se mit à écrire rapidement quelques mots sur un des feuillets du calepin, le déchira, puis après l'avoir plié en deux il le remit à Marcel, en attachant sur lui un regard scrutateur.

Marcel prit le papier, le tourna entre ses doigts et dit :

— Rassurez-vous, monsieur; je lis, mais je ne comprends pas ce que l'on confie à ma discrétion.

— Il n'est pas nécessaire que tu comprennes, répondit l'inconnu en souriant. Mets le papier dans ta poche et saute à cheval...

Marcel sauta sur le dos du noble animal qui bondit d'impatience.

— Tudieu! mon ami, quel cavalier tu fais!... Si tu te comportes ainsi, Lucifer respectera tes reins. Cependant je dois te prévenir qu'il est capricieux; mais quand il veut jouer quelque mauvais tour à son cavalier, il a la civilité de l'en prévenir par un refrognement d'oreilles.

— Merci de l'avertissement!

— Ah! tu ris, maintenant que tu es prévenu...

— Un bon avertissement en vaut deux, dit un proverbe.

Et ce disant, Marcel lâchait la bride de Lucifer qui rongeait son frein; mais l'étranger l'arrêta.

— Un mot encore. Connais-tu dans les environs d'honnêtes gens où je puisse aller attendre ton retour sans craindre les indiscrets?

— J'en connais cent dans le pays; mais le plus discret, sans contredit, est le propriétaire de la maison qui se trouve la première sur la droite de la route en entrant en ville; on la voit de la lisière de ce bois; cette maison est celle de mon père, Dominique Vanderkove. Vous pouvez y entrer en toute assurance, vous serez là comme dans votre propre demeure.

— En vérité, tu as raison, mon garçon, je serai là comme chez moi, dit l'inconnu d'un air de satisfaction. Maintenant tu peux partir.

Marcel abandonna la bride en se penchant sur le cou de Lucifer, qui partit comme un trait.

Quelques minutes plus tard, l'étranger arrivait au seuil de la porte de Dominique Vanderkove. A l'aspect de l'arrivant, le fauconnier plaça sur son établi l'arme qu'il était en train de réparer.

— Que désirez-vous? demanda le père Dominique à l'inconnu.

— L'hospitalité.

— Entrez. Ce que je possède est au voyageur que Dieu m'envoie.

— Je vous remercie, répondit l'inconnu, l'hospitalité que je vous demande ne sera pas longue. Quand votre fils Marcel sera de retour, je partirai.

— Mon fils Marcel?... dit le père avec une expression d'inquiétude.

— Rassurez-vous, il ne court aucun danger. Dans trois ou quatre heures il sera de retour. Je suis un marchand de Cambrai, et je vais à Dunkerque pour mes affaires de commerce. Le pays est mauvais; j'ai pensé que votre fils pourrait, plus sûrement que moi, se charger d'une valise à reprendre à mon

domestique qui est en ce moment à la Bassée. On ne saurait trop agir de précautions à l'époque où nous vivons.

— Vous avez raison, répondit le père Dominique en relevant la tête,
dont les traits honnêtes, ridés par le travail, avaient un aspect de dignité qui
le faisait paraître au-dessus de sa condition ; mais dans la maison d'un honnête
homme, il n'en est pas besoin ; ainsi, mon gentilhomme, il est inutile de
contrefaire votre langage et vos manières.

L'étranger tressaillit à ces paroles.

— Je ne vous demande pas votre nom et votre qualité, continua le père
Dominique. Tout hôte doit être respecté et son secret doit rester sacré. Je n'ai
donc rien deviné.

— Vous êtes un loyal homme! s'écria l'inconnu avec chaleur. Je n'ai donc
pas besoin de dissimuler avec vous. Vous ne vous êtes pas trompé, maître
Vanderkove, je suis...

— Plus peut-être que je ne suppose, et c'est pourquoi je prends la liberté
de vous interrompre, afin de respecter votre incognito. Que vous soyez Espagnol
ou Français, peu m'importe, tout ce que je sais, c'est que vous êtes un hôte
que Dieu a confié à ma garde et comme tel je ne vous trahirai pas. Si vous
êtes un de ceux qui ont tourné leur épée contre leur roi et leur pays, c'est à
Dieu de vous juger et non à un pauvre fauconnier qui fait son devoir
d'honnête homme, et puissiez-vous dire comme lui : Je fais le mien.

Le faux marchand baissa un moment les yeux sous le regard serein du
père Dominique ; mais bientôt reprenant son assurance, il pressa la main
loyale du vieil artisan.

— Soit, mon brave, je ne chargerai pas votre mémoire d'un souvenir ;
mais, par le nom de mes aïeux, je n'oublierai ni le vôtre, ni le service que vous
me rendez aujourd'hui.

Trois heures s'écoulèrent, et l'étranger partagea le dîner du fauconnier,
avec l'aisance et la familiarité du soldat et la noblesse du grand seigneur. Deux
autres heures s'écoulèrent encore ; à la fin de la sixième, l'inquiétude s'empara
de l'étranger. Il fronça les sourcils et sortit sur le chemin, prêtant une oreille
attentive ; la nuit était close et la route déserte. Le père Dominique l'avait
suivi. Avec la nuit, le silence était profond.

— Votre fils est brave? dit l'étranger en se retournant brusquement vers
son hôte.

— Brave et honnête.

— Il aurait donc le courage de défendre un dépôt confié à sa fidélité ?

— Tout enfant qu'il est, il le défendrait comme un homme.

— Je tremble alors pour votre fils, maître Vanderkove.

Le fauconnier ne répondit pas, mais une pâleur mortelle se répandit sur son visage. Ces deux hommes gardèrent un morne silence, les yeux attachés sur le long ruban du chemin qui se déroulait devant eux sous les rayons de la lune et qui allait se perdant à travers champs. La route, comme la plaine, était toujours calme et silencieuse.

— Rien ! toujours rien ! disait l'étranger en souffrant mille tortures. Je donnerais dix ans de ma vie pour entendre la course d'un cheval.

A peine venait-il de prononcer ces paroles, qu'un coup de feu retentit dans le lointain.

— Un coup d'arquebuse ! s'écria le gentilhomme. L'avez-vous entendu ?

— Oh ! parfaitement ! dit le pauvre père en se jetant à plat ventre sur la terre du chemin.

Deux autres détonations se répétèrent encore, mais la répercussion des armes venait de si loin, qu'il fallait l'ouïe d'un père ou d'un proscrit pour les entendre.

Le pauvre fauconnier avait l'oreille collée au sol.

— Eh bien ? dit le gentilhomme.

— Rien encore !

— Rien ?

— Si fait !... Je crois entendre comme un bruit saccadé, continu ! Le bruit approche !... C'est le galop furieux d'un cheval !

— Oh ! le brave enfant ! s'écria l'étranger avec joie.

— Il n'est plus loin.

— Je le vois, tudieu ! je le vois ! Lucifer, comme un démon ailé, dévore l'espace et votre fils est dessus.

— Que Dieu soit béni ! dit le fauconnier en versant quelques larmes d'attendrissement.

— Oui, qu'il soit mille fois béni ! répéta l'étranger avec émotion.

En quelques bonds, Lucifer arriva sur eux et Marcel se précipita du noble coursier dans les bras du vieillard.

— Mon père ! s'écria l'enfant.

— Mon cher Marcel ! dit le fauconnier en pressant son fils sur son cœur. Puis le considérant avec une extrême tendresse, il reprit :

— Mais... ne t'ont-ils pas blessé ? Oui, du sang sur tes habits.

— Oh ! ce n'est rien, mon père, une balle a déchiré mon hocheton et m'a seulement égratigné à l'épaule.

— Tu es un vaillant enfant, dit le gentilhomme, et si jamais tu sera sous

(LA

les drapeaux du roi Louis tu feras vite ton chemin. Mais, dis-moi, as-tu la valise ?

— Regardez sur la croupe de Lucifer !

— Ce pauvre Lucifer ! Tu l'as rudement mené, hein ? dit joyeusement l'étranger en caressant le noble animal.

En entendant la voix de son maître, Lucifer hennit, gratta le sol, essuyant ses naseaux fumants aux habits du gentilhomme.

— Tu as donc été poursuivi ? reprit l'inconnu en s'emparant de la précieuse valise.

— A deux lieues de la Bassée, j'ai dû quitter la route pour éviter des maraudeurs espagnols, lui répondit Marcel ; et deux lieues plus loin je suis tombé au milieu d'une bande de hussards impériaux qui battaient le pays. Ils m'ont vivement poursuivi pendant vingt minutes environ ; mais Lucifer à des jambes de feu et ils m'ont perdu aux détours que je fis dans la campagne couverte de bois.

— Tu as trouvé Bartholomée à ton arrivée à la métairie ?

— Il ne s'est pas fait attendre ; mais j'oubliais...

— Quoi ?

— Il m'a remis une lettre pour vous.

— Donne.

— La voici.

— Merci, mon garçon.

L'étranger rentra dans la chartreuse et après avoir brisé le cachet de la lettre, il s'approcha d'une lampe, la parcourut vivement, puis, l'ayant lue, il se retourna vers Marcel qui venait d'entrer et lui dit :

— Marcel, tu es un brave cœur, et si quelque jour le hasard nous met sur le même chemin, *en quelle situation que ce soit*, tu pourras en appeler à l'hôte de Dominique Vanderkove : il se rappellera.

Le lendemain, au point du jour, l'inconnu, qui avait endossé un habit de paysan flamand, sauta en selle sur l'incomparable Lucifer, auquel une fraîche litière, un boisseau d'avoine et deux bottes de foin parfumé avaient fait oublier la fatigue de la veille.

— Adieu, maître Vanderkove, dit-il au vieux fauconnier en lui tendant la main ; je ne vous paie pas l'hospitalité que vous m'avez si généreusement offerte, car cette hospitalité-là ne se paie pas avec de l'or. Voici ma main, pressez-la sans crainte ; sous quelque habit que je me cache, c'est, je vous le jure, la main d'un loyal gentilhomme. Quant à toi, Marcel, garde toujours ton cœur honnête et ton courage à toute épreuve, et la fortune te sera prospère.

Si Dieu me prête vie, je le prierai pour qu'il me donne l'occasion de te secourir comme tu m'as secouru.

Marcel regardait l'étranger de ses grands yeux noirs où brillait une noble fierté. Le faux marchand de Cambrai, malgré sa difformité, paraissait plus noble et plus imposant que tous les officiers du roi qu'il avait vus jusqu'à ce jour. Quand le gentilhomme lui serra la main, le cœur de Marcel battit à lui rompre la poitrine. L'inconnu piqua des deux et fila comme une flèche. Le père Dominique et son fils suivirent longtemps des yeux le gentilhomme qui disparut derrière un pli que faisait la route.

— Quel est donc cet homme étrange, mon père ?

— Un noble gentilhomme qui sera peut-être un jour ta Providence, mon fils !

II

Les Amis d'Enfance

Cet événement mémorable resta incrusté dans la mémoire de Marcel et, depuis ce jour, il eut un profond amour pour les aventures de la guerre. Tout enfant qu'il était, il se montrait déjà d'une adresse surprenante dans le maniement des armes de toute espèce. Les paroles de l'inconnu bourdonnaient sans cesse à son oreille : « Si jamais tu sers sous les drapeaux du roi Louis, tu feras vite ton chemin. »

Depuis cette prédiction, cinq ans s'étaient écoulés entre les études, le jeu des armes et les promenades avec mademoiselle de Merville, à laquelle il obéissait au moindre mot, au geste le plus imperceptible.

Or, en ce temps-là, on était au milieu des troubles et des guerres, on ne parlait plus que de villes pillées, d'invasions, de camps attaqués, de villages brûlés, d'expéditions meurtrières de toute nature.

Le cardinal Mazarin et le parti du roi luttaient contre le Parlement, les princes et l'Espagnol.

M. de Condé tenait la campagne, tantôt vainqueur, tantôt vaincu ; mais jusqu'alors la ville de Lille, protégée par une forte garnison, n'avait point eu à souffrir des déprédations de l'ennemi.

Marcel se serait enrôlé depuis longtemps, si un charme puissant ne l'avait retenu auprès de Léonore.

Ce charme était d'autant plus insurmontable qu'il ne s'en expliquait pas le prestige.

Marcel ignorait l'état de son cœur et l'eut ignoré sans doute encore, si un certain jour un incident ne le lui eût révélé.

Marcel était assis sous un tilleul du jardin de son père ; il tenait un livre à la main, mais ses regards étaient rivés au sol ; tout à coup, cependant, il fut tiré de sa rêverie par sa sœur Thérèse qui vint s'appuyer nonchalamment sur son épaule.

— Frère, lui dit la lutine enfant, à quoi rêves-tu ?

— Moi ?

— Fais donc l'étonné ! Oui, toi, mon cher Marcel.

— Je ne sais pas !

— Veux-tu que je te l'apprenne, alors ?

— Toi ?

— Moi-même.

— Je t'écoute, ma bonne Thérèse.

— Tu es rêveur, parce que...

— Parce que ?

— Parce que tu aimes mademoiselle Léonore de Merville.

A cette révélation inattendue, Marcel devint rouge comme une cerise ; il bondit sur ses jambes plutôt qu'il ne se leva ; un trouble nouveau s'était emparé de tout son être, mille sentiments divers agitaient son âme. Le jour enfin venait de se faire dans son esprit resté jusque-là dans les ténèbres.

— Mon Dieu ! Marcel, qu'as-tu donc ? s'écria la jeune fille en se reculant effrayée au brusque mouvement que fit son frère dont les traits étaient bouleversés.

— Rassure-toi, ma chère Thérèse, ce ne sera rien ; mais tu n'es qu'une enfant...

— Une enfant ! moi ? J'ai quinze ans, et à cet âge une jeune fille n'est plus une enfant, riposta Thérèse d'un petit ton boudeur qui lui seyait à ravir.

— Oui, on m'a toujours dit, fit le frère, que les petites filles étaient femmes avant que les garçons fussent hommes ; tu dois t'entendre mieux que moi à ces choses-là.

— Tu crois ? dit la jeune espiègle d'un air malin.

— Pourquoi m'as-tu dit que j'aimais mademoiselle de Merville ?

— Tu ne l'aimes donc pas ?

— Si je l'aime, je n'en sais rien.

— Je le sais pour toi.

— Vraiment !

— Je fais plus que de le croire, j'en suis sûre.

Lucifer partit comme un trait

— Que te fait supposer cela ?

— D'abord, parce que tu ne lui parles pas comme aux autres jeunes filles de notre connaissance ; puis tu as les yeux doux comme les plumes de notre paon quand tu la regardes ; tu cherches sans cesse à l'éviter et tu la rencontres toujours, ou bien tu la cherches partout, et quand tu la trouves, tu t'épanouis comme un œillet et tu balbuties. Enfin, je ne sais ni pourquoi ni comment, mais tu l'aimes.

— Tu as raison, ma pauvre sœur, dit Marcel en soupirant ; oui, j'aime Léonore.

— Eh bien! si tu l'aimes, pourquoi l'attrister? dit Thérèse en enlaçant de ses jolis bras le cou de son frère. Est-ce donc une chose si affligeante que d'aimer notre bonne Léonore? A ta place je m'en réjouirais. Mademoiselle de Merville t'aime autant que tu l'aimes : tu l'épouseras.

— Tu es une excellente sœur, lui dit-il en l'embrassant; je sais maintenant ce qu'il me reste à faire.

Sur ces entrefaites, Marcel quitta sa sœur et alla trouver directement M. de Merville, qu'il rencontra au détour du chemin qui conduisait à sa demeure.

— Je suis heureux de vous voir, monsieur, dit-il en le saluant d'une manière toute courtoise.

— Eh! que me veux-tu, mon garçon?

— J'aurais à vous entretenir, monsieur, d'une affaire grave.

— Toi?... Allons, parle, je t'écoute.

— J'ai, monsieur, bientôt dix-neuf ans, dit Marcel de l'air sérieux d'un diplomate, je suis un honnête travailleur qui ai du courage et quelque peu d'instruction; un jour j'aurai trois ou quatre mille francs de rentes d'une vieille tante qui est chanoinesse dans l'Artois; il me reviendra également quelque chose du côté de mon père : c'est donc avec l'appui de ces avantages que je viens vous prier de m'accorder mademoiselle de Merville en mariage.

— Ma fille, à toi! Ah çà! mon pauvre garçon, tu as perdu la tête, ou tu veux rire! fit M. de Merville en ouvrant de grands yeux étonnés.

— Je viens d'avoir l'honneur, monsieur, de vous dire que j'aime mademoiselle Léonore; la considération que je vous dois et mon devoir d'honnête homme ne me permettent pas de lui en parler avant de vous avoir informé de mes sentiments à son égard. C'est pourquoi je viens vous prier de m'agréer pour votre gendre.

Marcel, le chapeau à la main, attendait la réponse de M. de Merville, mais le traitant était encore sous l'effet de la surprise et ne répondit rien.

Marcel reprit :

— Je n'ai pas besoin d'ajouter que votre assentiment à ce mariage me rendra heureux pour toute la vie et que ma reconnaissance et mon dévouement vous seront à jamais acquis.

M. de Merville partit tout à coup d'un formidable éclat de rire. L'étrange demande et le calme avec lequel elle était faite l'avaient un moment abasourdi; mais aux nouvelles paroles de Marcel, il ne put se retenir d'éclater en hilarité au nez du pauvre garçon. Le fils du fauconnier devint pourpre de colère. Cependant, malgré les illusions dont se berce la jeunesse, son natif bon sens lui avait fait prévoir que sa demande ne serait pas accueillie, mais il ne prévoyait pas, dans son honnêteté naïve, qu'elle pût donner matière à ricaner.

— Je vois, monsieur, que ma démarche vous a mis en gaîté, continua-t-il avec une émotion mal déguisée. J'étais loin de prévoir qu'il me fût possible de provoquer tant de joie.

— Mais aussi qui donc aurait pu s'attendre à une telle proposition ? Parole d'honneur, mon cher garçon, c'est à s'en tenir les côtes.

— Vous pourrez rire tout à votre aise, dit Marcel qui ne se contenait plus, lorsque vous aurez répondu à la demande que j'ai eu l'honneur de vous faire. J'attends donc, monsieur de Merville, votre décision.

— Eh ! que veux-tu que je réponde à ta proposition, qui est celle d'un insensé ? dit le traitant en faisant tous ses efforts pour ne pas éclater de nouveau.

— Un insensé, monsieur, ne vient pas sérieusement demander la main d'une jeune fille à son père.

— Ainsi, décidément, c'est sérieusement que tu parles ?

— Très sérieusement.

— Eh bien ! va-t'en au diable ! je ne veux pas répondre à tes sottises ! La fille de M. de Merville ne peut pas, vrai dieu ! épouser le fils de Dominique Vanderkove, le fauconnier. Une de Merville avec un Vanderkove !...

— Raillez-vous de moi tant qu'il vous plaira, monsieur, je ne m'en offenserai pas, s'écria Marcel avec impétuosité ; mais je défends à qui que ce soit de se railler de mon père, car si quelqu'un l'insultait, aussi vrai qu'il y a un soleil au monde, je lui ferais rentrer son insulte dans la gorge.

— Bah ! et comment t'y prendrais-tu, drôle ?

— Je l'étranglerais ! répondit Marcel en faisant une espèce de collier de ses deux mains qui bleuirent dans leur étreinte de fer.

M. de Merville recula, épouvanté, en portant la main à son cou ; il lui semblait déjà sentir les doigts nerveux du jeune homme lui étreindre fortement la gorge. Mais Marcel écarta subitement ses mains, et de sa violente émotion il ne lui resta qu'une grande pâleur sur le visage.

— Pardonnez-moi, monsieur, mon emportement, reprit-il ; pardonnez-moi un moment d'oubli : vos bienfaits envers ma famille disent toute votre générosité. Cette colère est la faute de ma jeunesse et non de mon cœur. Je vous prie donc de l'oublier. Vous ne m'en voudriez pas si vous saviez combien je souffre depuis que j'aime. Je ne vis plus que pour mademoiselle Léonore, bien que je comprenne qu'elle ne puisse être à moi dans notre position respective. Mais si pour arriver jusqu'à elle il me fallait tenter quelque chose d'impossible, parlez, monsieur, et avec le secours de Dieu et ma volonté, je crois que je réussirais. Voyons, monsieur, que faut-il faire ? dites-le-moi et, quoi que ce soit, je suis prêt à vous obéir ; si je ne réussis pas, j'y laisserai du moins la vie.

Il y a toujours dans l'expression d'un sentiment vrai un accent qui émeut ; les larmes étaient venues aux yeux de Marcel, et son attitude exprimait à la fois l'angoisse et la résignation. M. de Merville était au fond un excellent homme ; la vanité avait obscurci son jugement sans gâter son cœur ; il se sentit touché et lui tendit la main.

— Il ne faut point te désoler, mon cher Marcel, dit-il, ni prendre les choses au pire. Tu aimes. dis-tu ? Il n'y a pas si longtemps que j'aimais encore ; mais je ne me souviens plus de ce que j'aimais à ton âge. Tu oublieras donc comme j'ai oublié ; tu ne t'en porteras pas plus mal pour cela.

Marcel hocha tristement la tête.

— Eh ! mon Dieu, continua M. de Merville, à ton âge j'avais les mêmes idées que les tiennes, je voulais me détruire pour avoir perdu l'objet de mes premières amours ; mais je me suis bientôt consolé, et depuis cette époque j'en ai oublié bien d'autres ! Ainsi donc, parlons comme deux hommes raisonnables ; tu es un garçon d'esprit, tu peux donc me comprendre. La main de mademoiselle de Merville m'est demandée par plusieurs gentilshommes ; dois-je, en conscience, te préférer à eux, toi qui n'as ni fortune, ni rang, ni position, lorsqu'ils reunissent toutes ces qualités ?

Marcel courba la tête, et une larme brûlante tomba sur sa main.

— Pardieu ! si tu étais noble et riche, continua le traitant, je ne prendrais pas d'autre gendre que toi !

— Si j'étais noble et riche, vous m'accepteriez pour votre gendre ? s'écria Marcel voyant luire un rayon d'espérance.

— Je ne m'en dédis pas.

— Eh bien. monsieur, je vais travailler à conquérir fortune et noblesse.

— Ces choses-là, mon ami, n'arrivent pas vite, et je ne te promets pas d'attendre.

— Je me hâterai le plus promptement possible, fit avec fermeté Marcel en s'éloignant ; je m'en remets à la volonté de Dieu.

— C'est bien dommage, murmura le père de Léonore, qu'il ne soit pas gentilhomme ou tout au moins millionnaire !

Marcel quitta donc l'homme riche avec un peu d'espoir au cœur et se dirigea vers un couvert d'arbres, attenant à la demeure du traitant, où mademoiselle de Merville avait l'habitude de se promener à cette heure du jour. La jeune fille s'y trouvait. Il l'aborda résolument et lui raconta l'entretien qu'il venait d'avoir avec son père ; sa voix était tremblante, mais son regard était assuré. Léonore s'était sentie rougir au premier mot de Marcel ; mais, bientôt remise de son trouble, elle avait attaché sur son jeune ami ce regard clair et serein qui rayonnait comme une étoile au fond de ses yeux bleus.

— Votre père, mademoiselle, m'a laissé une bien faible espérance, dit Marcel après avoir terminé son récit ; mais je suis déterminé à tout entreprendre pour vous mériter. Me le permettez-vous ?

— M'aimez-vous, Marcel ? fit Léonore d'une voix douce et sympathique.

— Si je vous aime, mademoiselle ! Je donnerais ma vie pour ma sœur Thérèse ; mais je crois, que Dieu me pardonne ce blasphème, que je donnerais le salut de mon âme pour vous !

— Je serai donc votre femme un jour, mon ami, répondit la jeune fille en tendant la main à Marcel, qui sentit son cœur se remplir de joie à ces paroles. Nous sommes bien jeunes tous les deux, presque deux enfants, ajouta-t-elle avec un sourire que le ciel envoie, nous pouvons attendre et Dieu, sous le regard duquel est née notre amitié, nous viendra en aide.

— Je suis résolu, fort et courageux, s'écria Marcel ; si vous avez le courage d'attendre quelques années, mademoiselle, je reviendrai digne de vous.

— Je garde votre parole, mon ami, et je vous promets de n'être jamais qu'à vous.

Marcel voulut effleurer de ses lèvres la main de Léonore, mademoiselle de Merville ne s'y opposa pas ; puis, la jeune fille tendant son front, Marcel y déposa une partie de son âme.

Tous deux étaient à la fois comme inspirés et ingénus, car ils croyaient à leur cœur.

— Partez et méritez-moi, reprit Léonore, les joues humides et rougissantes, moi, je vous attendrai en priant Dieu.

Les deux jeunes gens échangèrent un nouveau serment en regardant le ciel qui leur souriait. Puis ils se séparèrent.

Un instant après, Léonore était agenouillée au fond de sa chambre et priait.

Marcel, lui, avait pris le chemin de la petite chartreuse, triste et pensif.

Bientôt il en eut passé le seuil et il apprit à son père les événements de la journée.

Le fauconnier laissa échapper un long soupir.

— Nous nous aimons, mon père, et nous nous épouserons, fit plein de croyance Marcel.

— Projets de jeunes amoureux ! répondit le vieux Vanderkove en branlant sa tête chauve. Mais, quoi qu'il en soit, il faut partir, mon fils.

— Oui, père, le plus tôt possible.

— Bien, Marcel ! dit le fauconnier en serrant la main du jeune homme. M. de Merville a été bon pour nous, il ne faut pas qu'il t'accuse d'avoir voulu jeter le désordre dans sa maison. Tu quitteras donc le pays demain, au point du jour, sans chercher à revoir la fille de notre bienfaiteur.

— Ne point la revoir !

— Il le faut, dit vivement le brave Vanderkove.

— Eh bien, ainsi il sera fait, mon père.

L'heure du souper arrivée, chacun, selon son habitude, prit place à table. Le repas fut triste. Marcel ne mangeait pas, et Thérèse ne voulait pas parler, dans la crainte d'éclater en sanglots ; parfois la pauvre enfant se détournait pour s'essuyer les yeux. Le père et le fils s'efforçaient d'être calmes, mais les morceaux qu'ils portaient à leurs bouches, ils les reposaient intacts sur leurs assiettes. A l'heure du couvre-feu, le père Dominique donna le baiser du soir à ses enfants, mais il pressa Marcel plus fortement contre son cœur.

— Va te reposer, Marcel, lui dit le pauvre père ; mais auparavant demande à Dieu qu'il t'envoie le courage nécessaire pour commencer la nouvelle existence qui va s'ouvrir demain devant toi.

Le fauconnier se retira, et Marcel et Thérèse se prirent à pleurer ; aucun d'eux n'avait la force d'exprimer son chagrin, aucun d'eux ne trouvait d'autre courage que de gémir et s'attrister. A peine le jour commençait-il à poindre que la famille Vanderkove était réunie sur le seuil de la petite chartreuse. Marcel, le havresac au dos et un bâton de néflier à la main, était prêt à partir. Thérèse fondait en larmes. Marcel avait la figure un peu défaite, mais une sainte résignation brillait dans ses yeux.

— Où vas-tu, mon fils ? demanda le fauconnier en serrant dans la sienne la main de son premier-né.

— A Paris, répondit laconiquement Marcel.

— Paris, mon fils, est une grande ville, pleine de surprises et de dangers. Beaucoup, comme toi, y sont entrés pauvres et en sont sortis riches, mais il vaut mieux en revenir misérable que d'y laisser l'honneur. Maintenant, adieu, et que Dieu te conduise, mon cher enfant.

Et le vieux fauconnier glissait une bourse pleine d'or à son fils.

— Gardez cet or, mon père, dit Marcel, il servira à la dot de Thérèse. Je suis fort et courageux, et j'ai cent livres dans mon havresac, que j'ai gagnées ; cela me suffit, mon père.

Le vieillard n'insista pas, car il savait que son fils avait une volonté iné-branlable.

— Alors, embrassons-nous, dit-il, et que le ciel te protège !

Marcel embrassa son père ; mais quand ce fut au tour de Thérèse, la jeune fille lui sauta au cou.

— Mon frère, dit-elle tout bas en le pressant dans ses bras, je t'embrasse pour moi d'abord et pour *elle* après.

— Pour elle ? murmura Marcel.

— Oui, pour *elle* ; elle m'a bien recommandé de ne pas l'oublier.

— Quand donc l'as-tu vue ?

— Cette nuit.

— Cette nuit ?...

— Une sœur ne dort pas pour son frère.

— Et tu as pu...

— Chut !

Marcel regarda son père à la dérobée et se jeta une dernière fois dans les bras de Thérèse qu'il pressa avec âme au souvenir de sa douce Léonore, puis s'arracha du toit paternel.

La fortune était là-bas et Léonore attendait.

III

A la recherche de la fortune

Marcel, après avoir couché à Arras, arriva le lendemain matin à Doullens. Dans l'auberge où il s'arrêta, quelques voyageurs, assis autour d'une table, parlaient vivement entre eux. Aux premiers mots qu'il saisit, Marcel comprit qu'une troupe de pillards avait pénétré dans le pays. Ils appartenaient, disait-on, à un corps de soldats hongrois et croates que le gouvernement espagnol avait licenciés, et qui cherchaient à ramasser un gros butin avant de retourner dans leurs foyers. Les habitants aisés se retiraient en toute hâte dans l'intérieur du pays ; les autres cachaient leurs objets les plus précieux. On rencontrait à chaque instant des familles de gentilshommes, suivies de leurs serviteurs armés jusqu'aux dents. Marcel était habitué à ces scènes de tumulte et de terreur ; cependant il s'avança vers l'un des voyageurs et lui demanda si les ennemis étaient encore bien loin.

— On l'ignore, répondit celui-ci. Ils sont peut-être à vingt lieues, comme ils peuvent être à cent pas. Les hussards vont vite, et il est préférable d'être entre de fortes murailles que par chemins.

Mais parmi les fuyards personne n'avait encore rien vu. Marcel pensa que ces gens se sauvaient parce qu'ils voyaient se sauver les autres ; il ne tint aucun compte de leurs paroles et continua sa route, voulant arriver à Amiens le jour même.

Marcel avait fait à peine quelques lieues, qu'au détour d'un bois il fut tout à coup assailli par cinq ou six cavaliers. Il se défendit vaillamment de son bâton noueux contre ces agresseurs inattendus, mais un des cavaliers lui porta un si vigoureux coup à la tête que notre pauvre voyageur roula sous les pieds des chevaux et, en moins de deux minutes, les pillards lui enlevèrent son havresac, son argent, ses effets et disparurent au galop.

Marcel resta un moment étendu sur le dos ; son chapeau de feutre ayant amorti le coup qui lui avait été destiné, le fils de fauconnier n'était qu'étourdi.

Quand il se releva, à moitié nu et sans argent, il courut sur un monticule pour reconnaître la direction qu'avaient prise les fuyards : ils avaient tourné à gauche et s'avançaient vers la petite ville de Domart. Puis il se retourna et vit venir à lui, dans le lointain, une troupe de cavaliers qu'il reconnut, à leurs uniformes, pour être de la cavalerie française.

Il descendit du tertre où il était placé et marcha à la rencontre des défenseurs de sa patrie.

Une vedette qui marchait à quelques centaines de pas de la troupe, surprise de voir un jeune homme n'ayant que le pantalon et la chemise, arrêta Marcel qu'elle prenait pour un espion.

— Que me voulez-vous? lui demanda Marcel.

— Je vous arrête.

— Conduisez-moi à votre capitaine.

— C'est ce que j'allais faire.

Le capitaine était un beau jeune homme dont la bonne mine était encore rehaussée par l'habit militaire; une fine moustache noire faisait ressortir l'éclat de ses lèvres, où la couleur vive du corail s'imprégnait. Une grande

Notre pauvre voyageur roula sous les pieds des chevaux.

páleur répandue sur ses traits délicats donnait à sa physionomie un charme et une distinction inexprimables. Marcel comprit tout de suite qu'il avait affaire à un brave gentilhomme. L'officier examina un instant Marcel et un rapide sourire illumina son visage où la mélancolie avait jeté son voile mystérieux.

— Qui es-tu? lui demanda enfin le capitaine d'une voix douce et vibrante comme le cristal.

— Français ! lui répondit hardiment Marcel.

Alors il raconta ce qui lui était arrivé. Pendant le récit de son aventure, l'officier frisait sa moustache, les yeux fixés sur ceux du fils du fauconnier. Marcel rougit au regard inquisiteur du capitaine.

— Vous me prenez sans doute pour un espion ? lui demanda-t-il d'une voix assurée.

— Plus maintenant ; la lâcheté n'a pas ces traits honnêtes et ce regard fier. Elle tremble, mais ne rougit pas. Tu es un brave garçon, et tu vas nous conduire du côté où tu as vu fuir les pillards.

— Volontiers. Quand je les perdis de vue, ils se dirigeaient vers la petite ville de Domart, et ils ne doivent pas encore être loin d'ici.

Le capitaine donna l'ordre de fournir à Marcel un habit, un chapeau, un sabre, des pistolets et un cheval.

— As-tu quelquefois manié ces joujoux-là ? lui demanda l'officier.

— Vous en jugerez, mon capitaine, si nous rencontrons les bandits qui m'ont dévalisé.

— En avant donc !

Marcel se mit à la tête de la troupe, qui pouvait se composer de quatre à cinq cents cavaliers. Elle venait d'être détachée de la garnison d'Amiens, pour aller repousser les maraudeurs de l'armée espagnole signalés par les éclaireurs.

Le capitaine trottait à côté de Marcel.

— Tu manies ton cheval comme un vieux cavalier, lui dit-il après avoir chevauché quelques minutes. Où donc as-tu appris l'équitation ?

— Chez mon père.

— D'où es-tu ?

— De Lille.

— De Lille ?...

— Oui, vraiment.

— Alors tu y connais peut-être un brave fauconnier du nom de Dominique Vanderkove ?

— Beaucoup !

— Peux-tu m'en donner des nouvelles ?

— C'est mon père.

— Ton père ! exclama le capitaine en tressaillant et examinant attentivement son interlocuteur.

— En vérité !

— Quoi ! ce vieux Dominique qui m'a si souvent porté dans ses bras est ton père ? Alors tu te nommes Marcel.

— Présent! fit Marcel en regardant avec étonnement l'officier sur le visage duquel il cherchait à fixer un souvenir; mais qui êtes-vous donc, mon capitaine, vous qui m'appelez par mon nom?

— As-tu donc oublié le comte d'Armentières? dit l'officier en lui tendant la main.

— Le bienfaiteur de ma famille! s'écria Marcel en portant la main du capitaine à ses lèvres.

— Le comte d'Armentières est mort! dit l'officier en se découvrant avec émotion.

— Mort!... fit Marcel avec des larmes aux yeux.

— Oui, à l'étranger, il y a cinq ans.

— Alors vous êtes?...

— Son fils Ludovic. Mon père fut l'ami de Dominique Vanderkove, Ludovic d'Armentières sera l'ami de Marcel.

Les deux jeunes gens se serrèrent de nouveau la main avec effusion.

La troupe commandée par Ludovic d'Armentières, capitaine aux chevau-légers, n'était plus qu'à un quart d'heure de Domart, lorsqu'ils entendirent des coups de feu provenant d'un petit village voisin.

Le village était en feu.

— Les pillards! s'écria Marcel.

Ludovic d'Armentières se dressa sur ses étriers, l'épée au vent. Ce n'était plus le pâle jeune homme au front mélancolique. La colère brillait dans ses yeux, le sang pétillait sur son visage.

— En avant! cria-t-il d'une voix sonore en montrant à ses cavaliers le village en feu. En avant! On pille nos frères!

Toute la troupe s'élança avec frénésie sur les pillards.

A la vue des Français, les trompettes ennemies sonnèrent et les maraudeurs, au nombre de sept ou huit cents, se rangèrent en bataille. Ils étaient supérieurs en nombre à celui des Français; mais le capitaine d'Armentières n'était pas homme à reculer devant le danger.

— Allons! sus à l'ennemi! cria-t-il avec force en éperonnant son cheval, et vive le roi!

Tous les cavaliers, électrisés, pressant les flancs de leurs montures, firent entendre par deux fois leur cri de guerre:

— Vive le roi! Vive le roi!

Et Marcel fut emporté en avant par le flot de ses frères d'armes.

Les Hongrois et les Croates, après s'être rangés en bataille, attendaient, de pied ferme, les Français. Grâce à la supériorité du nombre, ils comptaient déjà sur la victoire. Ils s'élancèrent à leur tour, pêle-mêle et sans ordre, au-devant des chevau-légers. La fusillade éclata sur toute la ligne; puis ils s'abordèrent le sabre et le pistolet au poing.

Le choc fut terrible.

Un moment on eût pu croire de part et d'autre, à un succès certain.

Les combattants ne faisaient qu'une masse mouvante, étreinte par la colère et le sauvage amour du sang.

De cette masse confuse montait un bruit de fer et des râles de mort.

À chaque instant des hommes disparaissaient du milieu de cet océan de têtes qu'entouraient mille éclairs, où sonnait le cliquetis des armes, et la masse se resserrait.

Mais bientôt les Hongrois et les Croates, écrasés par la fougue ardente des chevau-légers qu'enflammait l'exemple de M. d'Armentières, mollirent et lachèrent pied.

Un soldat regarda en arrière, un autre tourna bride, plusieurs autres le suivirent, une compagnie tout entière plia, puis tous enfin s'enfuirent dans le plus affreux désordre.

— En avant! cria derechef M. d'Armentières.

Et, poussant son cheval sur les derniers combattants, il mit toute la troupe ennemie en déroute. Les Hongrois et les Croates partirent en abandonnant butin, armes et bagages, et le sabre fit raison des retardataires.

Marcel voyait pour la première fois les horreurs d'une bataille, et ses lèvres en frémissaient d'épouvante; mais le hennissement des chevaux, le bruit des armes, l'odeur de la poudre, excitaient son jeune courage. Il brandit son sabre d'une main ferme et s'élança au milieu de la mêlée. Un Hongrois qu'il heurta dans sa course lui lâcha, à bout portant, un coup de pistolet; la balle entama le collet de son habit, sans, toutefois, effleurer la chair. Marcel riposta par un vigoureux coup de pointe et le Hongrois s'affaissa sur son cheval : le sabre l'avait frappé droit au cœur.

Le fils du fauconnier frémit d'horreur en voyant le sang jaillir de la blessure profonde de son ennemi : c'était le premier homme qu'il tuait.

Marcel abaissa son sabre tout fumant de sang et pâlit d'émotion, mais il était au premier rang, et le tourbillon le poussa en avant.

Au milieu de la mêlée, Marcel rencontra M. d'Armentières et se tint constamment à ses côtés, et tous deux se battirent en héros.

Enfin les trompettes sonnèrent; tout était terminé.

— Tu t'es battu comme un vieux soldat, dit M. d'Armentières au fils de maître Vanderkove en lui tendant la main. Mordieu! tu avais raison de vouloir te mesurer avec ces coquins de pillards. Tu leur as fait payer cher ton havresac !

— Je me suis battu, monsieur, de mon mieux.

— Eh ! mon ami, si les morts pouvaient parler, ils te diraient que tu t'es trop bien battu.

Le champ de bataille était jonché de morts et de mourants; les ennemis avaient laissé quatre cents des leurs gisant sur le sol; et une centaine fort maltraités étaient restés aux mains des Français, si bien que les pillards avaient perdu plus des trois quarts de leur monde.

Trois heures plus tard les chevau-légers se reposaient des fatigues du combat dans la petite ville de Domart.

M. d'Armentières avait fait préparer, dans la meilleure auberge de l'endroit, une chambre et un bon souper.

— Tu soupes avec moi, dit-il à Marcel.

— Moi ! capitaine, à votre table ?

— Après le combat il n'y a plus ni chef ni inférieur, il n'y a plus que des soldats. Assieds-toi donc et raconte-moi ton histoire.

Ludovic d'Armentières n'était déjà plus ce fougueux officier que nous avons vu au commencement de la bataille; la tristesse était revenue sur son front et la pâleur sur ses joues. Marcel se sentait attiré par cette mélancolie mystérieuse dont la source devait partir du cœur. Il s'assit à la table du fils de l'ancien maître de son père et lui raconta les événements de sa jeunesse, ses amours et son départ du toit paternel. M. d'Armentières l'écoutait avec intérêt; un instant une larme vint humecter sa paupière au récit des innocentes amours de Marcel, mais cette émotion fut si rapide que son convive ne s'en aperçut même pas.

Le jeune capitaine leva son verre et dit à Marcel :

— Je bois à tes espérances.

— A mes espérances !... soupira le fils du fauconnier.

— C'est la fortune du pauvre ! ajouta le noble gentilhomme.

— C'est une fortune bien légère ! murmura Marcel.

— Si celle que tu aimes est sincère dans son amour, sois-lui fidèle; mais si elle est inconstante comme le flot de la mer, oublie-la! car, vois-tu, Marcel, un espoir déçu est un ver qui nous ronge le cœur.

— J'espère, parce que j'ai la foi, répondit Marcel.

— A dix-neuf ans, on croit toujours! fit M. d'Armentières avec amertume.

Puis, chassant un pénible souvenir, il reprit :

— Crois, Marcel, la croyance est le parfum de la vie et l'auréole de la jeunesse. Malheur à ceux qui n'ont pas cru ! Ceux-là n'ont jamais aimé ; ceux-là mourront sans avoir vécu !

M. d'Armentières pressa les mains de Marcel ; le reflet d'une passion mal éteinte illumina son visage et il vida son verre d'un seul trait.

— Mais que te disais-je donc ? reprit-il ; il s'agit d'amour et non pas de philosophie ! Voyons, Marcel, que penses-tu faire ?

— Je vous l'ai dit, aller à Paris et y chercher fortune, à moins, toutefois, que vous ne consentiez à me garder dans votre compagnie.

— J'y consentirais volontiers si cela pouvait te rendre service. Mais supposons un moment que tu sois arrivé à Paris, qu'y feras-tu ?

— Ma foi, je n'en sais trop rien ; je frapperai à toutes les portes.

— Pour mettre en action le précepte de l'Évangile ?

— Oui : « Frappez et il vous sera ouvert. »

— Eh bien ! c'est le meilleur moyen pour que toutes les portes te soient fermées. As-tu quelque argent ?

— Cent livres qu'on m'a volées et que j'espère retrouver avec mon havresac.

— Et vingt louis que je te donnerai pour ta part du butin.

— Ça me fera...

— Vingt louis... En guerre, comme en amour, ce qu'on perd est bien perdu.

— Ah !

— Avec vingt louis, tu as de quoi rouler sur le pavé de Paris pendant deux mois ; après quoi, tu auras la ressource de te faire laquais.

— Je préférerais mourir de faim.

— Ce ne serait pas un moyen d'épouser mademoiselle de Merville.

— Sans doute ; mais il me restera toujours le loisir de me faire soldat.

— Cela est une autre affaire. Dans le métier des armes tu as cinquante chances de te faire casser la tête et une de gagner l'épaulette.

— C'est peu.

— C'est vrai. Mais à Paris, sur deux chances de faire fortune, tu en as vingt de mourir de faim, à moins de faire certains métiers qui répugnent aux honnêtes gens.

— Le peu de tout à l'heure se réduit maintenant à rien.

— Ah ! mon ami, tu t'es chargé d'une rude entreprise dans laquelle le courage et la persévérance ne peuvent quelque chose que dans le cas où le hasard se met de leur côté.

— En attendant qu'il y consente, que me conseillez-vous ?

— C'est ce que nous allons délibérer ensemble. Vide cette bouteille de vieux bourgogne. Le vin porte conseil; il montre faciles les choses les plus extravagantes; il n'y a guère que celles-là qui vaillent la peine d'être tentées. Quand on veut devenir capitaine, il faut songer à devenir général.

— Général ! s'écria Marcel tout ébahi.

— Certes, si j'étais assez fou pour goûter à l'amour, je m'attaquerais aux princesses du sang.

— Et vous trouveriez ?...

— Une bergère, peut-être.

— Ce n'est pas la même chose.

— Non, c'est quelquefois mieux.

— Eh bien ! pour commencer, si vous m'incorporiez aux chevau-légers ? Qu'en pensez-vous ?

— Oui, c'est un bel uniforme ! Si tu peux éviter les balles, la mitraille, les grenades et autres projectiles fâcheux; si tu n'es ni tué, ni amputé; si tu te conduis toujours vaillamment; si tu ne te fais jamais punir; si tu te signales par quelque action d'éclat, et si la fortune te sourit, tu peux compter sur les galons de maréchal-des-logis à quarante-cinq ans. Il ne faudrait cependant pas qu'un lieutenant s'avisât de te regarder de travers parce que tu aurais manqué de le saluer à propos, auquel cas tu courrais risque de rester brigadier jusqu'à soixante ans.

— L'heure de la retraite.

— L'heure de la mort.

— C'est là, je l'avoue, un triste moyen terme, fit Marcel découragé.

— Eh ! que veux-tu, mon ami, ce n'est ni toi ni moi qui avons fait le monde tel qu'il est, et ce n'est pas de ta faute si tu n'es pas né au moins chevalier.

— Puisqu'il en est ainsi, je me rends droit à Paris, dit Marcel, résolu.

— Oui, Paris est une ville ravissante pour les jeunes gens riches et de bonne mine; mais quand on n'a que la bonne mine pour soi, il faut bien se garder d'entrer au cabaret. Les gentilshommes en sortent gris, les pauvres diables en sortent racolés. Paris est un endroit où les plaisirs abondent; seulement ils coûtent très cher, surtout ceux qui ne coûtent rien. Il est vrai que lorsqu'on est beau garçon, on a une chance nouvelle. Pardieu ! où avais-je donc l'esprit de n'y pas penser ! On peut plaire à quelque douairière qui vous

met dans ses affections, juste entre son épagneul et son confesseur, et le matin
on sort de son appartement par une porte secrète. Au bout d'un mois, on
est le commensal de la maison avec le titre de secrétaire; on a le teint
fleuri, la bouche vermeille, et l'on possède tout le jour pour se reposer à
loisir !

— Cela ne peut pas me convenir.

— Tu es bien difficile.

— Non. je suis dégoûté ! fit Marcel en sentant le rouge du mépris lui
monter en plein visage.

— Alors il nous reste l'espoir de nous faire intendant. C'est là un bien bon
métier ! Sais-tu voler. Marcel?

— Monsieur ! s'écria Marcel en se levant pâle de colère.

Le jeune capitaine le considéra avec calme. Marcel s'essuya le front où la
sueur perlait ; il poussa un profond soupir et se rassit.

— Pardonnez-moi, monsieur le comte, dit-il enfin : je ne m'attendais pas
à cet outrage de vous qui avez été bercé dans les bras de mon père ! Vous
avez sans doute voulu me punir d'avoir si vite oublié la distance qui nous
sépare, mais vous l'avez fait méchamment, monsieur d'Armentières ! Vous
n'avez pas le désir de me venir en aide, je le vois bien. Je m'en remettrai
donc au hasard. Mais quoi qu'il puisse advenir et dans quelque situation que
je me trouve, croyez-le bien, monsieur, jamais je n'oublierai que j'ai, pour
me juger. mon Dieu au ciel et mon père sur la terre.

— Tu es un brave et loyal garçon. mon cher Marcel, et je suis fier de te
dire mon ami. répondit le comte d'Armentières ; j'ai voulu t'éprouver, et
maintenant que je sais ton âme aussi ferme que ton bras est fort, je te parlerai
en homme d'honneur. Tu n'as rien à faire dans les chevau-légers. Serais-tu
le plus instruit, le plus intrépide et le plus intelligent soldat de la compagnie,
tu n'empêcherais pas que le plus petit cadet de famille expédié de Paris par
la cour ne te passât sur le corps. Tu n'as rien à faire non plus à Paris. Avec
une conscience trempée comme la tienne, on n'arrive à rien, à moins d'être
duc ou prince quelconque. Reste soldat : les soldats peuvent garder l'honneur
pur, mais entre dans l'artillerie. Là seulement un homme qui a de la vaillance,
de la conduite et quelque savoir peut arriver. ne fût-il pas gentilhomme. Tu
as de la jeunesse et une tournure qui valent bien quelque chose. Dieu fera le
reste ; il y a mille hasards entre toi et le but ; mais Léonore est au bout du
chemin ! J'ai un frère qui commande une compagnie de sapeurs à Laon ; je te
donnerai une lettre pour lui. C'est un autre moi-même ; le fils de Dominique
Vanderkove ne sortira pas de la famille.

Marcel prit les mains de M. d'Armentières et les baisa sans pouvoir arti-
culer un mot, tant l'émotion le dominait. Le lendemain, portant dans une
bourse les vingt louis d'or que lui avait donnés le capitaine et monté sur un
bon cheval bien équipé, il sortit de Domart.

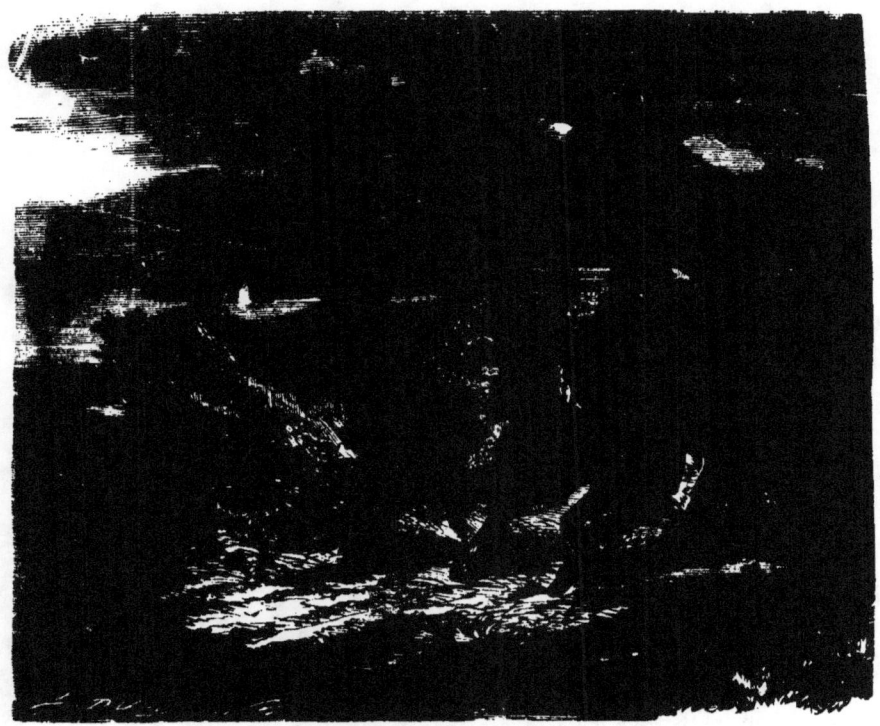

Tu manies ton cheval comme un vieux cavalier, lui dit-il.

— Voici la lettre, lui dit M. d'Armentières ; si tu as quelque regret de me
quitter, j'en ai tout autant de te perdre ; mais il faut que tu arrives à mademoiselle de Merville, et le plus court chemin passe par Laon. Pars donc pour
Laon. Si jamais tu as besoin de moi, tu me trouveras. Adieu, mon ami.

Un instant après, Marcel était loin ; il avait piqué des deux pour ne pas
laisser voir au comte d'Armentières que ses yeux se remplissaient de larmes.
Le fils du fauconnier avait déjà l'orgueil du soldat.

IV

Le Baptême du Fer

Marcel arriva sans encombre à Laon. Le premier soldat qu'il rencontra lui indiqua la demeure de M. de Croisille, qui avait pris ce nom d'une terre qu'une de ses tantes lui avait donnée avec la condition d'en porter le titre. A peine le capitaine eut-il reconnu l'écriture de son frère qu'il donna l'ordre d'introduire le voyageur. M. de Croisille était un homme de grande taille, sec, nerveux ; ses yeux gris, enfoncés sous d'épais sourcils bruns, séparés à leur pointe interne par une cicatrice profonde, brillaient d'un feu extraordinaire ; une longue moustache fauve coupait en deux son visage amaigri par les fatigues de la guerre ; il avait, en parlant, l'habitude d'en tordre la pointe entre ses doigts, sans quitter du regard la personne qu'il interrogeait.

Ce regard, net et vif comme une pointe d'acier, semblait descendre jusqu'au fond des consciences, et les plus endurcis se sentaient troublés par sa fixité.

M. de Croisille avait deux ou trois ans de moins que son frère et semblait être son aîné de trois ou quatre.

L'habitude du commandement, et surtout son caractère naturellement impérieux, prêtaient à toute sa personne un air d'autorité qui en imposait au premier coup d'œil.

Il fallait s'arrêter aux traits du visage pour trouver quelque ressemblance entre les deux frères.

M. de Croisille tenait la lettre du comte d'Armentières à la main lorsque Marcel entra. Il l'examina deux ou trois minutes en silence.

— Tu arrives de Domart ? dit enfin le capitaine.

— A l'instant même, mon capitaine.

— D'après ce que mon frère m'écrit, tu as l'intention de te faire soldat ?

— Oui, mon capitaine.

— C'est un métier où il y a plus de plomb que d'argent à gagner.

— C'est aussi le plus honorable pour un homme de cœur qui veut se pousser dans le monde.

— Ça te regarde ; mais je dois te prévenir que dans l'artillerie, et dans ma compagnie surtout, on est esclave de la discipline. A la première faute, on met le maladroit au cachot ; à la seconde, on le fait passer par les verges ; à la troisième, on le fusille.

— Je tâcherai de ne pas aller jusqu'au cachot, afin d'être toujours loin du mousquet.

— C'est ton affaire. Tu connais le régime de ma compagnie ; te plaît-il toujours d'y entrer ?

— Plus que jamais, mon capitaine.

— Bien, de la résolution.

— Je n'ai que cela, mon capitaine, et je tâcherai d'en avoir encore davantage.

— M. d'Armentières me parle de toi comme d'un garçon déterminé ; en effet, je le pense. Tu as vu le feu, me dit-il, et tu t'y es bien conduit.

— J'ai fait mon devoir.

— C'est bien. A partir d'aujourd'hui, tu es soldat dans ma compagnie ; souviens-toi de suivre toujours la ligne droite ; ne m'oblige pas à te punir ; je le ferais sans pitié, d'autant plus que, m'étant recommandé par mon frère, je veux que tu répondes pleinement à sa protection. Le nom de ton père m'engage d'ailleurs à redoubler de sévérité à ton égard ; je prétends lui prouver que tu es digne d'être son fils.

M. de Croisille frappa sur un timbre ; un soldat, de planton dans l'anti-chambre, entra ; le capitaine lui dit quelques mots à l'oreille ; le soldat sortit et revint cinq minutes après avec un caporal de sapeurs.

— Caporal Loridan, dit le capitaine, voilà une recrue que je vous confie ; vous la mènerez à la chambrée, l'instruirez dans le métier et me rendrez compte de sa conduite. Allez !

Quand ils furent tous deux dans la rue, le caporal se tourna vers sa recrue et lui dit :

— Il paraît que vous avez été chaudement recommandé au capitaine ; il ne m'en a jamais dit si long à propos d'un soldat.

— Si long ! un pauvre bout de phrase d'une douzaine de mots.

— Eh ! c'est tout juste trois fois plus qu'il n'a coutume d'en débiter ! Quand une recrue arrive à la compagnie, M. de Croisille l'interroge, puis il fait appeler un caporal et, lui montrant l'homme, il dit : « Voilà un soldat, inscrivez-le. » Et il tourne le dos. Oh ! c'est un terrible homme que le capitaine.

— Bah ! dit Marcel, je l'ai vu sourire.

— Il a souri ?

— Mais comme tout le monde ! Ça ne lui arrive donc jamais ?

— Si, quelquefois, mais pas souvent. Moi qui suis vieux dans la compagnie, je sais qu'il a le cœur meilleur que le visage, mais il a pour les recrues un diable d'air qui épouvante les plus résolus. S'il vous veut du bien, vous arriverez vite à l'épaulette.

— L'avancement est donc rapide chez vous ?

— Ça dépend. Quand les sièges tuent beaucoup d'officiers, il faut bien les remplacer ; alors on choisit parmi les cadets pointeurs ou parmi les soldats les plus habiles et les plus vaillants.

— Si bien que, pour ramasser des épaulettes, il faut que l'ennemi nous jette des boulets ?

— Ou des bombes. Ça prépare bien la moisson.

— Comme vous dites cela !

— Pardieu ! à la guerre comme à la guerre.

— Et nous leur renvoyons la monnaie de leur pièce ?

— On ne s'en fait pas faute.

— Ces bons Espagnols !...

— N'en dites pas de mal, notre commandant leur doit son grade. Aussi a-t-il juré de brûler un cierge en leur honneur au beau milieu de Namur. M. Duchemin, qui est à la tête du bataillon, est entré sapeur comme vous. Il a vu passer dix capitaines et trois commandants ; ç'a été l'affaire de trois ou quatre boulets et d'une ou deux bombes.

— Ma foi, le métier de sapeur est un beau métier !

— Très beau. Seulement, pour un officier qui perd la jambe, trente soldats perdent la tête.

— Ah !

— C'est un calcul que je me suis amusé à chiffrer dans mes heures de loisir. Vous en pourrez faire la preuve à la première occasion.

Marcel ne dit mot et se gratta l'oreille ; au bout de la rue, il se tourna vers le caporal.

— Monsieur Loridan, dit-il, me permettez-vous de vous adresser une question ?

— Deux, si vous voulez.

— Vous m'avez dit, je crois, que dans l'artillerie on avance ou on meurt ?

— Oui, mon camarade; la mitraille sert d'éclaireur.

— Depuis combien de temps servez-vous ?

— Depuis huit ans.

— Diable !

— Voilà une exclamation qui me prouve que votre esprit vient de se livrer à une opération d'arithmétique. Si le sapeur Loridan a mis huit ans à devenir caporal, combien le sapeur Marcel en mettra-t-il pour devenir capitaine ? C'est ce que nous appelons une règle de trois. Ai-je deviné ?

— Parfaitement.

— Ici la règle de trois a tort. Vous ne mettrez peut-être pas six mois à monter au grade de sergent. Quant à moi, je mourrai caporal. Cela tient à une circonstance particulière. J'ai été piqueur ; or, un de nos jeunes officiers, M. de Lude, qui m'avait vu sous sa livrée, m'a reconnu. On ne fait pas un officier d'un piqueur. Si, grâce à la protection de M. de Croisille, j'arrive à la hallebarde, j'y resterai.

Loridan fit cet aveu d'un air simple et résigné qui toucha Marcel. Le soldat prit la main du caporal et la lui serra ; puis tous deux arrivèrent à la caserne. La chambrée où Marcel fut incorporé se composait de huit hommes, tous soumis à une sévère discipline. On donna au nouveau venu un habit d'uniforme, un fusil, un sabre, un poignard et une paire de pistolets, et Marcel, bien équipé, monta sa première garde.

Le lendemain, on lui apprit le maniement des armes. Au bout d'un quart d'heure, le caporal s'aperçut que, sous ce rapport, la recrue donnerait des leçons à l'instructeur.

Le surlendemain, on le mit aux premiers éléments du calcul. Marcel sauta par-dessus les quatre règles et arriva tout d'un coup dans des régions où chaque chiffre était une lettre.

Il répondit aux problèmes par des équations.

Le jour suivant, le caporal lui mit un crayon entre les doigts.

Tandis qu'il lui enseignait les principes du dessin linéaire, s'évertuant à lui démontrer la différence qui sépare un parallélogramme d'un trapèze, Marcel barbouillait un bout de papier sur le coin de la table.

Quand la démonstration fut terminée,   bouillage était fini, et le caporal rit de bon cœur en reconnaissant les mèches de ses cheveux plats collées sur ses tempes, avec son nez retroussé entre deux yeux en boules de loto.

— Ah çà ! vous êtes donc fils de prince ! s'écria le caporal en jetant son crayon.

                                          (LIV. 5)

— J'ai toujours tenu ma mère pour une honnête femme, et mon père est fauconnier.

Le pauvre Loridan avait étudié sous le sergent instructeur, et un peu au hasard, comme il avait pu ; mais Loridan ne savait que tout juste ce qu'il fallait pour être caporal de sapeurs. Quand Loridan était embarrassé, il commençait par réfléchir ; mais quand l'embarras était extrême, il finissait par se rendre chez son capitaine. Dans cette circonstance, il courut tout droit chez M. de Croisille, sautant par-dessus la réflexion. Le cas était grave.

— Capitaine, vous avez mis un ingénieur dans la chambrée, lui dit-il, vous m'aviez chargé d'instruire Marcel, et c'est Marcel qui instruit son caporal. Que faut-il faire, mon capitaine ?

— M'envoyer Marcel.

Après un court entretien, M. de Croisille engagea le protégé de son frère à continuer ses études de mathématiques, et à y joindre l'étude des langues.

— Nous sommes tous plus ou moins ingénieurs et canonniers, lui dit-il ; quand tu sauras bien la trigonométrie et l'espagnol, tu ne seras pas loin de l'épaulette. Tu commenceras tes leçons demain.

Quatre ou cinq jours après, Marcel reçut une lettre de M. d'Armentières qui, tout en le félicitant de son zèle, lui envoyait vingt louis pour payer ses professeurs. Tout de suite et tout ému de joie, il courut la montrer à M. de Croisille. Le capitaine fronça le sourcil.

— Je voudrais bien savoir, s'écria-t-il en tordant sa moustache, si vous êtes sapeur ou chevau-léger ? Je ne me mêle point des affaires de la cavalerie et n'entends point qu'on se mêle de celles de l'artillerie !

— Cependant, capitaine...

— Paix ! Vous êtes soldat dans ma compagnie ; si je trouve bon de vous donner des maîtres, c'est qu'apparemment il me plaît de les payer. M. d'Armentières vous a envoyé vingt louis, c'est bien ; je ne les lui renverrai pas, parce que c'est mon frère ; mais tu me feras le plaisir de prendre cette bourse et de payer tes leçons avec l'or que j'ai mis dedans, sinon tu en seras pour dix jours de salle de police. Va maintenant.

— Oh ! le terrible capitaine, disait Marcel tout en riant ; qu'il est bon et qu'il a donc du mal pour paraître méchant !

Ce jour-là, Marcel étudia la théorie du carré de l'hypothénuse et prit, sur le papier, un vigoureux bastion défendu par une lunette... Quelquefois l'image de Léonore venait embrouiller les angles, et le souvenir des promenades sous les couverts voisins de la demeure de M. de Merville faisait manquer l'effet d'une contre-mine ; mais Marcel rattrapait le calcul et le siège, en se disant que chaque chiffre et chaque assaut le rapprochaient de son idole.

Un beau jour, vers midi, comme il sortait de la chambrée, mêlant dans son esprit l'amour aux mathématiques, un soldat le heurta violemment dans l'escalier.

— Au diable le maladroit ! s'écria le soldat.

— Il me semble que c'est vous qui m'avez poussé, dit Marcel, je passais à droite, vous montiez à gauche, et vous vous êtes jeté sur moi. Lequel est le maladroit, s'il vous plaît ?

— Tiens ! je crois qu'il raisonne ! T'aviserais-tu de me contredire, par hasard, mauvais blanc-bec ?

— En effet, j'ai eu tort ; ce n'est pas maladroit, que j'aurais dû dire, c'est insolent.

Le soldat leva la main, mais Marcel la saisit en l'air, et, sautant à la gorge de son adversaire, il le précipita rudement à terre.

Au bruit de cette lutte, quelques sapeurs accoururent, et voyant ce qui se passait, s'élancèrent sur les combattants pour les séparer. Il était temps, Marcel avait appuyé un genou sur la poitrine du soldat, qui râlait sous son étreinte furieuse.

— Tu vas me suivre ; un homme qui a la main si forte doit savoir tenir une épée, dit le soldat lorsqu'il se fut relevé.

Pour toute réponse, Marcel lui fit signe de marcher. On sortit sans bruit de la ville et on s'arrêta dans la campagne, derrière un vieux cimetière. L'endroit était désert. Les adversaires mirent habit bas, et, tirant l'épée, commencèrent à ferrailler. Le soldat, qui était un canonnier du nom de Doguin, poussa Marcel avec tant de furie, que celui-ci fut contraint de rompre à deux reprises.

— Oh ! oh ! s'écria Doguin, il paraît que ce que tu as le mieux retenu de tes études, c'est l'art de battre en retraite.

Marcel ne répondit pas et continua de parer. Il tentait, n'ayant plus de colère au fond du cœur, de désarmer Doguin, mais le canonnier avait trop d'adresse pour le lui permettre.

En rompant une troisième fois, Marcel trébucha contre une pierre ; Doguin profita de l'accident pour lui porter une botte qui l'aurait percé d'outre en outre, si le sapeur, revenant vivement à la parade, n'avait écarté le coup ; l'épée glissa le long du corps et déchira la chemise, qui se rougit de quelques gouttes de sang.

Le péril rendit un peu de son courroux à Marcel ; il se mit à son tour à presser Doguin, qui rompit, mais pas assez vite pour éviter un coup de pointe dans les chairs du bras.

Marcel avança toujours; un second coup blessa le canonnier à l'épaule; il voulut riposter, mais une troisième fois l'épée du sapeur l'atteignit à la poitrine.

Doguin chancela et tomba sur ses genoux.

— J'ai mon compte, camarade, dit-il, et il s'évanouit.

Marcel, rentré au quartier, raconta ce qui venait de se passer à Loridan.

— C'est fâcheux, lui dit le caporal, mais c'était inévitable.

— Pourquoi? demanda Marcel étonné.

— Parce que c'est dans les mœurs du régiment! On a voulu vous *tâter*. Doguin est un *tâteur*. Quand une recrue arrive au corps, un soldat le provoque; tout sert de prétexte en pareille circonstance; il lui donne ou en reçoit un coup d'épée. Si la recrue se bat bien, il n'a plus rien à craindre, qu'il soit vainqueur ou vaincu. Mais s'il a peur, il est perdu. On vous a fait passer par le baptême du fer.

— Le duel est cependant défendu?

— C'est une excellente raison pour qu'on se batte davantage.

— Mais qu'en résulte-t-il?

— Rien. Les soldats se battent et les officiers ferment les yeux.

— Ainsi, je n'ai rien à faire?

— Vous n'avez qu'à garder le silence. Doguin sera porté à l'hôpital et ne dira rien; vos deux témoins seront muets comme des carpes : c'est la religion du soldat; faites votre service comme si vous n'étiez pour rien dans l'affaire, et si M. de Croisille apprend tout, soyez sûr qu'il fera semblant de tout ignorer.

— Cependant, le chirurgien visitera les blessures de Doguin?

— Oui.

— Eh bien?

— Le chirurgien dira que Doguin a la fièvre; s'il guérit, on dira que la fièvre l'a quitté.

— Et s'il meurt?

— Il sera mort de la fièvre.

— En vérité? dit Marcel en riant.

— Je ne ris point, reprit le caporal, c'est ainsi.

— Il est donc avec le chirurgien des accommodements?

— Mieux qu'avec le ciel. J'ai déjà vu mourir comme ça une demi-douzaine de sapeurs, les uns de la fièvre maligne, les autres de la fièvre rouge. La fièvre rouge est un coup de sabre, la fièvre maligne est un coup d'épée; c'est la plus dangereuse. La fièvre est la providence du soldat. Allez vous coucher.

V

L'Amoureux propose et le père dispose

Tout se passa comme Loridan l'avait prédit. Doguin entra à l'hôpital; le chirurgien le visita et déclara qu'il était malade d'une fièvre intermittente. M. de Croisille feignit de croire ce qu'avait dit le chirurgien; mais un jour qu'il rencontra Marcel seul sur le rempart, il l'interpella brusquement.

— On m'a dit que tu avais failli attraper la fièvre ces jours-ci ; prends-y garde : je n'aime pas qu'on la donne ni qu'on la reçoive. Tiens-toi pour averti.

— C'est fini, mon capitaine, répondit hardiment Marcel; l'accès est passé.

M. de Croisille sourit.

Doguin guérit et il n'en fut plus question.

Plusieurs années s'écoulèrent, Marcel écrivait fréquemment à Lille; dans les réponses qu'il recevait, il y avait toujours quelque souvenir de Léonore; un mot, une fleur de la saison nouvelle, quelque chose qui venait du cœur et qui allait au cœur.

Déjà le fils du fauconnier avait dépassé Loridan; M. de Croisille, qui l'aimait à sa manière, n'attendait plus, disait-il, que l'occasion de lui faire casser la tête au service du roi pour demander l'épaulette en sa faveur.

Marcel appelait une bataille de tous ses vœux; mais l'Espagnol se tenait sur les frontières, fort paisible dans ses quartiers.

Après les généraux, le tour des ambassadeurs était venu.

Au lieu de guerroyer, on négociait.

Louis XIV s'était marié.

La paix ne faisait point les affaires de Marcel; aussi enrageait-il de tout son cœur. Lorsque M. de Croisille, le matin, après la lecture du rapport, voyait Marcel soucieux, il lui demandait, en riant, si les nouvelles étaient à la guerre.

— Point, répondait le sergent; il serait bien temps de donner des quenouilles aux soldats. Au moins seraient-ils bons à quelque chose !

— Voilà un drôle qui, pour allumer plus vite le flambeau de l'hyménée, mettrait volontiers le feu aux quatre coins de l'Europe, répondait gaiment M. de Croisille.

Mais aussitôt que le sergent devenait par trop morose, le capitaine lui confiait le commandement de petits détachements qu'on envoyait pour le service des fortifications à Béthune, à Péronne, à Amiens, à Saint-Pol et autres villes de la Picardie et de l'Artois.

Sur ces entrefaites, Marcel reçut une lettre dont la suscription lui fit battre le cœur : il venait de reconnaître l'écriture de Léonore. C'était la première fois qu'elle lui écrivait directement. Il y a, dans la première lettre de la première femme aimée, une douceur infinie. Elle apporte une indéfinissable émotion que rien ne peut remplacer désormais ; les doigts caressent le papier, la bouche l'effleure ; il s'en échappe un parfum que l'âme respire, et c'est un enchantement dont le souvenir réchauffe le cœur des vieillards les plus moroses. Marcel baisa mille fois cette lettre avant d'en briser le cachet, puis il courut dans la campagne pour donner à ses confuses mais bienheureuses sensations le calme qui permet de les savourer. Quand il se fut assis à l'ombre d'un saule, loin des bruits de la ville, il déchira l'enveloppe et lut ce qui suit :

« Quand vous êtes parti de Lille, mon ami, vous aviez près de dix-neuf ans ; j'en avais un peu plus de quinze ; plus de trois ans se sont écoulés depuis cet instant, et il ne s'est pas passé un seul jour sans que ma pensée se soit arrêtée sur vous. Votre souvenir habite mon cœur comme je vis dans le vôtre ; chaque fois que vos lettres annonçaient vos progrès et votre avancement, je me suis réjouie.

» J'étais heureuse de vos succès et fière d'avoir placé ma tendresse sur un être qui la méritait.

» Dans la solitude, ma pensée s'est mûrie, mon ami.

» L'avenir que nous avons rêvé ensemble, et que nous nous étions promis l'un et l'autre d'atteindre, cet avenir m'est toujours doux, et c'est vers lui que se reportent mes illusions quand je veux goûter une heure de tranquille bonheur. L'espérance berce le cœur comme une mère son enfant. Thérèse, mon amie, la confidente de mes rêves, les anime souvent de sa joyeuse parole, et leur donne alors toutes les trompeuses apparences de la réalité. Elle a votre nom sur les lèvres et m'embrasse ; il est dans mon cœur, et je me tais.

» Quant à mon père, il passe son temps à son commerce pour accroître sa fortune, que je trouve déjà trop considérable. Il m'assure que c'est pour mon

J'ai songé à te marier, tu viens de voir tes deux prétendants.

bonheur, et je ne puis pas lui faire entendre raison là-dessus. — « C'est pour
ta dot », me dit-il. Une dot qui est déjà trop grosse! C'est une chose étrange !
les personnes qui nous sont le plus attachées agissent suivant leur fantaisie
quand elles croient agir pour notre bien, et travaillent à satisfaire leurs goûts
lorsqu'elles prétendent travailler à notre bonheur. Je voudrais pouvoir
allonger cette lettre, pour retarder le moment ou je dois vous entretenir de
ce qui en fait l'objet. Mais à quoi bon? ne faudra-t-il pas toujours que je

contraigne mon esprit à vous en instruire? l'honnêteté l'exige. Quand vous aurez lu cette lettre jusqu'au bout, vous pleurerez sur moi, sur vous, mais vous m'absoudrez. Ma volonté s'est soumise au mal, elle ne l'a pas fait. Vous savez quelle fut la réponse de mon père à votre proposition ; depuis ce jour, il ne m'a jamais entretenue de votre amour ni de vos espérances ; seulement, quand on lui parlait de vos progrès et de la place que vous preniez dans l'estime de vos chefs, il disait que cela ne l'étonnait pas et que vous étiez un garçon à parvenir à tout.

» Dans ces moments-là, je me sentais des envies de l'embrasser. Il y a quelques jours, M. de Merville, en revenant d'un voyage qu'il avait entrepris à Calais, me présenta un jeune gentilhomme de bonne mine. Un instinct secret, l'instinct du cœur, sans doute, me dit que ce jeune seigneur ne venait point chez mon père pour affaires de commerce, et je sentis mon âme se serrer. Ce jeune seigneur avait l'esprit vif, tourné à la galanterie, railleur, plaisant dans ses propos et tout à fait l'air d'un homme de bon lieu. Mais on voyait qu'il parlait avant de réfléchir et qu'il était surtout occupé de plaisirs et de choses futiles. Il resta huit ou dix jours avec nous, pendant lesquels il ne me fut guère possible de me promener avec notre bonne Thérèse, si ce n'est parfois le matin de très bonne heure, ou le soir tandis que l'étranger rendait visite à la noblesse de Lille. Au bout de ce temps, le gentilhomme partit ; je respirais à peine que déjà un grave seigneur le remplaçait près de nous. Celui-ci était pour le moins aussi sédentaire que l'autre était dispos ; il avait l'humeur douce, égale et bonne, l'air d'une bienveillance extrême et, quoique souffrant d'anciennes blessures, le maintien noble et aisé. Ses discours étaient enjoués, mais toujours honnêtes, ses manières polies, et l'on se sentait attiré par l'expression de sa physionomie, en même temps que saisi de respect à la vue de ses moustaches grises et des cicatrices qui sillonnaient son front chauve.

» Ce seigneur se nommait M. de Langenay. Il était marquis, appartenait à une des plus nobles familles de France, et portait le cordon de Saint-Louis. M. de Langenay avait beaucoup voyagé ; sa conversation était intéressante, sa bonté me touchait et j'éprouvai quelque peine quand il nous quitta pour se rendre à Compiègne, où M. de Turenne le mandait. Il n'était parti que depuis la veille, lorsque mon père, me prenant le bras, me fit descendre au jardin. Vous savez que ce n'est pas son habitude, car aussitôt qu'il a une heure sans emploi, il s'enferme dans son cabinet pour y travailler. Je le regardai, étonnée ; il se prit à rire.

» — Oh ! me dit-il, j'ai à te parler de choses très sérieuses.

» Ce début augmenta ma surprise et, sans savoir pourquoi, j'eus peur.

» — J'ai songé à te marier, reprit mon père ; tu viens de voir tes deux prétendants.

» — M. le comte de Pommereux et M. le marquis de Langenay! m'écriai-je plus morte que vive.

» — Eux-mêmes, mon enfant.

» Je crois que si mon père ne m'avait pas soutenue, je serais tombée.

» — Vous êtes une petite folle, continua-t-il en me faisant asseoir sur un banc ; le mariage a-t-il donc rien de si effrayant ? Je ne prétends pas, d'ailleurs, contraindre votre goût. Vous choisirez entre le comte et le marquis.

» J'étais atterrée et ne savais que répondre. Quelques larmes jaillirent de mes yeux, et je me cachai la tête entre les mains.

» — Voyons, mon enfant, sois raisonnable, reprit-il ; j'aime beaucoup Marcel et suis tout prêt à le lui prouver ; mais, en conscience, tu ne peux pas l'épouser. Voyez donc quel beau mariage cela ferait !

» Je ne vous rapporterai pas tout ce qu'il me dit pour m'amener à son opinion ; je n'entendais rien, et ne voyais que vous qui me sembliez debout devant moi.

» — Enfin, ajouta-t-il en terminant, tu seras marquise ou comtesse : c'est une consolation.

» — J'ai promis de l'attendre ! m'écriai-je, suffoquée par les larmes.

» — Eh ! voilà bien une autre folie ! répliqua mon père assez vivement.

» Puis il me tint cent autres discours que dans ce moment-là je ne compris guère, mais qui depuis me sont revenus à la mémoire pour mon tourment. On prétend que les pères n'en tiennent jamais d'autres à leurs enfants ; les pères, je veux bien le croire, mais les mères, c'est impossible ! C'étaient de grands discours sur notre fortune et le bonheur que je goûterais étant riche et titrée ; tout cela était dit sans méchanceté aucune et de la meilleure foi du monde. Quand M. de Merville me quitta, j'étais comme étourdie. Au bout d'une heure, le trouble de mes esprits se calma, et je me fis tout haut à moi-même la promesse de n'épouser jamais que vous. Vers le soir, très résolue à suivre mon projet, je me rendis près de Thérèse pour lui raconter ce qui se passait. Ce fut votre père qui me reçut. Que devins-je, mon ami, lorsque je l'entendis m'exhorter à vous oublier ? Je résistai ; alors, prenant mes mains dans les siennes, et courbant son front en signe de prière, il me supplia d'obéir à M. de Merville, au nom de son propre honneur à lui, Dominique Vanderkove, au nom du vôtre, Marcel ! Il ne voulait pas que l'on pût porter contre lui l'accusation d'avoir toléré notre mutuelle tendresse, ni que l'on vous supposât capable d'avoir abusé de la confiance de mon père dans l'espoir de m'épouser pour trouver une fortune ! Il m'assura que jamais il ne consentirait à l'union de son fils avec une personne qui le choisirait contre le gré de sa famille ; j'ai vu pleurer ce vieillard, mon ami, et me suis retirée toute bouleversée. Dans mon isolement, je ne savais que faire ; les douleurs me torturaient.

» Oh ! qu'il est cruel de souffrir ainsi !

» Alors j'ai eu la pensée de prendre le voile ; mais j'ai compris bien vite que si je me donnais à Dieu, j'étais perdue pour vous. Au moment où j'étais le plus tourmentée, votre sœur vint à moi. Ce n'était plus la jeune fille rieuse et folâtre que vous avez connue. Ses yeux étaient rouges à force d'avoir pleuré.

» — Léonore, me dit-elle, c'est votre devoir d'obéir. Il vous aime trop pour ne pas vous pardonner.

» Mon père arriva. Je compris qu'il attendait ma réponse ; je me jetai dans ses bras en pleurant. Il m'embrassa sur le front ; sa joie fut ma seule consolation à cette heure suprême.

» — Lequel as-tu choisi ? me dit-il.

» Hélas ! je n'y avais seulement pas songé ! Les deux gentilshommes se présentèrent à ma pensée. M. de Pommereux était jeune et superbe ; l'autre était vieux et souffrant. Je n'hésitai pas.

» — M. de Langenay, répondis-je.

» Mon père parut étonné, mais il ne manifesta pas autrement sa surprise que par un mouvement de lèvres.

» — Soit, dit-il, je vais lui écrire.

» Deux jours après, M. de Langenay arriva.

» — Je vous dois de la reconnaissance, me dit-il ; mais soyez certaine que je m'efforcerai de vous donner autant de bonheur que vous en pouvez espérer d'un père.

» La voix et le regard qui accompagnèrent ces paroles me touchèrent profondément, et je mis ma main dans la sienne. Ayez du courage, mon ami ; l'honneur et le devoir m'ordonnaient de faire ce que j'ai fait ; vous souffrirez avec moi sans me condamner. Nous nous habituerons à ne penser l'un à l'autre que comme un frère pense à sa sœur. Vous serez le mien, et nul autre que vous et mon mari n'entrera dans un cœur qui se réfugie en Dieu. Ne songeons plus qu'au ciel ; votre souvenir y brillera comme une étoile bénie. Adieu, Marcel. Dans trois jours je serai la femme d'un autre : il ne me sera plus permis de vous écrire. Par pitié, ne vous laissez pas aller au désespoir ;

le vôtre me rendrait folle, et c'est à peine si déjà je conserve assez de raison pour vous exhorter au sacrifice. Ma part n'est-elle pas la plus amère ? Vous restez libre, libre d'aimer, et je me voue au malheur !

» LÉONORE. »

Quand Marcel eut terminé cette lecture, il se leva. Ses traits étaient bouleversés; aucune larme n'éteignit l'éclat fiévreux de ses regards. Lui qui s'attendrissait aisément devant les émotions faciles, demeura impassible en face de cette douleur profonde qui déchirait son cœur. Il marcha d'un pas rapide, mais ferme, vers la demeure de M. de Croisille. Au nom que lui jeta le sapeur de planton, M. de Croisille, sans se retourner, demanda à Marcel ce qu'il voulait.

— Un congé, mon capitaine, répondit brièvement le sergent.

— Tu veux un congé ? fit M. de Croisille en relevant la tête.

— Oui, mon capitaine.

M. de Croisille se leva de son bureau. Si la voix de Marcel lui avait paru altérée, l'expression de son visage l'étonna.

— Qu'as-tu? lui dit-il.

— Il faut que je parte pour Lille.

— Aujourd'hui ?

— A l'instant même.

— Et si je ne voulais pas te donner ce congé?

— Je recommanderais mon âme à Dieu, mon corps à M. d'Armentières, et me ferais sauter la cervelle.

— Il n'y aurait peut-être pas grand mal à cela ; ce serait autant de besogne épargnée à mes sapeurs !

— J'attends, mon capitaine, reprit Marcel.

M. de Croisille le regarda; c'était un homme qui se connaissait en physionomies; l'expression de celle du sergent lui fit comprendre que Marcel avait pris une résolution irrévocable, et que cette résolution venait d'une secousse violente. Il aimait le fils du vieux fauconnier plus qu'il ne le laissait voir, il se décida donc sur le champ.

— Mais que se passe-t-il donc à Lille? demanda-t-il à Marcel.

— Mademoiselle de Merville se marie.

— Laisse-la se marier.

— Je l'aime.

— Ah! voilà une raison, par ma foi! Sous toutes les folies humaines, cherchez et vous trouverez une femme! Voyons, Marcel, que feras-tu à Lille?

— Je lui parlerai.

— Et si elle ne veut pas te recevoir ?

— Il adviendra ce que Dieu voudra.

— C'est de la démence! Mon frère et toi, vous m'aviez bien conté cette histoire, mais je l'avais presque oubliée ! Un amour de soldat, mais c'est une fleur d'automne.

Marcel regarda la pendule; ce mouvement n'échappa point à M. de Croisille.

— Eh ! mon garçon, il n'y a qu'un quart d'heure. Qu'est-ce ?

— C'est une lieue, mon capitaine.

M. de Croisille s'approcha de son bureau, écrivit quelques mots et signa.

— Maintenant, va-t'en au diable! dit-il à Marcel en lui remettant un papier.

Mais au moment où le sergent se retirait, il l'arrêta :

— Tu es le fils du vieux Dominique, mon ami, ne fais pas de sottises ; tu nous affligerais, M. d'Armentières et moi. Tu as l'âme honnête, aie le cœur fort.

Marcel remercia du regard M. de Croisille, et s'élança hors de l'appartement.

VI

Le Sacrifice accompli

Quelques minutes après avoir quitté M. de Croisille, Marcel courait à franc étrier sur la route de Lille. A tous les relais il distribuait de l'or aux postillons et éperonnait ensuite les flancs de sa monture. Marcel dévorait l'espace, rapide comme l'éclair. Quand il aperçut le clocher de Lille, celui de Saint-Etienne, la cathédrale, il n'avait pas dit quatre paroles, mais il avait crevé quatre chevaux.

Au dernier relais, il sauta à terre et prit à travers champs dans la direction de la propriété de M. de Merville.

Les sons des cloches lui venaient par volées; bien que ce ne fût pas jour de fête, personne ne travaillait. Cette solitude et ces tintements serrèrent le cœur du sergent; il hâta sa course et atteignit, tout haletant, la maison tant convoitée. Si tout était silence dans la campagne, tout était tumulte et confusion dans la demeure du traitant. Des laquais allaient et venaient, et les paysans buvaient et chantaient.

Marcel se glissa au milieu de cette foule qui ne prenait pas garde à lui; mais, au moment où il allait pénétrer à l'intérieur, les portes de l'avant-corps de logis tournèrent sur leurs gonds, et une suite de gens richement costumés parut sur le seuil.

La foule se découvrit, les cloches retentirent avec éclat, et Marcel vit, à travers son porche ouvert, resplendir dans l'enceinte de la petite église voisine mille cierges allumés.

Avant qu'il fût revenu de son trouble, la procession avait passé sous le porche tout voilé des vapeurs de l'encens. Marcel la suivit et se perdit dans un coin du saint lieu. Un moment il resta courbé comme un jeune arbre fouetté par la tempête; tout ce qui lui restait de force, il l'employait à prier Dieu. Quand il releva la tête, son premier regard tomba sur l'autel. Un homme aux cheveux argentés, une femme aux longs voiles diaphanes étaient agenouillés sur des carreaux de velours. A peine eut-il vu cette femme, que les yeux de Marcel ne purent s'en détacher. Des gouttes de sueur perlaient aux tempes du soldat; son front semblait étreint dans un étau de fer; ses oreilles tintaient comme celles d'un homme qui se noie. Il aurait voulu crier, qu'il ne l'aurait pu; sa gorge était contractée. La cérémonie du mariage s'accomplit sans qu'il eût fait un mouvement. Il n'y avait de vie que dans ses yeux, et ses yeux ne quittaient pas l'autel.

Quand ils eurent reçu la bénédiction nuptiale, les deux époux se levèrent, et la jeune femme se retourna. C'était bien elle, Léonore de Merville, maintenant marquise de Langenay! Marcel ne tressaillit même pas. Qu'avait-il besoin de la voir pour la reconnaître?

Le cortège se dirigea bientôt vers le porche; mais, cette fois, les époux marchaient en tête. La procession fit le tour du temple; devant elle s'ouvrait la foule; à l'écartement qui se fit autour de lui, Marcel comprit que le cortège s'avançait Il se redressa. Un pilier, contre lequel il était adossé, l'empêchait de reculer. Les nouveaux mariés s'approchaient lentement; les longs voiles de Léonore traînaient jusqu'à terre, et sa virginale beauté éclatait sous leur transparence. La nef était étroite : la robe de la jeune femme frôla Marcel; un soupir entr'ouvrit ses lèvres et il s'appuya contre le pilier. Léonore releva son

(Liv. 6)

front incliné. Près d'elle et dans la pénombre de la nef, elle entrevit un pâle visage où flamboyaient deux yeux remplis des flammes sinistres du désespoir. Léonore chancela. Mais, avant que le cri de son âme vint expirer sur sa bouche, le cortège l'avait poussée en avant; et quand elle se retourna, Marcel avait disparu. Un rempart vivant les séparait. Mais tandis que la foule encombrait le parvis sacré, Marcel sentait son cœur et sa raison s'égarer. Il ne pensait pas, il ne rêvait pas, il ne souffrait pas : il était anéanti. Il restait immobile, les bras pendant le long du corps, la tête inclinée sur la poitrine, et n'entendant plus rien que les sourds battements de son cœur. La foule s'était depuis longtemps répandue hors de l'église. La blanche image de Léonore l'emplissait seule pour lui.

En ce moment le bedeau passa, faisant sa ronde. Voyant un homme seul, debout contre un pilier, il vint à lui, et lui frappant sur l'épaule :

— Eh ! camarade, dit-il, il y a déjà longtemps que les noces sont faites : laissez-moi maintenant fermer les portes.

Marcel leva la tête et regarda le bedeau. A cet aspect, le pauvre homme fut tout troublé. De grosses larmes tombaient des yeux du sergent et baignaient ses joues décolorées.

— Oh ! fit le bedeau, si vous êtes malade, il faut le dire.

Marcel venait d'apercevoir la campagne par les portes de l'église; il se souvint de tout à la fois, et, sans répondre, il s'élança dehors. A travers les chemins, il s'avança rapidement vers la petite maison de Dominique Vanderkove. Il entra et tomba aux pieds du fauconnier.

— Mon père ! s'écria-t-il.

Et il s'évanouit.

Le vieil artisan s'agenouilla près de son fils. Il était seul, Thérèse ne devant pas abandonner si vite la pauvre Léonore.

Le soldat gisait immobile : la violence de ses émotions et la fatigue avaient brisé ses forces. Dominique le prit à bras le corps et le plaça dans le grand fauteuil. Le cœur de Marcel sautait dans sa poitrine, mais ses yeux, à demi fermés, n'avaient plus de regard. Il y avait plus d'une heure qu'ils étaient ensemble, le fils sans voix et glacé, le père priant Dieu dans son âme, lorsque la porte, poussée violemment, livra passage à deux femmes enveloppées de mantes.

Quand les mantes tombèrent, Dominique reconnut Léonore et Thérèse.

Léonore arriva d'un bond près du fauteuil, elle se pencha vers Marcel, le regarda un instant, puis se relevant, elle tourna les yeux dans la direction du fauconnier. Ses regards avaient une éloquence terrible.

Leur éclair était chargé de toutes les terreurs, de tous les remords, de tous les reproches de l'amante.

Le vieil artisan comprit ce regard.

— Il n'est pas mort, dit-il.

— Mais il va mourir ! s'écria Léonore.

— Dieu m'épargnera cette épreuve, dit le père.

— Oh ! je ne m'étais pas trompée ! reprit la jeune femme. C'était bien lui ! Quand je l'ai vu si pâle, il avait bien plutôt l'apparence d'un corps couché dans son suaire que d'un vivant; tout mon sang s'est glacé. Ah ! Dominique ! qu'avez-vous exigé de moi ? Thérèse, que m'as-tu fait accomplir ?

Ce n'était plus la même femme. Toute la réserve, tout le calme, toute la sérénité de Léonore l'avaient abandonnée; sa chevelure en désordre ruisselait sur sa toilette de mariée; elle était plus blanche que sa robe; ses lèvres frémissaient; elle se tordait les mains.

— Mais vous voyez bien qu'il se meurt! cria-t-elle en tombant sur ses genoux; il ne m'a seulement pas reconnue !

Dominique eut pitié d'un si grand désespoir; il oublia sa propre peine pour ne songer qu'à Léonore.

— Relevez-vous, madame, lui dit-il. Rappelez-vous quel nom vous portez, et ne restez pas plus longtemps ici, où ne pouvant plus rien pour son bonheur, vous pouvez perdre le vôtre.

— Eh ! que m'importe mon bonheur! reprit la pauvre enfant avec une ardeur passionnée. Il souffre, il est malheureux, je resterai, dussé-je y périr, jusqu'à ce qu'il m'ait entendue, qu'il m'ait pardonnée. Oh ! par pitié, Dominique, mon père, laissez-moi près de lui !

Dominique n'eut pas le courage de l'éloigner, et tous deux se rapprochèrent de Marcel, que Thérèse appelait en vain.

— Marcel ! fit à demi voix Léonore.

Marcel resta muet.

— Mon Dieu ! serait-il donc mort, qu'il ne m'entend même plus? reprit-elle.

Thérèse se tourna vers la porte.

— La nuit approche, dit-elle, on vous cherche peut-être partout !

— Qu'ils viennent donc, M. de Merville et M. de Langenay ! répondit-elle d'une voix sombre. Mon père l'a voulu !

— Vous vous perdrez et vous ne le sauverez pas ! dit le fauconnier.

— Mais que voulez-vous donc que je fasse? s'écria Léonore les mains jointes et des pleurs dans les yeux.

— Il faut nous séparer, dit d'une voix lente Marcel, qui revenait à lui.

Léonore et Thérèse tressaillirent.

— Marcel ! s'écrièrent-elles ensemble.

— J'ai cru que j'allais mourir, reprit-il ; je vous entendais et je ne pouvais parler. Maintenant, écoutez-moi. Vous, Léonore, ajouta-t-il, vous que j'appelle ainsi pour la dernière fois, vous allez retourner où votre devoir vous appelle.

Léonore secoua la tête.

— Il le faut, reprit Marcel, je vous en prie... J'ai bien le droit, dit-il avec un triste soupir, de vous demander une grâce.

La jeune femme courba le front.

— Me pardonnez-vous, au moins. Marcel ?

— Je n'ai rien à vous pardonner. Vous avez obéi à votre père et au mien. Je vous ai entendue tout à l'heure et j'ai compris que votre peine égalait la mienne ; si vous m'êtes ravie pour toujours, vous m'êtes toujours chère et sacrée. Maintenant, adieu ; vous êtes la marquise de Langenay.

— Le nom ne change pas le cœur, dit Léonore. Si vous étiez mort à cause de moi, déjà je ne vivrais plus.

Marcel saisit la main de la jeune femme ; mais au moment où il la portait à ses lèvres avec une ardeur convulsive, Dominique Vanderkove l'arrêta.

— Madame la marquise de Langenay, dit-il, votre mari vous attend.

Les deux jeunes gens frissonnèrent de la tête aux pieds ; leurs mains unies se séparèrent. La voix du fauconnier avait réveillé Léonore comme d'un songe. Une heure, l'amante l'avait emporté sur l'épouse ; c'était maintenant à l'épouse à l'emporter sur l'amante. Léonore releva son front où passa une subite rougeur.

— Adieu, dit-elle à Marcel. Vous ne me perdez pas tout entière, l'amie vous reste.

Marcel n'eut point la force de répondre, et Léonore sortit au bras de Thérèse.

Quand ils furent seuls, le père et le fils tombèrent dans les bras l'un de l'autre. A ce moment ils entendirent comme le bruit d'un soupir derrière la fenêtre et, au milieu du silence le plus profond, le sable du sentier voisin cria sous des pas qui s'éloignaient.

Dominique et Marcel sortirent ; le bruit venait d'un côté ; de l'autre, le voile de Léonore flottait comme l'aile d'un cygne fugitif.

— C'est un fermier qui regagne le village, dit le fauconnier.

Et tous deux rentrèrent.

Marcel passa la nuit sous le toit paternel, mais au point du jour il partit.

Marcel ne prit pas la route de Laon. Ainsi que tous les cœurs blessés, il avait besoin d'affection; il pensa à M. d'Armentières, et se dirigea vers Arras, où le capitaine de chevau-légers tenait alors garnison.

Un secret instinct lui disait que le comte était comme lui, souffrant, et qu'ainsi que lui il aimait sans espoir.

Le sergent trouva le jeune officier dans un salon qu'éclairait mal un mince rayon égaré entre d'épais rideaux.

M. d'Armentières se promenait dans cette large pièce où le bruit de ses pas était étouffé par un tapis.

C'était bien toujours le beau jeune homme dont la tête intelligente et fine avait un air de douceur et de fierté qui charmait. Seulement, son regard semblait plus triste encore, et la pâleur transparente de son visage se marbrait de teintes bleuâtres sous les paupières.

En voyant Marcel, M. d'Armentières sourit.

— Sois le bienvenu, lui dit-il. Nous amènes-tu cette fois des sapeurs ou des canonniers ?

— Non, capitaine, je suis seul.

— Seul ! et que viens-tu faire ?

Marcel ne répondit pas. M. d'Armentières, étonné, s'approcha de lui et apercevant le visage de son protégé :

— Mon Dieu ! qu'as-tu donc ? s'écria-t-il.

— Léonore est mariée, fit tristement Marcel.

M. d'Armentières lui prit la main et la serra.

— Pauvre Marcel ! tu l'aimais, toi ! Ce devait être ainsi. Maintenant tu souffres et tu es seul ! Moi, voilà six ans que le tourment me torture.

Marcel, à son tour, pressa la main de M. d'Armentières.

— Tu as le cœur noble et loyal, et tu vas t'aviser de mettre ta vie sur la parole d'une femme ! reprit le capitaine. Ce dénouement était le seul possible. La fidélité est une ironie, vois-tu, je le sais bien, moi ! Quand on prend une maîtresse au hasard et qu'on la laisse comme on laisse une pistole au lansquenet, ces choses-là n'arrivent jamais. Il n'y a que les fous qui aiment, et nous sommes de ces fous-là. Je ne te dirai pas de secouer ta souffrance comme on secoue au vent la poussière du chemin, mais tu es homme et tu es soldat. Raidis-toi contre le mal et attends; si tu en meurs, il faut mourir debout.

— Oui, capitaine, répondit Marcel d'une voix ferme.

Et passant ses mains dans ses longs cheveux bouclés, il rejeta sa tête en arrière.

M. d'Armentières le regarda avec un sourire.

— Tu es un brave et courageux garçon, fit-il. Si tu en avais fantaisie, vingt femmes te vengeraient de ton infidèle.

Marcel secoua la tête.

— Qu'y gagnerais-je ?

— L'oubli.

— Le dégoût plutôt.

— A ton aise. Cependant prends-y garde ; tu es trop triste pour qu'on ne tente pas de te consoler ; si tu les évites, elles te chercheront.

— Peines perdues.

— Tant mieux.

M. d'Armentières reprit sa promenade dans le salon. Chaque fois qu'il passait devant Marcel, il le regardait, et à chaque fois il le regardait plus longuement. Enfin il s'arrêta devant lui.

— Veux-tu me rendre un service, Marcel ? dit-il.

— Je suis à vous corps et âme.

— Feras-tu tout ce que je te dirai, tout ?

— Tout.

— Et tu me promets de garder le silence au prix de ta vie ?

— Je le jure.

— C'est bien. Je vais préparer tes instructions ; demain, tu partiras pour Paris.

VII

La Maison mystérieuse

Le lendemain, de bon matin, M. d'Armentières fit entrer Marcel dans son appartement. Sur la table devant laquelle il était assis, on voyait quelques lettres et divers papiers éparpillés. A la pâleur du capitaine, à ses yeux fatigués, on comprenait qu'il avait passé la nuit tout entière à écrire.

— J'ai fait prévenir M. de Croisille que j'avais besoin de tes services, dit-il à Marcel ; ta responsabilité de soldat est à couvert, et d'un jour à l'autre la prolongation de ton congé arrivera. Es-tu toujours prêt à partir ?

— Toujours.

— Peut-être y aura-t-il quelque danger; je dois t'en prévenir.

— Je regrette seulement que ces dangers ne soient pas certains.

M. d'Armentières leva les yeux sur Marcel, et le regarda avec intérêt.

— Laisse la tristesse à ceux qui n'espèrent plus. Tu as vingt-deux ans, Marcel! vingt-deux ans, l'âge du plaisir!

Le cortège se dirigea bientôt vers le porche.

— Et vous trente, capitaine; trente ans, l'âge des passions!

— Tu crois? reprit le capitaine avec un sourire. Il me semble que j'ai le cœur éteint.

Un instant il garda le silence, puis il reprit:

— Dieu est le maître! Laissons cela et revenons à ton voyage. Voici trois lettres, mon ami. Elles contiennent chacune une part de ma vie. Retiens donc bien ce que je vais te dire. A ton arrivée à Paris, tu te logeras rue d'Enfer;

c'est une rue voisine du Luxembourg. Vers le soir, tu te rendras dans la rue Garancière, en ayant soin d'emporter avec toi la plus petite de ces trois lettres. Tu frapperas à une porte pratiquée dans un long mur et donnant sur une cour plantée d'arbres. Une petite maison, vieille et de chétive apparence est sur le côté. Au troisième coup, on t'ouvrira. Tu tireras la lettre et tu prieras la personne qui viendra de la remettre à mademoiselle Marie. Retiens bien ce nom, car il n'est pas sur la lettre. Si on te répond qu'elle est partie, insiste alors pour qu'on la remette à son frère Eugène. L'individu quel qu'il soit qui t'aura parlé, prendra la lettre et tu te retireras après avoir eu soin d'écrire ton nom et ton adresse sur l'enveloppe.

— Bien... Marie et Eugène.

— Si, après trois jours, tu n'as pas reçu de réponse, tu retourneras à la maison de la rue Garancière, et tu remettras à la même personne une seconde lettre : celle-ci.

— Celle qui est plus grande que la première et moins que la troisième ?

— Précisément. Tu attendras trois jours encore. Au bout de ces trois jours, si tu n'as vu ni valet ni billet, tu prendras la dernière lettre et tu la porteras comme les deux autres.

— Et je demanderai toujours mademoiselle Marie ou M. Eugène, son frère ?

— Toujours, seulement cette fois tu ajouteras sur l'enveloppe ces mots : *Je pars dans vingt-quatre heures.*

— Et partirai-je vraiment ?

— A moins que tu ne te plaises au séjour de Paris.

— Alors, je partirai.

— Je ne crois pas. Bien certainement, si l'on n'est pas venu, quelqu'un viendra te chercher après la troisième épître.

— Mademoiselle Marie ou M. Eugène ?

— L'un ou l'autre, ou peut-être l'un et l'autre, reprit M. d'Armentières avec un singulier sourire. Tu les suivras et tu feras exactement tout ce qu'ils te diront.

— Mais à quoi les reconnaîtrai-je ?

— A ces mots que mademoiselle Marie prononcera en t'abordant : *La Lionne de Paris attend.*

— Tiens ! la *Lionne de Paris.* C'est crâne.

— N'est-ce pas ?

— Et cela appartient à un être vivant ?

— A une duchesse.

— Rien que cela. Et où ce nom fringant a-t-il été gagné ?

— A force de vouloir se faire admirer, cette femme s'est fait remarquer, et on lui a donné ce nom de Lionne de Paris.

— Quel châtiment !

— Au contraire. Elle n'a pas paru s'en froisser.

— Vraiment.

— Voilà la femme.

— Continuez, je vous écoute.

— Cependant, au lieu de la visite de mademoiselle Marie, peut-être seras-tu prévenu par un billet où ces mots sacrementels : la Lionne de Paris, se trouveront. Ce billet t'indiquera un rendez-vous, et tu t'y rendras. Il n'y a pas de danger ; seulement, munis-toi d'un poignard.

— Ah !

— Tu auras soin d'avoir toujours le bras droit libre et prêt à agir.

— Ah ! ah !

— Oh ! c'est une simple précaution. Lorsque tu seras arrivé où l'on veut te conduire et que tu auras parlé à la personne vers laquelle je t'envoie, tu me rediras tout ce que tu auras vu et entendu, mais sur l'heure et sans perdre une minute.

— Est-ce tout ?

— C'est tout. Pars maintenant, et que Dieu te conduise et qu'il me vienne en aide !

Au moment où Marcel montait à cheval, M. d'Armentières l'embrassa.

— Que je vive ou que je meure, lui dit-il, j'ai ta parole. Je compte sur ton silence.

Marcel serra les trois lettres dans son pourpoint, piqua des deux et partit. L'agitation de son corps calmait l'agitation de son esprit ; il fit donc la route au galop, pour se reposer. Son premier soin, en arrivant à Paris, fut d'arrêter un petit logement au rez-de-chaussée d'une maison de la rue d'Enfer. L'appartement, qui se composait d'une chambre et d'un grand cabinet, était propre et avait vue sur des jardins. Marcel paya d'avance, M. d'Armentières l'ayant mis en état de faire bonne figure à Paris ; puis, tirant à part le maître du logis, il lui donna un double louis d'or, en lui recommandant de bien prendre garde à la mine des gens qui viendraient le demander.

Ces manières gagnèrent le cœur de l'hôtelier ; il ôta son chapeau.

— Mon gentilhomme, dit-il, j'ai, quoique vieux, des yeux pour voir, des oreilles pour entendre, une langue pour parler. Vous serez servi à souhait.

— C'est bien. Mais sachez que je ne suis pas gentilhomme.

— Tant pis ; des gens comme vous méritent d'être princes de naissance.

— Vous m'appellerez Marcel.

— Je vous appellerai comme vous voudrez ; mais vous ne m'empêcherez pas de dire, si vous n'êtes vraiment pas ce que je supposais, que le sort s'est conduit comme un malotru.

Marcel jeta un manteau sur ses épaules, glissa la plus petite des trois lettres dans sa poche et sortit.

— C'est égal, dit l'hôtelier en le suivant de l'œil tandis qu'il longeait les murailles de la rue d'Enfer, il a voulu se déguiser, c'est son affaire ; mais on ne m'ôtera pas de l'idée que c'est un grand seigneur. Quelle tournure !

Cette exclamation répondait au cri de sa pensée. Celui-là disait :

— Quel louis !

Les choses arrivèrent comme M. d'Armentières l'avait annoncé à Marcel. La porte de la rue Garancière ne s'ouvrit qu'au troisième coup ; une femme embéguinée dans une coiffe qui lui descendait jusqu'aux yeux et jusqu'à la nuque parut sur le seuil. Elle lança sur Marcel un regard perçant qui l'embrassa de la tête aux pieds, puis baissa les yeux, croisa les bras sur un petit surtout de laine noire qui tranchait sur une robe de laine grise et attendit. La maison, qui s'adossait contre le mur mitoyen, et dont le toit d'ardoises se voyait seul de la rue, était lézardée, branlante et toute rongée de mousse. Cette maison devait être vieille déjà du temps de la Ligue ; elle avait l'apparence discrète, l'air dévot, l'aspect morne. Dans la cour croissaient des arbres énormes, et sous leur ombrage se voyaient çà et là des vases de marbre d'un travail précieux, mais souillés par le lichen et privés de fleurs.

— La maison n'est pas à louer, dit la femme, qui voyait par-dessous sa coiffe.

— Aussi ne viens-je pas pour cela, répondit Marcel qui rougit un peu ; j'ai là une lettre que je suis chargé de faire tenir à mademoiselle Marie.

La femme lança un nouveau regard à Marcel.

— Elle est partie, reprit-elle les yeux baissés.

— Veuillez alors la remettre à son frère.

Un autre regard glissa entre les cils de la discrète personne, et s'éteignit promptement sous ses paupières ramenées.

— Quel frère ? demanda-t-elle.

— M. Eugène.

La femme tendit la main, prit la lettre, salua et repoussa la porte sur Marcel.

Le surlendemain, Marcel fut arrêté par l'hôtelier au moment où il rentrait.

— Il y a, lui dit-il, une lettre pour vous.

— Ah ! ah ! fit le sergent en pensant que la réponse ne s'était pas fait attendre aussi longtemps que le capitaine l'avait pensé. Où est cette lettre ?

— La voici.

— Eh ! eh ! fit Marcel en lisant la suscription, il paraît qu'on sait mes noms, titres et qualités. C'est bien cela : *Marcel, sergent de sapeurs au régiment de La Ferté.*

L'hôtelier sourit finement.

— Mais oui ; on s'en doute... comme moi, dit-il.

La lettre était cachetée de cire rouge. Marcel brisa le cachet et jeta les yeux sur le papier.

Voici ce qu'il contenait :

« Le sergent Marcel a manqué à la discipline en quittant sa compagnie sans permission. Afin de le lui rappeler, le dit sergent sera mis huit jours aux arrêts à son retour au corps ; mais afin de régulariser son absence, il trouvera sous ce pli la commission de sergent recruteur et les instructions qui se rattachent à ce nouveau grade. Le sergent Marcel est autorisé à rester un mois à Paris ou ailleurs, si besoin est.

» Le vicomte GEORGES DE CROISILLE. »

— C'est encore de la bonté déguisée, murmura Marcel.

Et dès le jour même il entra dans ses nouvelles fonctions. C'était une occasion nouvelle de faire diversion à ses pensées.

M. Tartarin, l'honnête propriétaire, n'entendit rien de la lecture du billet que son commensal mâchonna entre ses dents ; mais le nom du vicomte Georges de Croisille, prononcé à demi voix, l'avait frappé.

— Un vicomte, répéta-t-il quand il fut seul ; un vicomte ! J'en étais bien sûr ! C'est un gentilhomme !

A partir de ce moment, ses respects redoublèrent pour un personnage qui connaissait des vicomtes, qui recevait des lettres scellées d'un grand sceau de cire et payait en or. Chaque soir Marcel lui demandait si personne n'était venu.

— Personne, répondait le bonhomme.

Et, dans la crainte que quelqu'un ne vînt en son absence, M. Tartarin restait dans une petite pièce, près de la porte, du matin au soir.

Le troisième jour, M. Tartarin, du plus loin qu'il aperçut Marcel, courut à lui. Depuis une heure environ, les habitants de la rue d'Enfer avaient vu

M. Tartarin se promenant devant sa porte et tirant sa montre à chaque minute. L'honnête hôtelier aborda Marcel, son couvre-chef à la main, avec un petit air mystérieux et charmé.

— Eh bien ! monsieur Marcel ? dit-il.

— Eh bien ! monsieur Tartarin ?

— Quelqu'un est venu !

— Ah ! ah ! quelqu'un ou quelqu'une ?

— Un jeune seigneur très richement habillé, la moustache retroussée, le nez pointu, maigre, mais leste, et d'une tournure distinguée.

— Il a demandé après moi ?

— Oui, certes, et sans saluer encore, comme un gentilhomme. — « Bonhomme, m'a-t-il dit, Marcel est-il là ? — Non, monseigneur », ai-je répondu, debout et le chapeau à la main. A son air dégagé, j'ai compris tout de suite que j'avais affaire à un seigneur de la cour. — « Au diable ! a-t-il repris. Tu lui diras que j'ai à le voir. Je l'attendrai demain. »

— Vous a-t-il dit son nom ?

— Point.

— Son adresse ?

— Non plus.

— Où diable, monsieur Tartarin, voulez-vous que je le trouve ?

— Oh ! il ne m'a rien dit ; il a tout écrit chez vous.

— A la bonne heure, monsieur Tartarin, voilà par quoi il aurait fallu commencer.

Marcel trouva sur la table un papier sur lequel étaient écrits ces mots :

« Anatole de Lude. »

— Mon lieutenant ! s'écria-t-il. Que peut-il me vouloir ?

Le plus simple, pour le savoir, était de se rendre au logis du lieutenant ; c'est ce que fit Marcel le lendemain. M. Anatole de Lude lui apprit qu'il était à Paris pour ses affaires, et en même temps pour celles de la compagnie.

— Je ferai les miennes, et je compte sur vous pour les autres, ajouta-t-il. Si vous avez besoin de moi, vous me trouverez tous les jours d'une heure à deux au Jeu de paume, près du Luxembourg, et de trois à quatre à la place Royale. C'est là que vont les gens du bel air. Adieu, on m'attend quelque part.

— D'une heure à deux au Luxembourg, et de trois à quatre à la place Royale... C'est bien ; je m'en souviendrai pour ne point m'y rendre, se dit Marcel en s'en allant.

Ce lieutenant était un homme d'humeur hautaine et irascible que tous ses inférieurs détestaient.

Le jour suivant, Marcel retourna dans la rue Garancière et frappa à la petite porte. La dame à la robe de laine grise prit cette fois la lettre à la première parole.

— Bien, se dit Marcel : à notre première entrevue, elle a proféré cinq ou six mots ; aujourd'hui, elle n'en a pas dit plus de deux ; la prochaine fois, elle ne dira rien du tout. Ceci abrège singulièrement les négociations.

Marcel tenait M. d'Armentières au courant de ses actions, et le reste du temps, il battait la ville, recrutant des héros à six sous par jour pour l'artillerie de Sa Majesté Très Chrétienne.

Entre les lettres et les promenades, Marcel pensait toujours à Léonore. Il ne pouvait s'habituer à l'appeler madame de Langenay. Mais si son amour était aussi profond, le souvenir était moins amer. Le sentiment du devoir, tout-puissant dans son âme, lui faisait excuser la conduite de mademoiselle de Merville, qui n'avait cédé qu'à l'autorité paternelle.

Quand il passait dans le quartier du Palais-Royal, par la rue Saint-Honoré, dans les jardins publics, sa bonne mine et l'éclat de sa jeunesse attiraient les regards de toutes les grisettes avenantes et de beaucoup de grandes dames aussi.

Mais regards et sourires glissaient sur ce cœur hanté par le regret.

Trois jours après l'envoi de la seconde lettre, Marcel aperçut, comme il entrait dans la rue d'Enfer, le digne M. Tartarin, qui se promenait devant sa porte d'un pas pressé.

Il tirait son chapeau, le remettait, s'arrêtait, regardait derrière et devant lui.

Ses pieds touchaient à peine le sol, et ses lèvres, étroitement pincées, semblaient avoir peine à contenir son jet de paroles prêt à s'échapper.

— Eh ! eh ! dit-il tout bas à Marcel et de l'air le plus mystérieux du monde, il y a du nouveau.

— Une lettre ?

— Mieux que cela.

— Une visite ?

— Justement. Une visite comme les plus huppés gentilshommes de notre glorieux roi en voudraient bien recevoir.

— C'est donc une femme ?

— Qu'entendez-vous par une femme ?

— Une femme, quoi !

— Non, ce devait être une demoiselle, et des plus jolies ! Œil brun, doux et brillant, cheveux châtains, un petit nez fin, des lèvres à faire honte aux plus

(LIV. 7)

fraîches roses, et quelles dents, blanches comme des perles! Ah! mon gentilhomme, qu'on se changerait volontiers en cerise pour être mordu par ces
dents-là !

— Monsieur Tartarin !

— Mon gentilhomme ?

— La poésie vous a fait oublier ma qualité; point de gentilhomme, s'il
vous plaît.

« Il y tient, » pensa l'honnète propriétaire.

Et il reprit tout haut :

— Voilà cinquante-deux ans que je loge dans la rue d'Enfer, et il ne m'est
point encore arrivé de voir pareil visage.

— Qu'est-ce enfin? une soubrette?...

— Une soubrette! Ah! fi! avec cette tournure de grande dame... C'est pour
le moins une marquise.

— Vous l'a-t-elle dit ?

— Je l'ai deviné.

Marcel sourit, ayant une expérience personnelle de la perspicacité de son
hôte.

— Allons pour une marquise, fit-il. Au moins vous a-t-elle dit quelque
chose ?

— Certainement. Elle m'a dit qu'elle reviendrait.

— Ah !

— Puis elle est partie dans le carrosse qui l'avait amenée.

— Sans rien ajouter !

— Ma foi, non; mais j'ai bien compris à son air qu'elle était fort contrariée
de ne point vous avoir rencontré.

Marcel ne douta pas un instant que la marquise de son hôte ne fût un
émissaire de la rue Garancière. En conséquence, le lendemain il resta chez
lui toute la journée. Personne ne parut. Il en fut ainsi le jour suivant. Marcel
retourna à ses recrues.

— Parbleu ! dit-il, si l'on veut me voir, qu'on m'écrive.

Comme il revenait deux jours après, vers le soir, il vit en face de son hôtel
un carrosse arrêté; une femme était debout devant la portière, et à côté de la
femme, un homme se tenait incliné, son chapeau à la main. Cet homme était
M. Tartarin. L'intelligent propriétaire aperçut Marcel du coin de l'œil et lui
fit un signe imperceptible pour l'engager à se hâter. Marcel accourut, mais
la femme sauta lestement dans le carrosse, le cocher fouetta ses chevaux et

l'équipage brûla le pavé de la rue d'Enfer et disparut par la rue du Val-de-Grâce.

M. Tartarin frappa du pied, ce qui, dans l'état de ses habitudes paisibles, dénotait une violente contrariété.

— Cinq minutes plus tôt, et vous la teniez! s'écria-t-il.

— C'était donc elle?

— Non pas.

— Qui donc, alors?

— Une autre.

— Jeune, vieille, laide ou jolie?

— Peut-être l'un, peut-être l'autre, peut-être le tout ensemble.

— Comment, le tout ensemble!

— Qui sait, monsieur?

— Vous l'avez cependant bien vue?

— Nullement.

— Mais vous lui parliez.

— Je lui parlais, c'est vrai, je la touchais presque, même.

— Eh bien?

— Eh bien! c'est tout un. Elle avait un grand voile sur la figure.

— Ainsi, vous n'avez rien remarqué?

— Rien.

— C'est peu.

— Quand je ne dis rien...

— A la bonne heure.

— J'ai remarqué...

— La main?

— Elle était gantée.

— Quoi donc?

— Le pied.

— Ah!

— Un pied de duchesse!

— Parbleu! Mais, dites-moi, monsieur Tartarin, cette duchesse paraissait-elle, comme la marquise, contrariée de ne pas m'avoir trouvé?

— Au contraire. C'est au moins ce que je me suis dit en la voyant sauter si prestement en voiture.

— C'est juste. Elle ne venait donc pas pour me parler.

— Pas tout à fait. Elle venait pour savoir.

— Et qu'avez-vous répondu, monsieur Tartarin?

— Ah! ah! on n'est point sot, quelque air bonhomme qu'on ait. Je l'ai laissée parler et me suis tenu sur la défensive.

— Bien sûr?

— Aussi vrai que ma maison est une honnête maison. Ce n'est pas qu'on n'ait voulu me tenter; cette bourse qu'on m'a donnée prouve assez dans quelles intentions on était venu.

— Eh quoi! vous l'avez prise?

— Je l'ai prise et me suis tu. Une maison a toujours besoin de réparations; mais les réparations n'obligent pas à parler. On a eu beau me retourner de cent façons pour savoir qui vous étiez, ce que vous faisiez, d'où vous veniez, j'ai été muet comme l'objet qui recouvre mon chef. Que voulez-vous! c'est plus fort que moi. Vous m'avez charmé à la première vue, et je ne sais pas vraiment tout ce que je ferais pour vous. Cependant, il faut avouer que ma discrétion a peut-être moins de mérite au fond qu'en apparence. Je n'ai rien dit, sans doute, mais aussi je ne savais rien.

— Je ne chicanerai pas sur le fait, l'intention suffit.

— Oh! l'intention était excellente et le sera toujours.

Marcel se crut obligé de récompenser cette louable action et, afin de maintenir son auteur dans le sentiment de l'honnêteté, il tendit quelques pistoles au digne Tartarin qui se garda bien de les refuser.

Le lendemain, comme la personne n'avait point dit qu'elle reviendrait, il ne se donna pas la peine de l'attendre.

Pour le coup, Marcel ne sut que penser de ces deux visites; il était peu probable qu'elles vinssent toutes deux de la rue Garancière, et comme, d'un autre côté, il ne connaissait aucune femme à Paris, il ne pouvait que faire de vaines suppositions.

Après avoir torturé son esprit de mille manières, il prit le parti fort sage de s'en remettre à l'avenir du soin d'expliquer cette aventure.

Le jour de sa troisième visite à la maison de la rue Garancière était arrivé.

Le résultat fut tel qu'il l'avait prévu.

La dame au surtout de laine noire prit cette fois la lettre sans observation.

Le lendemain, Marcel s'installa chez lui et attendit.

Les heures se passèrent, rien ne parut.

Le soir vint.

A tout hasard, Marcel fit sa valise pour être prêt à partir au point du jour et sortit pour dîner chez un traiteur de la rue Dauphine, où il avait coutume de prendre ses repas.

Comme il en sortait, un rassemblement d'artisans et de boutiquiers l'arrêta au coin de la rue de Bussy; par désœuvrement, il se mêla à la foule qui faisait grand bruit à propos d'un porteur de chaise, lequel se querellait avec un bourgeois.

Tout à coup une main le saisit par le bras et une voix de femme prononça distinctement ces paroles à son oreille : « La Lionne de Paris attend », tandis qu'on lui glissait discrètement un papier dans la main.

Marcel tressaillit; mais quand il se retourna, il n'y avait plus à côté de lui que des ouvriers.

Il se hâta de sortir de la foule et se dirigea vers la rue d'Enfer pour lire le billet.

Au moment où il passait le seuil de son hôtel, une femme en sortait.

Elle s'arrêta brusquement.

Un jet de lumière tomba sur le visage de Marcel et l'éclaira.

— Mon frère ! s'écria la jeune femme.

— Thérèse ! s'écria à son tour Marcel.

Et il reçut sa sœur dans ses bras.

VIII

Le Chemin de traverse

Marcel entraîna Thérèse dans son appartement et repoussa la porte au nez de M. Tartarin, qui se confondait en révérences, un flambeau à la main.

— C'est la marquise, murmura l'honnête hôtelier en rentrant chez lui, et il l'appelle sa sœur.

Cependant, après les premiers épanchements, Marcel fit asseoir Thérèse sur un sopha. Il avait une furieuse envie de lui adresser une question, la seule qui tînt à son cœur, une question qu'un nom résumait. Une incroyable émotion l'en empêchait. Il fit un détour pour arriver à son but.

— N'es-tu pas déjà venue? dit-il à Thérèse.

— Si, vraiment, il y a quelques jours. Mais depuis lors il m'a été impossible de revenir ici.

— Que ne laissais-tu ton adresse?

Thérèse parut un instant embarrassée.

— Je ne le pouvais pas, dit-elle enfin.

— Et pourquoi ?

— Parce que tu serais venu me voir.

Marcel comprit. Il baissa les yeux ; Thérèse lui prit la main.

— Tu n'es donc pas arrivée seule à Paris ? reprit-il.

Thérèse secoua la tête.

— Léonore est à Paris ! fit Marcel. J'y suis, et sans toi j'aurais ignoré sa présence !

— Oh ! ne la blâme pas ! Quand elle a quitté Lille pour suivre son mari, qu'une affaire importante appelait à Paris, elle m'a suppliée de l'accompagner. Je n'ai pas pu le lui refuser. Elle est si malheureuse !

— Malheureuse ! s'écria Marcel.

— Il n'y a que moi et Dieu qui sachions ce qu'elle souffre ; M. de Langenay l'ignore. Quand il est là, elle sourit ; quand il s'éloigne, elle pleure.

Marcel cacha sa tête dans ses mains.

— En arrivant à Paris, il y a quelques jours, elle est tombée malade... Oh ! elle est sauvée maintenant, reprit Thérèse en voyant le trouble de son frère ; c'est elle qui m'a envoyée vers toi...

— Oh ! j'irai la voir, la remercier...

— Non, ne viens pas, ta présence la tuerait.

— Elle ne m'a donc pas oublié ? s'écria Marcel.

— Oublié !... Si tu étais oublié, Marcel, serait-elle toujours si triste et si désolée ? Ton nom n'est pas sur ses lèvres, mais il est dans son cœur, et il le ronge.

Tous deux se turent. Une joie amère emplissait l'âme de Marcel ; Thérèse se repentait presque d'avoir parlé. Quel bonheur cet amour ravivé pouvait-il entraîner après lui ? Elle essuya les yeux du jeune homme, où perlaient de grosses larmes, lui écarta les cheveux qui voilaient son front et se prit à sourire.

— Frère, dit-elle, je suis venue pour t'embrasser et non pas pour pleurer. C'est une vilaine habitude que de courir au-devant du chagrin, qui se donne de son côté assez de peine pour venir jusqu'à nous. Laissons là cette conversation qui me rougirait les yeux, ce que je ne suis pas en humeur de souffrir ; prends mon bras pour me ramener au logis et causons de tes affaires en chemin.

Il y a loin de la rue d'Enfer à la rue Culture-Sainte-Catherine, où était situé l'hôtel de Langenay ; tout en gagnant les quais, nous ne répondrions pas que

Marcel n'eût prononcé deux ou trois fois le nom de Léonore, mais Thérèse détournait la conversation de ce terrain dangereux et la ramenait à des choses plus conformes à son humeur.

— Quand te reverrai-je? demanda Marcel à sa sœur en la quittant devant l'hôtel de Langenay.

— Après-demain, si tu le veux. Je disposerai de ma journée tout entière. A onze heures, je serai au pont au Change.

— Bien, j'y serai.

Marcel avait, grâce à sa sœur, oublié le billet glissé mystérieusement dans sa main. Son premier soin, aussitôt après être rentré chez le digne M. Tartarin, fut d'en prendre connaissance. Il n'y trouva que ces quelques mots :

« Samedi prochain, Marcel rencontrera, une heure après le coucher du soleil, à la porte Gaillon, une personne qui lui dira les paroles convenues; qu'il suive cette personne, et il arrivera où M. d'Armentières l'envoie. »

Il se souvint alors que ce jour-là il devait attendre sa sœur au pont au Change. Il eut un moment la pensée de lui écrire pour se dégager de sa promesse; mais, en homme bien avisé, il comprit que les choses pouvaient s'arranger. A sa sœur, il donnerait le jour; aux affaires de M. d'Armentières, le soir.

Marcel fut exact au rendez-vous; sa sœur et lui prirent une voiture et se dirigèrent vers la porte Saint-Honoré. Après avoir vainement cherché un gîte aux Porcherons, qu'une compagnie de mousquetaires avait envahis, Marcel entendit une voix qui l'appelait par son nom. Il se pencha à la portière et vit, à la fenêtre d'un cabaret, un gentilhomme qui le saluait, un verre de champagne à la main.

— Bien du plaisir, Marcel! disait-il.

— Quel est ce gentilhomme? demanda Thérèse à son frère qui inclinait sa tête.

— M. de Lude, mon lieutenant.

Après s'être promenés quelque temps dans les environs, Marcel et sa sœur firent prendre à la voiture un chemin de traverse. Il y avait au bout d'une prairie une maison devant laquelle de beaux arbres étendaient leur ombre; cette maison avait l'apparence d'une ferme. Espérant que dans ce lieu écarté on pourrait leur servir à dîner, Marcel y courut, laissant sa sœur sur le bord du chemin.

Comme il revenait, il entendit des cris d'effroi, auxquels son nom était mêlé; il pressa le pas et vit Thérèse qui se débattait aux mains d'un cavalier.

En un bond, Marcel fut sur la route.

— Eh! parbleu! arrive donc, s'écria le cavalier, tu m'aideras à faire comprendre à cette belle enfant que je ne suis pas un croquant !

Le cavalier n'avait pas terminé sa phrase, que déjà Marcel, arrachant Thérèse de ses bras, s'était placé entre eux.

— Monsieur de Lude, dit-il, cette belle enfant est ma sœur.

— Ta sœur? Parole d'honneur, c'est charmant! Tu es fort spirituel, Marcel.

— Mon lieutenant!... s'écria Marcel se contenant à peine.

— Ta sœur? Est-ce qu'on se promène avec sa sœur! J'ai une sœur aussi. Elle est au couvent, mon cher.

— Monsieur de Lude! trêve d'insolence; je vous ai dit la vérité, Thérèse...

— Ah! elle s'appelle Thérèse, ta cousine ou ta maitresse. l'une et l'autre peut-être... C'est un joli nom. Dites donc, ma charmante, si vous voulez de mon cœur, je vous l'offre : il est vacant pour vingt-quatre heures.

Marcel barra le passage au chevalier de Lude; mais il n'y avait pas de raison à faire entendre à un homme qui avait trop bien déjeuné et qui, tout débraillé, laissait voir une chemise tachée de vin. Se tournant donc vers le cocher, qui regardait philosophiquement la scène du haut de son siège, il lui cria vivement de tourner bride vers Paris. Le chevalier jeta tout de suite une bourse à l'automédon.

— Compte cet argent, maraud, lui dit-il, et quand tu auras fini, siffle tes plus beaux airs.

Le cocher attrapa la bourse au vol, se retourna et se mit en devoir d'en compter le contenu. Il n'était pas au troisième écu qu'il sifflait de toutes ses forces. Thérèse, égarée, regardait tour à tour le cocher, son frère et le chevalier.

— Ce cocher est plein d'intelligence, reprit M. de Lude en se rajustant. Ne sois pas moins aimable que lui, mon ami; ta maitresse est jolie, elle me plait; voilà trois ou quatre heures que tu la promènes. Chacun son tour; ôte-toi de là.

Marcel regarda M. de Lude. Le chevalier était fort animé, mais ferme encore sur ses jambes. la voix était nette et claire, le geste aisé; le sergent n'avait donc pas affaire à un homme gris, mais à un officier entêté.

Le débat devenait plus grave.

N'es-tu pas déjà venue ? dit-il à Thérèse.

— Voyons, mon cher, as-tu compris ? reprit le chevalier ; tourne les talons, cours aux Porcherons, demande le cabaret de la *Pomme de Pin*, et dîne copieusement, je t'invite, va prendre ma place, moi je prends la tienne.

— Mon lieutenant, ne m'exaspérez pas.

— Tu veux rester ?

— Ma place est ici.

— Ah ça ! drôle, oublies-tu qui je suis ?

— Au contraire, je voudrais vous le rappeler.

— Ah ! tu fais le plaisant, faquin ! Je te couperai les oreilles...

— Ne tentez pas un geste, monsieur ! fit le jeune homme avec force.

M. de Lude leva le bras, Marcel le lui saisit avec violence.

— Quoi ! tu oses me toucher, gredin ! Je vais te donner de mon épée dans le ventre ! s'écria le chevalier qui, perdant toute retenue, fit un effort pour dégager sa main et prendre son épée; mais Marcel le repoussa si vivement qu'il trébucha.

Avant qu'il se fût relevé, le sergent avait déjà tiré la sienne.

Le cocher ne comptait plus, mais il sifflait toujours.

— Monsieur de Lude, je vous en conjure, cessez votre insulte, fit Marcel en serrant les dents.

— Je n'insulte pas, j'honore la belle de ma préférence.

— Oh ! mais, taisez-vous, monsieur ! et point de témérité : je vous jure que vous n'arriverez à ma sœur qu'après m'avoir passé sur le corps, s'écria Marcel.

— Me battre avec toi, y penses-tu, bélître ? je te ferai pendre et tout sera dit, fit le lieutenant. Eh ! cocher, ajouta-t-il, il y a dix louis pour toi si tu aides cette adorable personne à remonter en voiture, et dix autres encore si tu la conduis au cabaret de la *Pomme de pin*, où j'irai bientôt la rejoindre.

Thérèse voulut fuir, mais elle chancela et tomba sur ses genoux.

— C'est fait, dit le cocher qui était descendu de son siège.

— Pas encore ! s'écria-t-on près de là, et au même instant un inconnu parut sur le chemin.

C'était un beau jeune homme, d'une figure franche et décidée; son costume, sans broderie et sans rubans, lui donnait l'apparence d'un étudiant, mais il avait la mine et l'épée d'un gentilhomme.

— Qu'est-ce à dire? reprit M. de Lude, et de quoi vous mêlez-vous ?

— J'ai dit ce que j'ai voulu, et je me mêle des affaires des autres quand il me plaît, répondit gravement l'inconnu.

Sur un geste du lieutenant, le cocher, qui hésitait depuis l'intervention inattendue de l'étranger, s'avança vers Thérèse. Il n'avait pas fait deux pas que la main de l'inconnu s'appuyait sur son épaule.

— Écoute, lui dit-il : monsieur que voilà t'a promis dix louis pour conduire mademoiselle aux Porcherons; moi je te promets cent coups de bâton si tu ne la conduis pas à la métairie que tu vois là-bas. Je te laisse libre, mais si tu n'exécutes pas mon ordre, j'accomplis ma promesse. Comprends-tu ?

— Très bien, dit le cocher, qui sentait à la manière dont la main de l'intervenant s'était appuyée sur son épaule, qu'il n'y avait pas d'objection à faire à un homme si plein d'éloquence et de vigueur. Une nouvelle conviction venait de pénétrer dans son esprit, et en néophyte zélé, il courut tenir la portière, voulant, par son empressement, témoigner de la chaleur de sa conversion.

— Entrez, mademoiselle, reprit l'inconnu en présentant la main à Thérèse, entrez ; je vous réponds des bons sentiments de cet honnête cocher. N'est-ce pas, l'ami ?

— C'est trop d'honneur, monsieur, répondit le cocher, qui se frottait l'épaule tout en fermant la portière.

L'intervention de l'étranger avait été si rapide, l'action avait si promptement suivi ses paroles, que M. de Lude et Marcel étaient demeurés spectateurs muets de cette scène. Mais lorsque Thérèse fut remontée en voiture, M. de Lude sentit toute sa colère se rallumer. Il fondit sur Marcel, l'épée à la main, et lui porta un coup si furieux qu'il l'aurait percé d'outre en outre, si Marcel ne se fût jeté de côté. Le fer déchira l'habit du sergent et glissa sur l'épaule ; mais grâce à la vivacité du mouvement et de la parade, la chair seule fut entamée.

— Vous pratiquez donc aussi l'assassinat, monsieur ? dit l'étranger, tandis que le cocher, remonté sur son siège, poussait les chevaux dans la direction de la métairie.

M. de Lude pâlit à cet outrage.

— En garde ! monsieur, s'écria-t-il d'une voix étranglée par la fureur.

Et il s'élança vers l'inconnu.

— Vous m'oubliez, je crois ! dit Marcel.

Et d'un bond il tomba entre le lieutenant et l'étranger.

— Si votre adversaire voulait bien me céder son tour, reprit celui-ci sans même toucher à la garde de son épée, je consentirais volontiers à vous faire l'honneur de me mesurer avec vous, monsieur ; mais je vous ferai observer que vous lui devez la préférence.

— Me battre avec un manant, jamais !

— Il le faudra cependant bien.

— Et qui m'y forcera ? fit M. de Lude dédaigneusement.

— Moi ! qui suis tout prêt à vous frapper sur la joue du plat de mon épée, si vous hésitez.

M. de Lude se mordit les lèvres jusqu'au sang.

— Ecoutez, monsieur, continua l'étranger du même ton et sans paraître plus ému que s'il se fût agi d'une partie de plaisir ; quand on passe du rapt au meurtre avec une si surprenante facilité, il faut bien s'attendre à quelque désagrément. Tout n'est pas bénéfice dans le métier.

La honte de l'action qu'il avait commise, et la rage qu'inspiraient à M. de Lude les paroles dont son oreille était fouettée, l'emportèrent sur l'orgueil du rang.

— Soit ! répondit-il. Je me battrai avec ce manant, mais ce sera votre tour après.

— C'est ainsi que je l'entends, s'il est nécessaire.

M. de Lude tâtait déjà le terrain du pied, lorsque l'étranger reprit :

— Puisque vous vous rendez à mes observations avec une si louable complaisance, permettez-moi, monsieur, de vous en adresser une nouvelle. Ce n'est pas ici un lieu commode pour se battre. On court le risque d'être dérangé, ce qui est toujours fâcheux. Je vois là-bas un petit bouquet d'arbres où l'on serait à merveille. Vous plairait-il d'y aller ?

— Allons ! répliqua M. de Lude.

Les trois jeunes gens pénétrèrent sous le couvert, et les deux adversaires croisèrent le fer sur le champ. M. de Lude se battait en homme qui veut tuer et ne négligeait aucune des ressources de l'escrime. Mais il avait affaire à un homme aussi déterminé que lui et plus habile. A la troisième passe, l'épée de M. de Lude sauta sur l'herbe. Marcel rompit.

— Dites-moi, monsieur, que vous regrettez tout ceci, et je n'y penserai plus, s'écria-t-il.

M. de Lude avait déjà ramassé son épée ; sans répondre, il retomba en garde. Marcel avait recouvré assez de sang-froid pour se souvenir que l'homme qu'il avait en face était son officier. Il aurait donc bien voulu se borner à parer, mais M. de Lude le poussait si rudement qu'il dut se résoudre à rendre coup pour coup. Le froissement du fer l'anima, et une botte qui vint l'égratigner acheva de lui faire perdre tout ménagement. Deux minutes après, son épée s'enfonçait dans la poitrine de M. de Lude ; le lieutenant voulut riposter, mais le fer s'échappa de ses mains, un flot de sang monta à ses lèvres, et il tomba sur les genoux. L'étranger le souleva et l'appuya contre un arbre.

— Il se peut qu'il n'en revienne pas, monsieur, dit-il à Marcel ; commencez par déguerpir, on arrangera la chose après.

— Cet homme est mon lieutenant, répondit Marcel, son épée rouge à la main.

— Ah! diable! fit l'inconnu ; il y va pour vous de la fusillade. Partez donc au plus vite !

— Et ma sœur ?

— J'en réponds.

— Vous me le jurez ?

— Voici ma main.

Les mains des deux jeunes gens se rencontrèrent dans une étreinte fraternelle.

— Partez, reprit l'étranger, et comptez sur moi.

— Vous avez secouru ma sœur, monsieur ; votre nom, je vous prie, afin que je sache à qui toute ma reconnaissance est due ?

— Je m'appelle William Grant, et suis du comté de Waterford, en Irlande.

— Je suis de Lille, en Flandre, et mon nom est Marcel Vanderkove, sergent de sapeurs au régiment de La Ferté.

— Eh bien, Marcel, vous avez un ami. Les honnêtes gens se devinent au regard.

Marcel pressa une fois encore la main de l'Irlandais et partit. Les ombres du soir commençaient à s'étendre sur la campagne quand il s'éloigna. Le souvenir du rendez-vous qui l'attendait à la porte Gaillon lui revint tout à coup à l'esprit. Sa sûreté personnelle exigeait qu'il s'éloignât en toute hâte, avant que le bruit de son duel se fût répandu, mais M. d'Armentières avait sa parole. Marcel se rendit à la porte Gaillon. Il y était à peine depuis cinq minutes, qu'il vit arriver un jeune homme enveloppé d'un manteau à l'Espagnole qui lui cachait la taille. Un feutre gris, où s'effilait une plume de héron, voilait son front ; le bas du visage était caché par un pli du manteau. A la vue de Marcel, le jeune page marcha rapidement vers lui, et dit tout bas : « *La Lionne de Paris attend.* »

— Je vous suis, répondit Marcel.

Le page enfila une ruelle sombre, marcha quelques minutes, et siffla à l'aide d'un petit sifflet attaché à son cou par une chaîne d'argent. A ce signal, un carrosse arriva au carrefour où le page s'était arrêté ; il s'élança dedans et fit signe à Marcel d'y monter après lui.

La portière se referma sur eux, et la voiture partit à fond de train.

FIN DE LA PREMIÈRE PARTIE

DEUXIÈME PARTIE

I

La Lionne de Paris

À peine Marcel se fut-il assis dans la voiture que son guide abaissa les rideaux de soie et se jeta dans un coin. La voiture roula pendant une heure environ. Il parut à Marcel qu'elle s'éloignait de Paris et s'enfonçait dans la campagne, mais il lui fut impossible de reconnaître par quels chemins elle passait, ni quelle direction elle suivait. Son compagnon restait immobile et silencieux à sa place.

Tout à coup la voiture s'arrêta, un laquais ouvrit la portière, et le page, sautant à terre, invita Marcel à le suivre.

Ils se trouvaient dans un endroit solitaire entouré de grands arbres. La nuit était profonde, mais on voyait au loin briller, entre le feuillage, une lumière fixe comme une étoile. Le page ramena les plis de son manteau autour de sa taille et s'enfonça dans un sentier. Marcel le suivit. La lumière disparaissait et reparaissait tour à tour derrière les obstacles ; le vent soufflait et remplissait de bruits mélancoliques la masse sombre du bois.

À mesure que les deux voyageurs avançaient, le sentier se rétrécissait et s'obstruait de branchages jonchant le sol.

Cependant l'éclat de la lumière augmentait ; chaque pas les en rapprochait.

Bientôt, entre les troncs des ormes et des bouleaux, Marcel distingua les contours indécis d'une maison, et au même instant il vit, comme dans un rêve, passer et s'effacer, derrière des buissons de houx, deux ombres dont quelques mètres de gazon et de ronces le séparaient.

Un peu plus loin, les deux ombres se rapprochèrent du sentier. Un craquement de branches sèches cria. Marcel regarda son guide. Il semblait n'avoir rien vu ni rien entendu.

La présence de cette escorte mystérieuse rappela soudain à Marcel les dernières paroles de M. d'Armentières ; il passa la main sous son habit ; quand il se fut assuré que le poignard, pris le matin à tout hasard, était toujours à sa place, il saisit le bras du guide.

— Que me voulez-vous ? demanda celui-ci.

— Rien.

— Pourquoi alors me prendre par le bras ?

— C'est mon idée.

— Et s'il ne me plaisait pas de la souffrir ?

— J'en serais désolé, mais il faudrait cependant bien que vous vous y soumettiez.

— Savez-vous bien, monsieur Marcel, que si j'appelais on viendrait à mon secours, car nous ne sommes pas si loin encore du carrosse qu'on ne pût nous entendre.

— Je crois même que vous n'auriez pas besoin d'appeler bien haut pour être entendu.

La main du guide trembla dans celle du sergent.

— Mais je vous préviens qu'au moindre cri et au moindre effort pour vous dégager, je vous plante ce poignard dans la gorge, continua Marcel.

Le guide vit briller le pâle éclair de l'acier à deux pouces de son visage. Il frissonna.

— Et si je ne voulais pas avancer ? fit-il.

— Alors je reculerais ; mais comme cette nouvelle résolution me prouverait que j'ai quelque besoin de rester en votre compagnie, je vous prierais de vouloir bien m'accompagner et n'aurais garde de vous lâcher.

— Avez-vous donc peur d'être assassiné et n'avez-vous pas votre épée ?

— Une épée c'est bien embarrassant ; un poignard est plus sûr.

— Vous êtes fou ! Laissez-moi !

— Non pas. J'ai toujours eu pour maxime de faire les choses à deux. A deux on vit plus gaiment ; on doit mourir moins tristement aussi.

Le guide attacha son regard brillant sur le visage de Marcel, où se peignait cette résolution ferme et calme qui lui était particulière.

— Marchons ! reprit le guide.

Et ils continuèrent à s'avancer vers la lumière.

Cette lumière brillait à une fenêtre, la seule qui fût ouverte, d'une chaumière assez vaste, perdue dans l'épaisseur du bois.

Le guide frappa à une porte qui s'ouvrit tout de suite.

Marcel et lui pénétrèrent dans un corridor au bout duquel ils rencontrèrent un escalier.

La porte se referma, la lumière disparut, et ils montèrent les degrés.

Au sommet de cet escalier, le guide souleva une portière, et tous deux se trouvèrent à l'entrée d'une chambre merveilleusement ornée.

De riches tentures couvraient les murs; un tapis étouffait le bruit des pas; les meubles étaient incrustés de cuivre doré et de nacre; sur un sofa de brocatelle, couronné d'un dais, une femme vêtue d'une robe de velours cramoisi était à demi couchée; ses bras nus se noyaient dans des flots de dentelles, et sa main plus blanche que la fleur de jasmin, agitait mollement un éventail de plumes vertes.

Un masque noir cachait son visage.

Nul regard n'en pouvait saisir la forme et le contour, et cependant quiconque eût vu cette femme ainsi couchée, eût deviné qu'elle était d'une rayonnante beauté.

A quelques pas du sofa on voyait deux fauteuils.

Marcel et son guide s'y placèrent sur un signe de la dame au masque noir.

Une lampe voilée d'un globe d'albâtre jetait ses clartés blanches sur les tentures de soie pourpre; ses rayons se brisaient aux angles des meubles polis, sur les ciselures des candélabres, aux mille facettes des cristaux prodigués sur les étagères, et les effets de lumière augmentaient encore la magie de ce lieu qu'embaumaient les aromes répandus par d'invisibles cassolettes.

— Vous vous appelez Marcel? demanda la dame au fils du fauconnier, d'une voix vibrante dont elle cherchait à dissimuler l'éclat.

— Oui, madame.

— Et vous venez de la part de M. d'Armentières?

— Il a dû vous en instruire.

— Le connaissez-vous depuis longtemps?

— Mon père était le serviteur du sien.

— Son serviteur! Vous êtes donc de ses gens?

— Je suis soldat, et M. d'Armentières m'a fait parfois l'honneur de m'appeler son ami.

— Ah! fit la dame avec un accent où la surprise se mêlait au dédain.

Puis elle reprit:

— Ne savez-vous rien des causes qui ont engagé M. d'Armentières à vous envoyer vers moi ?

— Rien.

— Qui peut m'en assurer ?

— Ma parole.

— Votre parole?... dit-elle en secouant son éventail.

Elle n'ajouta pas un mot, mais il n'y avait pas à se méprendre sur l'expression de sa voix.

— Ceux qui croient au mensonge pratiquent le mensonge, dit Marcel hardiment.

L'inconnue tressaillit, mais ne répondit pas, et s'adressa au guide de Marcel en s'exprimant dans une langue étrangère.

— Eh ! madame, je ne le puis ! répliqua le guide en français.

— Qui t'en empêche ?

— Le soldat qui m'a retenu tout le long du sentier et qui me retient encore.

— En effet.

— Je n'ai pu me soustraire à son étreinte.

— C'est une fantaisie que je veux bien lui pardonner, mais qui va finir à l'instant, fit la femme masquée.

Marcel ne répondit pas, mais ses doigts ne cessèrent pas un instant de se nouer autour du poignet du guide.

— Eh bien ! m'avez-vous entendue? reprit la dame impatientée.

— Parfaitement. Mais pourquoi ferais-je ce que vous désirez?

— Mais parce que je le veux !

— Ah ! vous le voulez ?...

— Oui.

— C'est tout au plus un prétexte; donnez-moi une raison.

— Insolent ! s'écria l'inconnue debout cette fois; sais-tu bien que si j'appelais, il y a près d'ici des bras disposés à te forcer à l'obéissance et à te punir après ?

— Je le crois sans peine, madame, mais au premier cri, au premier geste, j'étends ce guide mort à vos pieds.

L'inconnue se jeta en arrière à la vue du poignard que tenait Marcel sur la poitrine du page.

— Et quand celui-ci sera mort, les autres verront qu'ils ont affaire à un homme résolu qu'il n'est point trop aisé d'abattre. Appelez donc, maintenant! répéta le sergent.

— N'en faites rien, madame! s'écria le guide, il me tuerait comme il le dit!

— Ah! tu as du cœur, à ce qu'il paraît! reprit la femme au masque noir.

— A qui cela s'adresse-t-il? fit Marcel; à moi ou à ce jeune homme?

— A toi.

— Vous pouviez vous en dispenser, madame, je sais ce que je vaux.

— Bien! de l'ironie et de la fierté!

— Vous me donnez une qualité de trop.

— Laquelle?

— La fierté; je me contente de l'ironie.

— D'honneur, je remercierai M. d'Armentières de m'avoir envoyé un si vaillant ambassadeur.

— Et moi je le remercierai de m'avoir choisi pour une mission où les armes devaient intervenir au milieu des discours. M. d'Armentières ne m'avait pas trompé.

— Quoi! c'est lui qui t'a fait prendre ce poignard? s'écria-t-elle d'une voix indignée.

— Avait-il tort, madame?

L'inconnue tressaillit à cette question froidement faite, et Marcel vit son cou s'empourprer d'une rougeur subite. Elle se rassit sur le sofa et parut le regarder avec attention.

— Brisons-là, reprit-elle plus doucement. Si je vous donnais ma parole qu'il ne vous sera rien fait, laisseriez-vous aller ce page?

— Il est libre, madame. Vous avez douté de ma parole; je ne vous ferai pas l'outrage de douter de la vôtre.

La main de Marcel s'ouvrit et le page courut vers sa maîtresse.

— C'est un hardi et beau cavalier, vraiment! s'écria la dame. Sur mon âme, voilà un jeune soldat à qui l'épaulette de capitaine siérait à merveille! Franc et ferme comme l'acier!

L'inconnue ne prit pas cette fois le soin de déguiser sa voix; son éclat et sa douceur infinie charmèrent Marcel. Il l'écoutait encore qu'elle ne parlait plus, et son cœur eut la révélation mystérieuse de l'amour sans bornes que cette femme devait inspirer, et du malheur sans rem   qui suivait son abandon. Il venait de comprendre le muet désespoir de M. d'Armentières.

— Marcel, attendez, reprit-elle; vous serez libre dans un instant.

La dame au masque noir et le page se parlèrent bas pendant quelques minutes; puis celui-ci, approchant une petite table d'ébène sur laquelle se trouvait du papier, présenta une plume à sa maîtresse, qui écrivit une lettre, la plia et la mit sous enveloppe, appuya une bague qu'elle avait au doigt sur la cire brûlante, et tendit la dépêche à Marcel.

— Voici ma réponse; remettez-la à M. d'Armentières promptement et oubliez tout, jusqu'au chemin que vous avez pris pour venir ici. Mais si quelque jour les hommes vous manquaient, frappez hardiment à la porte de la maison de la rue Garancière et appelez-en à la Lionne de Paris : elle se souviendra.

Marcel s'inclina sur la main de la jeune femme et prit la lettre en effleurant de ses lèvres le bout d'un gant parfumé.

— Que Dieu vous garde, beau cavalier ! dit-elle à mi-voix.

Et, jetant sur Marcel un dernier regard, elle disparut sous une portière.

— Venez ? reprit le page, tandis que Marcel, ébloui de ce regard et tout frémissant de ces paroles, restait immobile devant les larges plis du damas de pourpre.

Marcel tressaillit et, plein de trouble, suivit le guide. Ils descendirent les marches, traversèrent la forêt, sans voir aucune ombre cette fois, et montèrent dans le carrosse. Le page abaissa les stores et, deux heures après, la voiture s'arrêtait rue Dauphine. Un laquais ouvrit la portière, Marcel descendit et l'équipage partit au galop.

Quand Marcel arriva au coin de la rue d'Enfer, l'honnête Tartarin était dans un grand trouble. Le digne propriétaire n'avait pas voulu se coucher. Sa lampe, éteinte ordinairement vers neuf heures, veillait encore à deux heures après minuit, et, debout derrière ses volets entrebâillés, il jetait des regards pleins d'anxiété dans les ténèbres de la rue.

— Ah ! monsieur Marcel, que vous me tirez d'inquiétude, dit-il au sergent, je craignais que vous ne fussiez mort.

— Je ne le suis point encore, mais ça pourra venir.

— Ne parlez donc pas de cette façon lugubre... à l'heure qu'il est ce sont de mauvaises conversations.

— Est-ce donc pour vous assurer que je suis bien vivant que vous m'avez attendu ?

— C'est aussi pour vous remettre ce papier qu'un gentilhomme a laissé après être venu deux fois. Il m'a vivement recommandé de ne le donner qu'à vous, m'assurant qu'il s'agissait d'une affaire importante.

Tandis que M. Tartarin parlait, Marcel avait déjà ouvert le pli, et, à la clarté de la lampe de l'hôtelier, il lisait ces quelques mots :

« M. de Lude n'est pas mort, bien qu'il ne soit pas en état de se lever de longtemps, s'il se lève jamais ; il a parlé, et le secret de votre rencontre a été confié à des gens qui ont sans doute donné des ordres pour vous arrêter. Vous n'avez plus qu'à fuir, et le plus vite que vous pourrez. Quittez Paris, et comptez sur moi quoi qu'il arrive.

» WILLIAM GRANT. »

Marcel s'attendait à cette nouvelle, il brûla le billet sans paraître ému, et tirant de sa poche une bourse bien garnie, il demanda à M. Tartarin s'il ne connaissait pas quelque honnête personne, discrète et sûre, qu'il pût charger d'une commission délicate.

— J'ai mon fils, Jean Tartarin, un garçon adroit comme un racoleur et muet comme un poisson.

— Vous me répondez de lui ?

— Corps et âme.

— Il se chargera bien alors de porter cette lettre et une autre que je vais écrire à un capitaine de chevau-légers en garnison à Arras ?

— Il les portera.

— Sans tarder ?

— Dans une heure il sera parti.

Marcel écrivit à M. d'Armentières pour le prévenir de ce qu'il avait vu et des événements qui ne lui permettaient pas de lui porter lui-même la réponse de la dame inconnue.

Aussitôt après l'arrivée de Jean, il lui remit les deux lettres, avec recommandation de faire diligence; puis, laissant à M. Tartarin un billet pour sa sœur Thérèse, il lui fit part de la nécessité où il se trouvait de s'éloigner immédiatement.

— Ah! mon Dieu! ne reviendrez-vous pas? dit le propriétaire.

— Je reviendrai si bien que je vous prie de me garder ma chambre avec ces dix louis qui sont à vous si, dans quinze jours, je ne suis pas de retour. Je vous prierai seulement de ne rien dire, ni de ce que vous avez vu, ni de mon départ, si par hasard quelque curieux vous questionnait.

— Je comprends, fit M. Tartarin, qui flairait sous ce mystère une affaire d'État, je comprends et je me tairai.

Marcel se dépouilla de ses habits, en prit d'autres qui appartenaient au fils de M. Tartarin, s'arma d'un bâton et quitta la rue d'Enfer.

— C'est à M. de Croisille que je dois ma hallebarde de sergent, se disait-il, c'est à M. de Croisille que je la rendrai.

Et il se mit en route.

II

Les Filets de l'Amour

Marcel, au point du jour, se trouvait déjà à trois ou quatre lieues au delà de Saint-Denis, sur la route de Flandre. La campagne souriait sous les pre-

Dites-moi que vous regrettez tout ceci, et je n'y penserai plus.

mières et blanches clartés du matin; de joyeuses filles passaient en chantant sur le chemin que rayaient les ombres des peupliers frémissants. Autour de Marcel, tout était lumière et gaité; tout était ténèbres et tristesse en lui. Il avait perdu celle qu'il aimait, il venait de perdre la liberté, il allait sans doute perdre la vie. Son cœur se gonfla sous ce flot de pensées amères. Il avait lutté, il était vaincu. Mais la voix de sa conscience ne lui reprochait rien. Vers midi, il s'arrêta dans une espèce de cabaret; depuis la veille il n'avait rien pris. L'hôtesse, jeune femme accorte et prévenante, eut en un tour de main fait sauter une omelette.

— Bien vous prend, mon garçon, lui dit-elle, d'être entré au coup de midi. Un quart d'heure plus tard, vous auriez couru risque de ne plus trouver ni coquilles d'œuf ni croûte de pain. Où les gens de la maréchaussée passent il ne reste rien.

— Ah! fit Marcel, vous attendez les gens du roi?

— Une demi-douzaine de drôles qui ont soif comme du sable et faim comme des dogues!... Mais, tenez, les voilà qui s'avancent du bout de la plaine... Les voyez-vous, leurs mousquetons sur l'épaule?

— Fort bien! Ils sont, sans doute, en chasse de quelque malfaiteur?

— Ah! bien oui! le pays pourrait bien être pillé qu'ils n'y prendraient pas garde... Ils cherchent un pauvre soldat.

— Un soldat?

— Quelque déserteur, à ce que m'a conté le brigadier, qui parle assez volontiers de ses affaires... Il s'agit d'un jeune homme à peu près de votre taille, brun comme vous, leste et vigoureux ainsi que vous semblez l'être.

L'hôtesse cessa de parler pour examiner Marcel. L'éclair du soupçon passa dans ses yeux. Marcel se leva, jeta quelque monnaie sur la table et se dirigea vers la porte. La crosse d'un mousquet frappa les cailloux.

L'hôtesse s'élança vers le fugitif.

— Chut! fit-elle rapidement à son oreille, je n'ai rien compris, rien deviné, mais n'avancez pas! Un pied sur la route, et vous êtes mort. Passez là, dans ce cabinet, je vais les occuper avec mon meilleur vin... S'ils ne vous voient pas, dans une heure ils partiront et vous serez sauvé... S'ils vous voient, dame! il y a la fenêtre!

Marcel se jeta dans la salle voisine au moment où la porte du cabaret s'ouvrait.

— Le ciel est un four et la route est un gril! dit le soldat en entrant.

— Si bien que vous avez une soif de damné, reprit l'hôtesse. Prenez donc et buvez, ajouta-elle en posant une cruche de vin sur la table.

Ceux qui venaient par la plaine entrèrent à l'instant. La plupart jetèrent sur les bancs leurs chapeaux et leurs mousquets, et s'assirent autour d'une table. L'hôtesse passait et repassait de la salle au cabinet, qui avait une issue sur la cuisine.

— Ils boivent, dit-elle tout bas à Marcel.

— Tous?

— Tous, sauf un.

Marcel ouvrit la fenêtre.

Au troisième voyage de la cabaretière, un soldat la suivit.

— Laissez-moi et finissons, dit-elle.

— Non pas ; vous avez de trop beaux bras.

— S'ils sont beaux, ils sont forts ; gare à vous !

— Eh ! eh ! reprit le soldat en apercevant Marcel, nous ne sommes pas seuls ! La compagnie fait peur à l'amour. Eh ! l'ami, retournez-vous donc un peu !

Marcel tressaillit au son de cette voix qui ne lui était pas inconnue. Il appuya une main sur la fenêtre, se retourna et reconnut Doguin, qui était passé de l'artillerie dans la maréchaussée à pied, où il avait vaillamment gagné les galons de brigadier.

— Marcel ! s'écria-t-il. Eh ! eh ! camarade ! nous avons un vieux compte à régler ensemble. Vous avez eu la première manche, mais à moi la partie. Vous êtes mon prisonnier.

— Pas encore, dit Marcel en posant le pied sur la fenêtre.

Doguin s'avança vers lui, mais un vigoureux coup de poing en pleine poitrine le renversa rudement par terre, et d'un bond Marcel franchit la fenêtre. Aux cris du brigadier, la maréchaussée accourut ; mais par un mouvement fort adroit, en voulant secourir Doguin, la cabaretière avait poussé les châssis couverts de rideaux rouges, si bien que la vue de la campagne et du fuyard fut interceptée.

— Qu'y a-t-il donc ? demandèrent les soldats.

Doguin, sans répondre, saisit un mousquet, ouvrit la fenêtre et fit feu. La balle fit sauter l'écorce d'un pommier à deux pas de Marcel.

— Pauvre garçon ! fit l'hôtesse, comme il court !

— Mais dépêchez-vous donc ! cria Doguin à ses gens. C'est notre déserteur. S'il nous échappe, il nous vole dix louis.

La maréchaussée se jeta sur les traces du fuyard ; mais la maréchaussée était embarrassée de ses buffleteries et Marcel gagnait du terrain. De la fenêtre où elle s'était accoudée, la cabaretière assistait à cette chasse à l'homme.

— Comme il y va ! disait-elle à demi voix, tout en suivant les péripéties de cette course, et sans se douter qu'elle se parlait tout haut ; le voilà qui traverse les luzernes du père Benoît. Bon, il saute le fossé... Il a des jambes de chevreuil, ce garçon-là !... Ah ! voilà un soldat par terre... il a donné du pied contre une souche, le maladroit !... c'est bien fait !... et d'un autre... celui-là s'est empêtré dans le fourreau de son sabre... Le déserteur est déjà loin...

bien certainement il leur échappera... Tiens ! où veut-il aller ?... Ah ! il a songé au bois !... et il a, ma foi, bien raison !... il approche... il y touche... Sauvé !

Quand Marcel eut pénétré dans le bois, il courut quelques instants encore ; puis, se jetant alors de côté, il fit une centaine de pas, et se blottit sous un fourré.

Doguin et ses acolytes arrivèrent ; en cet endroit, le sentier bifurquait. Le brigadier prit à droite, les soldats à gauche, et quelques minutes après le bruit de leurs pas se perdait dans l'éloignement.

Marcel, tranquille de ce côté, et voulant éviter la poursuite des gens de la maréchaussée qui ne manqueraient pas de fouiller le bois, se releva et courut droit devant lui par les taillis.

Un mur se rencontra sur son chemin ; il le franchit.

Après un quart d'heure, il se trouva sur le bord d'une avenue coupée par une rivière sur laquelle on avait jeté un pont.

Une grille la fermait d'un côté, un château s'élevait à l'autre extrémité.

Marcel avança la tête et, ne voyant ni n'entendant rien, il entra dans l'avenue et marcha vers le château.

A peine avait-il fait une vingtaine de pas, qu'il aperçut une dame à cheval accompagnée d'un domestique en livrée.

La dame semblait lire une lettre que le laquais venait sans doute de lui remettre.

A l'écume qui blanchissait son mors et ses flancs, on pouvait croire que le cheval du valet avait fourni une longue traite, tandis que celui de la dame, fringant et vif, semblait impatient de partir.

La dame, jeune et belle, avait à peine achevé sa lecture que, froissant la lettre dans sa main, elle appliqua un vigoureux coup de cravache à son cheval qui, surpris, bondit, se cabra et partit comme un trait.

L'amazone poussa un cri, le valet se jeta en avant, mais il ne put saisir la bride du cheval, qui précipita sa course dans l'avenue.

Il se dirigeait vers le pont jeté sur la rivière, lorsqu'une branche, chassée par le vent, s'embarrassa dans ses jambes.

Le cheval, effaré, sauta sur la berge de la rivière qui, en cet endroit était à pic.

Ses pieds de derrière pétrissaient l'arête, et le moindre faux pas pouvait le précipiter dans l'eau profonde qui se brisait contre les arches du pont.

Marcel vit le péril d'un coup d'œil.

Il bondit sur la berge, saisit le cheval par le mors et le fit se jeter de côté ; la dame, plus pâle qu'une morte, s'élança de selle, et Marcel et le coursier fumant roulèrent sur l'herbe.

Le sergent n'entendit qu'un cri, ne sentit qu'un coup, et s'évanouit.

Quand il revint à lui, il était étendu sur un sofa, dans une grande pièce magnifiquement meublée.

Son premier mouvement fut de porter la main à son front ; une vive douleur répondit au contact de ses doigts.

— Oui ! oui ! vous êtes blessé ! Il s'en est fallu d'un demi-pouce que le fer du cheval n'atteignît la tempe ! Adonis a été adroit dans sa maladresse.

Marcel tourna la tête pour voir la personne qui parlait, et reconnut la dame qu'il venait de tirer d'un si grand péril. Il voulut se lever pour la remercier des soins qu'elle avait pris de lui.

— Tenez-vous tranquille, reprit-elle, vous n'êtes point en état de remuer, avec la plaie que vous avez à la tête et la saignée qu'on vous a faite au bras.

Marcel s'aperçut seulement alors qu'il avait le bras gauche entouré de ligatures.

Il sourit et reporta les yeux sur la dame qui était devant lui, assise dans un grand fauteuil.

Son habit d'amazone, déchiré en plusieurs endroits, était taché de sang ; elle-même portait le bras en écharpe ; ses cheveux défaits tombaient en longues tresses brunes autour de son visage, où rayonnaient des yeux merveilleusement beaux.

Parmi les sensations confuses où son âme se débattait, il semblait au jeune homme que ce n'était pas la première fois que le son de cette voix frappait son oreille ; mais il ne pouvait se rappeler ni en quel lieu ni en quelle circonstance il l'avait entendu.

Quant au visage de la dame, il lui était tout à fait inconnu.

Au sourire de Marcel, elle répondit par un sourire ; mais il y avait dans le mouvement de ses lèvres, d'un dessin ferme et net, quelque chose d'amer et de dédaigneux qui en altérait la grâce.

— Je comprends, reprit-elle, vous n'avez rien senti, ni la chute, ni le coup de pied, ni le transport au château sur un brancard, ni la saignée, ni le pansement. Une jolie femme ne se serait pas mieux évanouie !

Marcel rougit légèrement.

— Mais, continua la dame, vous tombiez donc des nues quand vous avez si brusquement fait pirouetter Adonis ?

Marcel avait tout oublié. La question de la dame rendit à ses souvenirs toute leur vivacité. Il revit à la fois son duel, son départ, sa fuite, et se tut, mesurant par la pensée le malheur où sa vie venait d'être plongée.

— Oh ! je ne vous demande pas votre secret, continua son interlocutrice. Vous m'avez sauvé la vie, c'est bien le moins que vous ayez le droit de garder le silence. Mais, sur mon âme, l'homme qui a failli causer ma mort, après avoir presque tué M. de Lude, a maintenant un double compte à me rendre !

Marcel regarda la dame avec étonnement. Elle avait les sourcils froncés, les lèvres contractées, et sur ses joues une rougeur fébrile venait de remplacer la pâleur.

— M. de Lude ! s'écria Marcel en se soulevant.

— Le connaitriez-vous ? reprit la jeune dame.

— Un officier d'artillerie ? ajouta le blessé.

— Précisément. Un officier d'artillerie que j'attendais au château ; son meurtrier s'est enfui ; mais je saurai bien l'atteindre, en quelque endroit qu'il se cache.

— C'est donc à sa vie que vous en voulez, madame?

— Certes ! après le crime, il faut le châtiment.

— Prenez-la donc ! s'écria Marcel, car celui que vous cherchez, c'est moi!

— Vous ! Mais vous l'avez donc frappé par derrière ?

— J'ai frappé M. de Lude de face, l'épée froissant l'épée, et si je l'ai frappé, c'est parce qu'il avait insulté une femme.

— Quelque grisette !

— Ma sœur, madame.

— Eh ! que m'importe ! Qu'est-elle, votre sœur ?

— Madame ! s'écria Marcel, je vous ai livré ma vie, mais je ne vous ai pas livré l'honneur des miens ! Faites-moi tuer, si bon vous semble, mais ne m'insultez pas.

Marcel était debout : une émotion extraordinaire animait son visage ; sur son front pâle filtraient quelques gouttes de sang ; l'éclat de ses yeux, l'autorité de son geste, l'expression de sa voix en imposèrent à l'inconnue. Elle, qui semblait avoir l'habitude du commandement, hésita, les yeux attachés sur cette jeune tête pleine de force et de résolution. Elle se sentit remuée jusqu'au fond du cœur, et s'étonna de ne plus trouver ni mouvement ni parole pour répondre au téméraire qui la dominait.

En la voyant silencieuse, Marcel oublia son indignation : un doux sourire passa sur ses lèvres décolorées, la flamme de ses yeux se voila, et s'inclinant avec une grâce pleine de simplicité :

— Pardon, madame, reprit-il, j'ai défendu la sœur contre votre colère ; mais j'abandonne le frère à votre vengeance.

Les yeux de l'inconnue s'emplirent de clartés ondoyantes ; tout son être frémit et, d'une voix douce, elle murmura :

— Jeune, brave et beau tout à la fois !

Puis elle reprit en souriant :

— Si vous vous livrez, moi je vous sauve. Vous avez trop raison pour que M. de Lude n'ait pas quelque peu tort.

Il serait fort difficile d'expliquer le motif de la joie profonde qui s'épandait dans le cœur de Marcel. Ce n'était certainement pas l'espérance d'échapper à une condamnation inévitable : il était résolu à l'aller chercher lui-même. N'était-elle pas plutôt occasionnée par l'intérêt que l'inconnue semblait prendre à lui ? Marcel aurait pu seul expliquer la nature de ses sensations, et elles étaient encore trop confuses pour qu'il songeât à les analyser.

— M. de Lude est cependant une forte lame, reprit la dame, en suivant sur le visage de Marcel le reflet de ses fugitives pensées. Vous êtes donc bien redoutable une épée à la main ?

— J'avais le bon droit de mon côté, madame.

— Si vous défendez si vaillamment une sœur, que feriez-vous donc pour une maîtresse ?

— Pour une fiancée, vous voulez dire, sans doute. Je me ferais tuer dix fois.

— Bien gardée sera celle que vous aimerez !

A ces mots qui lui rappelaient Léonore, Marcel rougit. La dame s'en aperçut.

— Ah ! vous aimez ! reprit-elle d'une voix brève et en jetant au blessé un regard profond.

En ce moment, une camériste entra dans l'appartement. En voyant Marcel, elle tressaillit ; mais l'inconnue, faisant le geste de ramener ses cheveux derrière son épaule, mit son doigt sur ses lèvres.

— La voiture que madame la duchesse a demandée est prête, dit la camériste.

La duchesse se leva. Marcel voulut la saluer, mais l'effort qu'il venait de faire en se redressant avait épuisé ses forces ; il chancela et s'appuya au dossier d'un fauteuil pour ne pas tomber.

— M. de Lude se meurt, dit tout bas la camériste à sa maîtresse.

La duchesse s'était avancée vers la porte ; en se retournant pour jeter un dernier regard à Marcel, elle vit la pâleur livide étendue sur son front, qu'humectait un filet de sang. D'un geste hautain, elle repoussa la camériste et s'élança vers lui.

— Je reste ! dit la duchesse.

II

L'Incendie

Pendant quelques jours, Marcel demeura alité, en proie à une fièvre ardente; la force de sa constitution et la vigueur de sa volonté avaient pu, dans les premiers instants, dissimuler l'énergie du mal; mais il dut enfin céder à la violence de la réaction qui s'opérait en lui.

Son corps et son esprit, également blessés, étaient à bout de résistance et d'efforts.

Bien souvent, tandis que le délire faisait passer des rêves sans nombre dans les ténèbres de son imagination, il crut voir, penchée sur son lit, une figure de femme que voilaient à demi les longs anneaux d'une chevelure embaumée.

Alors, il appelait Léonore d'une voix brisée par les sanglots, et ses lèvres avides se collaient à des mains blanches qu'on abandonnait à ses baisers.

Mais, chose étrange! dans ces heures où l'amour de Marcel s'enflammait de tous les feux de la fièvre, le visage de l'inconnue se détournait et tout son corps tremblait comme un rameau secoué par le vent.

Un jour vint où le malade put jeter autour de lui un regard plus tranquille.

Le silence était profond.

Dans la pénombre d'une chambre où les rayons du jour se noyaient entre des tentures de soie, une femme, vêtue d'une longue robe blanche, était assise dans un fauteuil.

Un rêve à peine achevé flottait encore devant les yeux de Marcel; il tendit les bras à l'image trompeuse de son idole, et sa bouche murmura doucement le nom de Léonore.

— Je ne suis pas Léonore, dit l'inconnue.

Marcel se souleva et la regarda. Les voiles où la fièvre avait emprisonné son âme disparurent comme ces vapeurs du matin, dont les premières clartés du jour effacent les plis nacrés. Marcel reconnut la duchesse. Un sourire doux et triste éclaira son visage.

— C'était vous, madame? fit-il.

— C'est une amie que vous n'appeliez pas et qui veillait sur vous, répondit la duchesse. Mais ne me questionnez pas encore. J'ai ordre de vous imposer silence. Obéissez.

La duchesse appuya un doigt sur sa bouche et força doucement le jeune homme à se recoucher. Mais elle-même oublia la consigne qu'elle était chargée de faire exécuter.

— Vous l'aimez donc bien cette Léonore? reprit-elle avec un léger tremblement dans la voix.

Une rougeur subite courut sur les joues de Marcel.

— L'ai-je nommée? s'écria-t-il. Oh! madame, pardonnez à mon délire.

— Eh! monsieur, ce ne sont point des excuses que je vous demande, c'est un aveu.

Avec la colère, la sonorité de la voix était revenue. Un éclair brillait dans les yeux de la duchesse, ses narines frémissaient. Marcel, à demi soulevé, la regarda; calme et serein devant cette colère mal retenue, il redressa fièrement sa tête chargée des ombres de la souffrance, et avec la simplicité du chrétien confessant sa foi, il reprit :

— Oui, madame, je l'aime.

Les yeux de la duchesse s'abaissèrent sous le regard de Marcel; elle laissa tomber sa tête sur sa poitrine, et si la douteuse clarté de la chambre avait permis au jeune blessé de lire sur ce beau visage incliné, il aurait pu voir, des paupières à demi closes, glisser, telle une goutte de rosée, une larme sur la joue de la duchesse.

— Est-ce votre fiancée? reprit-elle d'une voix si faible qu'elle passa comme un murmure entre le corail humide de ses lèvres.

— Non, dit Marcel tristement, c'est une amie que j'ai perdue.

Un rayon de joie illumina le regard de la duchesse, puis, le front appuyé sur sa main, elle se tut.

Madame la duchesse de Glandèves était alors dans tout l'éclat de sa beauté.

Grande, svelte, d'une taille admirablement prise, toute sa personne offrait un heureux mélange de grâce et de dignité; elle avait naturellement cette démarche aisée, ce port noble et ce grand air dont les dames de la cour de Louis XIV devaient, par toute l'Europe, illustrer la majesté.

(LIV. 12)

Peut-être pouvait-on lui reprocher la superbe assurance de ses manières, qui imposaient parfois plus qu'elles ne charmaient, et l'expression hautaine de son visage; mais elle savait à propos en tempérer l'orgueil par une élégance ineffable, une adorable coquetterie dont les grâces magiques prêtaient à son geste, à son regard, à son sourire, un irrésistible attrait.

La chaleur du sang espagnol, qu'elle tenait de sa mère, se trahissait alors dans l'étincelle humide de ses yeux frangés de longs cils, dans l'appel muet de ses lèvres pourprées, dans les mouvements onduleux de son corps souple, dans les caresses de sa voix aux accents purs et veloutés.

Madame de Glandèves se transformait comme une fée, et sous la grande dame brillait souvent l'enchanteresse.

Elle savait à sa bouche, d'un dessin fier et dédaigneux, donner le suave contour d'un sourire ingénu; l'arc délié de ses sourcils se jouait sur l'ivoire de son front délicat avec une charmante vivacité; la pâle transparence de ses joues, de son col, de ses épaules où se dessinait un réseau de veines bleuâtres, s'illuminait parfois de teintes roses, comme sous un baiser du soleil.

La divine statue s'animait sous l'éclair de la passion; et comme la déesse antique, elle apparaissait aux yeux charmés tout éblouissante de vie, de jeunesse et d'amour.

Madame de Glandèves passait pour une des femmes les plus influentes de la cour du jeune roi; son mari, gouverneur de l'une des provinces du midi de la France, la laissait complaisamment à Paris, où il pouvait tout espérer du crédit de sa femme.

En retour de cette influence, M. de Glandèves accordait à la duchesse une liberté dont elle usait pleinement.

C'était entre eux une sorte de compromis tacite dont les clauses s'exécutaient loyalement.

A lui les titres, les honneurs, les dignités; à elle le luxe, les plaisirs, l'indépendance.

A l'époque dont nous parlons, ces sortes d'associations, consacrées par les sacrements du mariage, étaient tolérées, peut-être même autorisées par les mœurs, et personne ne songeait à médire de leurs conséquences.

Ceux qui faisaient de la conduite de madame de Glandèves le sujet de leurs entretiens ne songeaient point à la blâmer; les jeunes gens cultivaient sa connaissance dans l'espérance de la vanité qu'en pouvait tirer leur amour-propre, les autres pour le bénéfice de leur ambition.

Au moment où madame de Glandèves rencontra Marcel, le bruit de ses galanteries avec M. de Lude commençait à se répandre à la cour.

Les raffinés s'en étonnaient et en cherchaient la cause ; les vieux seigneurs, qui avaient guerroyé sous madame de Chevreuse et madame de Longueville, ne se tourmentaient pas pour si peu.

— Cela est, parce que cela est, disaient-ils. Sait-on pourquoi le vent souffle ?

Mais ce dont personne ne se doutait, c'est que le règne de M. de Lude eût vu sa dernière heure ; de l'aurore à son crépuscule, cet amour n'avait eu qu'un éclair.

La noble fierté, l'audace calme et réfléchie de Marcel, avaient surpris madame de Glandèves ; sa jeunesse, sa beauté, l'avaient subjuguée ; sa franchise, son dévoûment, son péril, la touchèrent.

Sous la simple qualité d'un soldat, elle venait de reconnaître le langage et les sentiments d'un gentilhomme ; jamais tant d'isolement et de résolution ne lui étaient apparus sous la figure grave et charmante d'un jeune homme.

A cette destinée obscure, déjà éprouvée par la souffrance, se mêlait le prestige du malheur.

Marcel s'était révélé à madame de Glandèves au milieu de circonstances qui se rattachaient à une époque de ses caprices dont elle ne pourrait perdre le souvenir ; il s'était montré, tout à la fois, plein de hardiesse et de noble confiance ; il lui avait sauvé la vie et lui avait offert la sienne en échange ; autour de sa jeune tête rayonnait l'auréole d'un amour mystérieux.

Est-il surprenant que la curiosité, l'étonnement, l'intérêt, mille sensations confuses et inexplicables, autant qu'inexpliquées, eussent retenu madame de Glandèves auprès du corps sanglant de Marcel ?

Quand elle fut restée, elle oublia M. de Lude, et quand elle eut oublié l'officier, elle aima le soldat.

Mais cet amour nouveau ne triompha pas de son orgueil sans combat.

Vingt fois révoltée contre les sentiments tumultueux et tendres que cette passion née du hasard soulevait dans son cœur, elle voulut briser la chaine qui la retenait au lit du malade, mais elle ne réussissait à s'éloigner un moment que pour revenir bientôt plus enflammée et plus soumise.

Ce n'était plus la femme impérieuse de qui les paroles étaient des ordres, qui choisissait dans la foule des courtisans et savait rester libre et maîtresse même au milieu de ses égarements.

Elle aimait, et les dédains de son âme s'éteignaient au souffle d'une tendresse infinie autant qu'imprévue.

Penchée sur le lit où la fièvre clouait Marcel, elle écoutait son délire, le

cœur bondissant à chaque parole, et elle laissait couler, sans les voir, les
larmes auxquelles ses paupières n'étaient plus accoutumées.

Quand vint la convalescence, madame de Glandèves en égaya les premiers
jours par sa présence assidue et les mille enchantements de son esprit, et la
première fois que Marcel passa le seuil de sa chambre, elle lui fit un appui de
son bras.

Marcel aimait toujours madame de Langenay, mais il faut avouer aussi
qu'il s'appuyait volontiers sur le bras de madame de Glandèves.

Certes, pour rien au monde, il n'eût voulu trahir celle à qui toute son âme
s'était donnée ; mais il ne se résignait pas sans douleur à la nécessité de quitter
le château où un si doux asile lui était offert.

Quand il était seul, toutes ses pensées allaient à Léonore ; mais au moindre
bruit d'une robe de satin frôlant le sable des allées, tous les rêves secrets,
tous les désirs confus de sa jeunesse volaient vers madame de Glandèves.

Son amour pour madame de Langenay était pur et calme comme un lac ; il
voyait jusqu'au fond du premier regard, et son cœur y puisait une tendre
mélancolie qui laissait à ses rêves leur certitude et leur limpidité ; mais à la
vue d'Herminie de Glandèves, toute son âme se troublait, un tumulte étrange
se faisait dans sa pensée, il sentait monter à ses lèvres mille paroles ardentes,
la regardait éperdu et fuyait, ne sachant plus si l'amour était ce culte sincère
et profond qu'il vouait à Léonore, ou le délire insensé qu'allumait la présence
d'Herminie.

Cependant il restait, et comme ces voyageurs assoupis sous les ombrages
odorants des forêts tropicales qui recèlent des poisons dans leurs parfums, il
n'avait plus la force de secouer le sommeil enivrant où le berçait une naissante
passion.

Marcel n'avait pas la liberté de sortir du parc, mais, dans son étendue, il
errait au hasard ; seulement, il n'errait pas seul.

Aux yeux des gens du château, il passait pour un gentilhomme ; il en
portait l'habit et l'épée, et les laquais ne l'appelaient pas autrement que M. de
Santerre.

Ce nom ambitieux venait de madame de Glandèves, qui le lui avait donné
en riant.

Un jour qu'ils se promenaient ensemble, peu de temps après son entrée
en convalescence, madame de Glandèves, qui s'amusait à le plaisanter,
lui dit :

— Marcel est un nom catholique, mais ce n'est pas tout, j'imagine. Marcel
comment ?

Alors, vous me permettrez bien de vous appeler M. de Santerre?

— Marcel Vanderkove.

— Oh! voilà qui sent la Flandre de plusieurs lieues! N'avez-vous pas quelque terre?

— Non.

— Alors, monsieur Vanderkove, vous me permettrez bien de vous appeler M. de Santerre; c'est un moyen de sauver Marcel.

Marcel comprit; les laquais pouvaient tout à leur aise causer de M. de Santerre.

Jamais, sous le nom d'un gentilhomme, Doguin et la maréchaussée ne flaireraient le sergent d'artillerie.

Pendant une absence que fit madame de Glandèves, M. de Santerre, ou Marcel, comme on voudra, rendu à ses souvenirs solitaires, vit se dresser dans son àme l'image de Léonore; auprès d'elle passèrent les physionomies attristées de Thérèse, de M. d'Armentières, de M. de Croisille, de William Grant.

La voix de sa conscience cria dans la solitude; il rougit de son repos et de cette fiévreuse oisiveté qui le retenait près d'une femme, quand le soin de son honneur l'appelait à Laon et, plein de trouble, il prit la résolution de rompre les liens nouveaux où s'enchaînait sa liberté.

Quelques mots écrits à la hâte instruisirent Thérèse et Grant des événements qui avaient suivi son départ de Paris et du parti qu'il venait de prendre.

Il confia ses lettres à un laquais, avec ordre de les porter en toute hâte au logis de M. de Langenay.

Quelques louis l'assurèrent de la diligence du valet, et il attendit le retour de madame de Glandèves pour lui faire part de son intention de se remettre en route sur l'heure.

Cette attente fut longue, inquiète, tourmentée.

Marcel sentait qu'il n'avait pas trop de tout son courage pour soutenir la vue d'Herminie, et dans la connaissance qu'il avait du trouble que la présence de cette femme jetait dans son cœur, il se demandait s'il ne ferait pas mieux de s'éloigner sans lui parler.

La crainte de l'offenser l'arrêta : étrange pensée au moment où il se décidait à la fuir pour toujours !

Madame de Glandèves revint enfin; minuit venait de sonner quand les grilles du parc s'ouvrirent, et avant que Marcel pût lui parler, elle passa dans ses appartements.

Le sergent remit donc sa confidence et son départ au lendemain.

Si l'on avait pu scruter jusqu'au fond de son cœur, peut-être aurait-on découvert qu'il n'était pas trop affligé de ce contretemps.

Caché derrière un massif de verdure, il avait vu descendre de voiture, à la clarté des flambeaux, madame de Glandèves.

Sa fugitive apparition l'avait ébloui.

Madame de Glandèves et Marcel occupaient un corps de logis séparé de l'habitation principale, l'appartement de Marcel était au rez-de-chaussée, celui de la duchesse au premier étage.

Tous deux avaient vue sur le parc.

La nuit était superbe; les étoiles sans nombre, répandues comme une poussière d'or sur le velours du ciel, projetaient dans l'espace une lueur tremblante, tandis que les sombres massifs voilaient l'horizon incertain.

Marcel était rentré dans son appartement; il ouvrit une fenêtre et présenta son front à la brise de la nuit : l'agitation de ses pensées ne lui permettant pas de goûter le repos, il abandonnait son esprit aux rêves de l'amour.

Il y avait une heure déjà qu'il suivait dans leur vol confus les songes, enfants de la solitude, lorsqu'il vit le rideau noir des arbres s'illuminer sous les rougeâtres reflets d'une clarté subite.

Marcel étonné, franchit l'appui de la fenêtre et se tourna vers l'étage où dormait madame de Glandèves.

Une gerbe de flammes s'échappait par les fenêtres où tourbillonnaient des flots d'étincelles.

Au même instant partirent de tous côtés des cris d'épouvante, et les femmes de la duchesse, surprises par l'incendie au milieu de leur sommeil, s'élancèrent au dehors à demi nues; pleines de terreur, elles couraient au hasard, fuyant les flammes qui serpentaient le long des façades, dévoraient les tentures et roulaient comme des vagues sous la poussée du vent.

Les gardes et les laquais, éveillés par les bruits menaçants, se munirent d'échelles et de seaux; tous les gens du château furent sur pied à l'instant et coururent vers le corps de logis entouré de flammes.

Le premier, Marcel reconnut l'imminence et la grandeur du péril : l'incendie, communiqué sans doute à quelque rideau par une lampe oubliée, faisait de rapides progrès dans un appartement où la soie, les tapis, les tentures, les meubles entassés prêtaient mille aliments à son impétuosité.

Un cri d'horreur s'échappa de ses lèvres; il bondit et, gagnant l'escalier, il parvint en une seconde à l'étage où reposait madame de Glandèves.

La crainte triplait ses forces; la première porte qu'il rencontra vola en éclats par la puissance du choc, et il se jeta dans l'appartement déjà la proie des flammes.

Les chambrières passaient à ses côtés comme des fantômes.

Marcel avançait toujours, une dernière porte tomba sous l'effort de ses mains puissantes, un tourbillon de fumée et d'étincelles l'enveloppa, mais il avait déjà saisi dans ses bras le corps d'une femme qui l'appelait.

Alors, plus rapide qu'une flèche, excité par le précieux fardeau qui se pressait contre sa poitrine, bondissant sur les parquets noircis, entre les murs calcinés, sur l'escalier brûlant, il franchit le perron et, fuyant l'incendie dont l'éclat le poursuivait, il déposa Herminie dans un pavillon bâti sur la lisière du parc.

Madame de Glandèves, à demi suffoquée, avait reconnu Marcel au moment où la porte brisée lui donna passage.

Le nom du soldat mourut sur ses lèvres, elle mit les bras autour du cou de Marcel et ferma les yeux, ivre d'amour et d'épouvante.

Cette course furibonde au milieu des flammes et des bruits sinistres de l'incendie, tandis qu'elle s'appuyait échevelée sur le cœur du beau jeune homme tout palpitant de terreur, la fascinait.

Jusqu'où ne serait-elle pas allée, emportée ainsi, pâle, effarée, tremblante, toute pleine d'émotions à la fois charmantes et terribles !

Quand Marcel l'eut déposée sur un sofa, il s'agenouilla près d'elle, et prenant ses deux mains entre les siennes, il les couvrit de larmes et de baisers.

— Vivante ! oh ! mon Dieu, vivante ! s'écria-t-il.

Madame de Glandèves ouvrit les yeux ; son rêve finissait devant une réalité plus enivrante encore.

Marcel écarta les cheveux dénoués de madame de Glandèves, prit sa tête dans ses mains, la regarda avec des yeux brillants et, fou d'amour, la baisa au front.

Madame de Glandèves frissonna ; ses yeux se fermèrent, et sa bouche égarée rendit à Marcel son baiser.

Le soldat se dressa, chancelant comme un homme blessé.

— Vous êtes sauvée, dit-il, laissez-moi partir !

Herminie se leva d'un bond.

— Partir ! Que parlez-vous de partir ? s'écria-t-elle.

— Eh ! madame ! ne faut-il pas que je vous quitte ? reprit-il.

Les lueurs de l'incendie dissipaient à demi l'obscurité du pavillon ; madame de Glandèves, belle de frayeur, ramenait autour de sa taille les plis flottants de sa robe ; sur ses épaules nues tombaient les tresses brunes de ses longs cheveux, ses mains suppliantes contenaient les frémissements de sa poitrine, la fièvre et l'effroi se peignaient dans son regard, l'angoisse et la prière sur son visage.

Jamais elle ne parut si belle aux yeux de Marcel : la douteuse clarté qui l'entourait doublait la divine expression de son geste et de sa beauté.

Jusqu'alors comprimée, la passion du soldat se fit jour.

Elle éclata tout entière dans un cri.

— Vous voyez bien que je vous aime! Laissez-moi partir! dit-il.

Herminie retomba, brisée de joie, sur le sofa qu'elle venait à peine de quitter.

— Ne l'aviez-vous donc pas deviné, madame? reprit Marcel; je vous aime avec l'emportement d'un insensé et la crainte d'un enfant! Votre voix m'enivre, et je ne l'entends jamais que mille rêves n'assiègent mon âme éperdue; votre regard me suit nuit et jour et son éclair passe dans mes veines comme une flamme. Je sens sur ma main le contact de votre main, longtemps encore après que vous m'êtes ravie. Vous m'appelleriez au fond d'un abime que je m'y jetterais... J'ai des nuits de fièvre pour avoir effleuré de mes lèvres le bout de vos doigts. J'écoute votre approche avec des tressaillements qui me torturent; je discerne le bruit de vos pas, sur le gravier des allées, sur le tapis du boudoir. Si votre pied touche une fleur, je la brise sous mes baisers! Vous ne savez pas combien de nuits j'ai passées à veiller sous vos fenêtres, suivant d'un regard avide votre silhouette, perdu derrière les charmilles, et m'abreuvant dans la solitude, des flots amers d'une folle passion! Pour franchir le seuil de cette porte où vous me disiez adieu en souriant, pour tomber à vos genoux, respirer votre souffle, vous parler de mon amour insensé, j'eusse donné ma vie! La crainte de vous offenser m'en empêchait seule! Et chaque jour cependant je vous adorais davantage!...

Madame de Glandèves, à demi renversée sur le sofa, aspirait chacune de ces paroles avec ivresse; son front rougissait et ses yeux se remplissaient de larmes divines.

— Que voulez-vous que je devienne à présent, madame, et dites-moi s'il ne faut pas que je parte? reprit Marcel. Que suis-je pour vous? un pauvre soldat que vous avez ramassé sur la route, un fugitif, un déserteur à qui votre pitié a donné un asile! Et ce soldat vous aime, vous qui êtes belle, riche, puissante, honorée; vous, une duchesse! J'ai tout oublié, madame, et ce que j'étais et ce que vous êtes, et j'ose vous le dire! Pour être quitte envers vous, Dieu a voulu que je pusse encore une fois vous sauver. Maintenant, laissez-moi partir!...

Madame de Glandèves se leva tout en pleurs; ses yeux rayonnaient d'une flamme céleste.

— Partir! partir! s'écria-t-elle; mais moi aussi je vous aime!...

Marcel tomba à genoux et deux bras l'enlacèrent.

IV

Le Chevalier des Ténèbres

Marcel ne partit pas, le premier anneau d'une chaîne puissante était rivé à son cœur. Il marchait ébloui dans un sentier fleuri tout semé de ces enchantements qui naissent sous les pas de la jeunesse et du bonheur.

Sur ces entrefaites, une lettre lui parvint, écrite par William Grant ; elle lui mandait que M. de Lude remis, contre toute attente, des suites de sa blessure, activait les poursuites dont lui, Marcel, était l'objet ; que M. d'Armentières, après avoir reçu un coup de feu dans un engagement avec des maraudeurs sur la frontière, venait de quitter ses cantonnements ; on le croyait parti pour Paris dans l'intention de consulter des chirurgiens plus habiles que ceux de son escadron.

Quant à Thérèse, elle était à la campagne auprès de son amie, que M. de Langenay avait conduite chez madame la duchesse de Longueville, avec qui il s'était lié d'amitié du temps de la Fronde.

William Grant promettait à son ami de suivre les démarches que tenterait M. de Lude auprès de la justice, et de l'informer des événements qui pourraient l'intéresser.

Marcel serra la lettre après l'avoir lue, soupira peut-être, aperçut madame de Glandèves qui s'avançait vers lui et n'y pensa plus.

Souvent Marcel et Herminie s'égaraient dans le parc, au bras l'un de l'autre, s'asseyaient aux endroits les plus solitaires, suivaient les sentiers les plus ombreux et laissaient s'éteindre le jour et commencer la nuit, sans compter les heures : l'amour tenait le sablier.

Mais depuis quelques jours, où leurs mutuels caprices les conduisaient, ils n'étaient pas seuls.

Un homme les épiait, et, lorsque arrivait la nuit, s'attachait à leurs pas.

Caché dans les fourrés du parc, blotti dans les buissons touffus, il guettait leur approche et semblait attendre, patient et sombre comme le tigre, une heure propice pour un dessein mystérieux.

Mais dans les profondeurs du parc, entre les charmilles des jardins, on entendait la voix des gardes et des valets qui se répondaient, et le moindre bruit faisait rentrer sous le feuillage cet homme un instant sorti de son rempart de verdure.

Parfois, tandis que les deux amants s'enfonçaient au plus épais du parc, un bruit de branches cassées rompait le silence.

Marcel, habitué par les veillées du bivouac à percevoir les sons les plus confus, tournait la tête.

— C'est un chevreuil qu'effarouche le bruit d'un baiser, disait madame de Glandèves.

Plus loin, le regard du soldat croyait voir, entre les massifs du bois, fuir une ombre rapide; mais avant qu'il en pût distinguer les contours, l'apparition s'était évanouie.

— Vous voyez des fantômes et ne voyez pas mon sourire, reprenait Herminie en se suspendant pleine d'abandon au bras de Marcel.

Un soir, ils arrivèrent à un endroit du parc où, dans le mur de clôture, sous des touffes de lierre et de clématites, une porte s'ouvrait sur la campagne.

Il fallait passer tout près de cette porte pour la distinguer du mur où elle s'encadrait.

Les tons bruns de la pierre et du bois se confondaient sous un rideau de feuillage.

L'herbe semblait être foulée autour de la porte; deux ou trois rameaux brisés pendaient le long du mur.

— Les gardes se servent-ils de cette porte de sortie? demanda Marcel.

— Non; elle est presque inconnue aux gens du château.

— On a passé par là, cependant.

— Personne n'a la clé de cette porte, répondit madame de Glandèves.

— Regardez, reprit Marcel en montrant du doigt une touffe de mauve froissée.

— Hier, nous avons passé le long du mur; vos mains tenaient les miennes; saviez-vous où se posaient vos pieds?

Cependant Marcel n'était pas le jouet d'une illusion.

Tandis que madame de Glandèves dissipait ses craintes un instant éveillées, M. de Lude les suivait de taillis en taillis.

Couvert de vêtements grossiers, il s'était logé, sous un nom d'emprunt, dans une méchante auberge du voisinage et, quand venait la nuit, il s'introduisait dans le parc du château, où le désir de la vengeance l'appelait.

Étonné du silence de madame de Glandèves, qui n'avait pas répondu à ses lettres, M. de Lude, aussitôt qu'il fut en état de marcher, lui avait fait demander une entrevue.

Mais lorsque madame de Glandèves oubliait, elle n'oubliait pas à demi.

Elle renvoya donc à M. de Lude les lettres qu'il lui avait adressées, en le priant de vouloir bien lui rendre tout ce qu'il tenait d'elle, et de renoncer à toute espérance de la revoir jamais.

Le lieutenant d'artillerie savait quelle était l'influence de la duchesse, il obéit pour ne pas s'en faire une ennemie implacable; mais avant de renvoyer la clé, qu'elle-même lui avait remise, il en fit forger une en tout semblable, se promettant bien d'en user à l'occasion.

Cette occasion ne tarda pas à se présenter.

La retraite où, depuis quelques mois, vivait madame de Glandèves commençait à être remarquée à la cour.

M. de Lude rapprocha de l'inconstance soudaine d'Herminie différents indices, et conclut qu'un nouvel amour la dominait.

Il voulut connaître son heureux rival, se déguisa, partit pour la résidence de madame de Glandèves, pénétra dans le parc et vit passer la duchesse au bras de Marcel.

A la vue du soldat, M. de Lude eut peine à retenir un cri de rage : l'homme qui l'avait insulté et vaincu, l'épée à la main, venait encore de lui ravir sa maîtresse !

C'était trop de revers à la fois.

Un instant, M. de Lude eut la pensée de s'élancer au-devant de madame de Glandèves et, s'armant de l'autorité militaire, de réclamer le déserteur; mais la duchesse était femme à ne jamais pardonner une telle offense, et la crainte d'être brisé dans sa carrière par son ressentiment l'arrêta.

Cette contrainte ne servit qu'à rendre plus vif le désir de la vengeance.

Ne pouvant lutter ouvertement, il prit le parti d'attendre et de confier à son bras le soin de faire payer à Marcel, en un seul coup, toutes les blessures qu'il en avait reçues.

Pour mieux retenir Marcel auprès d'elle, madame de Glandèves multipliait les plaisirs que permet le séjour de la campagne.

La chasse entrait pour une large part dans ces plaisirs.

Un matin, où elle allait monter a cheval pour chasser le cerf, sa camériste accourut tout effarée sur le perron du château.

Elle tenait une lettre à la main.

— Je la lirai ce soir, dit la duchesse.

La camériste l'arrêta comme elle mettait le pied à l'étrier, et lui parla bas à l'oreille.

— Et pourquoi ? reprit sa maîtresse avec impatience.

Et elle sauta en selle.

La camériste fit encore un pas, mais madame de Glandèves lâcha les rênes d'Adonis, qui partit au galop.

Un instant après, les fanfares sonnaient et la chasse se perdait sous la feuillée.

La camériste, restée sur le perron, regarda tour à tour la lettre portant un cachet de cire noire et Marcel qui chevauchait à côté de madame de Glandèves.

— Oui, murmura-t-elle, il est beau, jeune, intrépide, mais le capitaine est à Paris ; qu'elle y prenne garde ! Quand il menace, c'est un lion.

Le cerf se fit battre jusqu'au soir.

Madame de Glandèves rentra, brisée de fatigue, mais la joue enflammée et le regard brillant.

La camériste lui présenta de nouveau la lettre et murmura tout bas un nom.

La duchesse lui imposa silence d'un geste à la première syllabe et jeta la missive sur sa toilette ; puis, après avoir quitté son habit d'amazone, elle la congédia.

La nuit était sereine et l'étoile de Vénus montait à l'horizon.

Le lendemain, tandis que les femmes de la duchesse s'empressaient à sa toilette, la main distraite d'Herminie prit la lettre dédaignée et l'ouvrit.

Aux premiers mots, elle pâlit ; à la dernière ligne, elle poussa un cri et se dressa :

— Une voiture et des chevaux ! s'écria-t-elle.

Ses cāmeristes étonnées ne bougeaient pas.

— M'entendez-vous ? reprit-elle. Des chevaux ! à l'instant ! Mais allez donc !

Une suivante se précipita dehors.

— Où est Marie ? Qu'elle vienne ! continua-t-elle, tout en tordant sur sa tête ses cheveux épars.

Marie entra. Du premier regard la camériste comprit que sa maîtresse venait de recevoir quelque terrible nouvelle ; la lettre froissée était dans sa main.

— Depuis quand avez-vous reçu cette lettre ? s'écria madame de Glandèves.

(LIV. 13)

Marie montra d'un coup d'œil la porte aux cameristes de la duchesse ; toutes sortirent.

— Hier, madame, répondit-elle, hier matin.

— Et c'est aujourd'hui seulement que je l'ai ?

— Je vous l'ai présentée deux fois, et deux fois vous m'avez repoussée.

— Ne pouvais-tu me contraindre à l'ouvrir ?

— Eh ! madame, il était là ! s'écria Marie en montrant avec un geste d'une éloquence inexprimable Marcel qui passait dans le jardin.

— Tu ne sais pas, reprit la duchesse, d'une voix étouffée et la main appuyée sur le bras de Marie, tu ne sais pas : cette lettre est de *lui;* elle est datée d'hier ; hier il a dû m'attendre, et il a juré par le nom de sa mère que s'il ne me voyait pas, il viendrait jusqu'ici. Il ne m'a pas vue, Marie !

La cameriste secoua la tête.

— Alors, il viendra, madame, et s'il vient, vous êtes perdue ! M. le duc...

— Eh ! que m'importe M. le duc, mon mari ! C'est de Marcel qu'il s'agit, Marcel ne m'aimerait plus !

Marie regarda sa maitresse ; à ce cri, à l'expression de ce visage où flamboyaient deux yeux pleins d'éclairs, il n'y avait pas à se méprendre : un amour sans bornes, indomptable, impérieux était entré dans le cœur de madame de Glandèves.

— La voiture est attelée, dit timidement une suivante en entr'ouvrant la porte.

— Qu'on dételle!... non, qu'on ajoute deux chevaux !

Madame de Glandèves termina à la hâte sa toilette, et prenant un loup et une mante, elle entraîna Marie.

— Viens, dit-elle, *il* est encore à Paris, sans doute ; tout n'est pas perdu.

Marcel, prévenu par un laquais du départ de la duchesse, prit un fusil et s'enfonça dans le parc.

Livré à ses seules méditations, il observa plus sûrement les indices qui l'avaient frappé dans ses précédentes promenades avec madame de Glandèves.

Un espion rôdait dans le parc, il n'en pouvait plus douter.

La pensée lui vint que ce pourrait bien être Doguin, qui, furieux de sa déconvenue, cherchait un moyen adroit de se venger à coup sûr.

Marcel résolut de se débarrasser sur-le-champ de ce personnage importun.

Il se rendit au château, glissa dans ses poches un poignard et ses pistolets, prit une épée, attendit la nuit et gagna le parc, bien décidé à faire payer cher au visiteur sa fatigante surveillance.

— Il cherche un déserteur, se disait-il, il trouvera du plomb.

Bientôt les ombres envahirent le parc ; les lumières de la veillée s'éteignirent une à une dans les chaumières des gardes, et Marcel se trouva seul dans les bois tout pleins de ces mystérieuses rumeurs qui montent de la terre au ciel pendant les nuits étoilées.

Ses pas le conduisirent à l'angle du parc où la porte secrète donnait sur la campagne.

Elle était entr'ouverte.

Sûr de son fait, cette fois, Marcel eut un instant la pensée de briser dans la serrure la lame de son poignard.

Son oreille l'avait averti que déjà sa promenade nocturne avait été épiée.

Mais il réfléchit que son espion, caché sans doute dans quelque fourré, comprenant par cette action qu'il était découvert, escaladerait le mur et ne se montrerait pas ; ce n'était pas là le but de Marcel.

Il continua donc son chemin, passant devant la porte comme s'il ne l'avait pas vue.

Il écouta.

Après quelques minutes d'attente, il entendit la porte tourner sur ses gonds rouillés.

L'ombre était épaisse, il ne vit rien ; un bruit de pas se perdit sous le couvert du parc.

Le soldat quitta son poste d'observation et marcha sur les traces de l'espion, en ayant soin de suivre la lisière des sentiers où l'herbe plus épaisse étouffait le bruit de ses pas.

Le chemin que suivait l'inconnu aboutissait à une clairière où rayonnaient plusieurs avenues ; l'une de ces avenues conduisait au château.

Marcel et Herminie l'avaient fréquemment parcourue, et c'était la route qu'ils avaient coutume de prendre quand ils rentraient le soir.

Marcel en conclut que l'espion, fort au courant de ses habitudes, allait l'attendre au coin de l'avenue et se jeter sur lui à son passage.

Très résolu à lui épargner les ennuis d'une longue attente, il allait précipiter son pas, lorsqu'un grand cri s'éleva du milieu de la clairière, et, au même instant, le cliquetis de deux épées se fit entendre.

Marcel s'élança, l'épée au poing...

Le choc du fer, de vif et pressé qu'il était, s'arrêta tout à coup, et Marcel, à la pâle clarté de la lune, vit un homme qui fuyait, une épée nue à la main ; il bondit comme un cerf à sa poursuite.

Le meurtrier glissait comme une ombre entre les arbres et semblait avoir des ailes.

Au moment où il franchissait la lisière du bois, Marcel lui tira un coup de pistolet ; mais la balle se perdit et le fugitif disparut par la petite porte du parc, brusquement refermée.

Au moment où le sergent arrivait devant cette porte, le galop retentissant d'un cheval lui fit comprendre que le meurtrier était désormais hors d'atteinte.

Marcel écoutait, haletant, le bruit de ce galop, lorsqu'un souvenir traversa son esprit.

Le meurtrier avait fui, mais sa victime gisait sans doute inanimée ; quel était ce malheureux qui était, sans nul doute, tombé à sa place victime d'un assassin ?

Marcel se hâta de courir vers la clairière.

Une moitié de la pelouse restait dans l'ombre épaisse que projetaient les grands chênes ; l'autre était toute baignée d'une blonde lumière ; un silence profond enveloppait cette partie du parc.

Le premier regard de Marcel embrassa rapidement l'étendue de la pelouse ; sur la ligne tremblante où l'ombre s'alliait à la lumière, un homme était étendu.

Une épée nue brillait dans l'herbe.

Marcel s'agenouilla près du corps ; le sang sortait de deux blessures béantes, l'une à la gorge, l'autre en pleine poitrine.

A la vue de ce corps immobile, dont le regard morne se tournait vers le ciel, Marcel frissonna ; il se pencha, et soulevant la victime entre ses bras, il attira sa tête sous les rayons de la lune.

Un cri d'horreur jaillit des lèvres du soldat.

Il venait de reconnaitre M. d'Armentières !

V

La Dernière Heure

Le coup de pistolet tiré par Marcel avait réveillé quelques gardes ; ils accoururent et trouvèrent celui qu'ils appelaient M. de Santerre occupé à étancher le sang d'un homme qui semblait mort déjà, tant il était immobile et froid.

Un homme les épiait, et ils n'étaient pas seuls.

Deux d'entre eux couchèrent le blessé sur un brancard, un autre courut chercher un chirurgien, et Marcel, aussi pâle que M. d'Armentières, le fit déposer dans ce même pavillon où, dans les terreurs d'une nuit d'incendie, madame de Glandèves et lui s'étaient rencontrés.

Quelques tressaillements convulsifs indiquaient seuls que M. d'Armentières n'était pas mort encore.

Le transport du blessé avait rouvert ses plaies, et le sang s'épanchait sur le satin du sofa.

La douleur de Marcel était effrayante.

Des larmes tombaient goutte à goutte de ses paupières.

Lui qui aurait payé de sa vie le bonheur de sauver M. d'Armentières, il le voyait expirer sous ses yeux et pour lui !

Il allait du sofa, où gisait le moribond, à la porte où se pressaient des gardes et des laquais, écoutant si le chirurgien n'arrivait pas.

Les minutes lui semblaient longues comme des nuits sans sommeil.

Les linges qu'il appliquait sur les blessures s'imbibaient de sang, les lèvres se décoloraient, les yeux semblaient s'éteindre.

Marcel jetait des regards désolés vers le ciel, puis baisait la main de M. d'Armentières.

Enfin, le chirurgien parut.

A l'aspect de cette tête blême affaissée sur les coussins, et déjà marbrée de teintes livides, ses sourcils se froncèrent un instant.

Marcel se plaça debout près du sofa, les gardes s'écartèrent et le chirurgien, enlevant les linges, examina les plaies.

Marcel retenait son souffle, les gardes étaient silencieux, on entendait frémir le feuillage au dehors du pavillon.

Après avoir tâté le pouls du moribond, en écoutant le bruit de la respiration, le chirurgien prit sa trousse, en tira les instruments d'acier dont l'éclair éblouit le regard de Marcel, et sonda les deux blessures.

Le contact du fer fit tressaillir M. d'Armentières, un soupir entr'ouvrit ses lèvres ; le chirurgien poursuivit son œuvre, faisant disparaître l'acier entre les chairs.

M. d'Armentières s'agita, ses yeux se ranimèrent, il fit un effort pour saisir la main qui le tourmentait.

— Assassin ! dit-il.

Et sa tête retomba sur le coussin de velours.

Ce mot glaça le cœur de Marcel, mais un rayon d'espérance avait lui dans les ténèbres de son épouvante au réveil de M. d'Armentières.

Le chirurgien retira la sonde et posa le premier appareil.

Son visage avait l'impassibilité du marbre.

Cependant M. d'Armentières reprenait lentement l'usage de ses sens ; la lumière renaissait sous ses paupières soulevées ; de puissants cordiaux avaient rendu au sang son cours naturel.

Il tourna ses regards vers l'assemblée, vit Marcel, sourit et lui tendit la main.

Marcel la prit et tomba sur ses genoux, bénissant Dieu.

— Je t'avais vu, mon ami, dit tout bas M. d'Armentières, mais je croyais rêver. Au moins ne mourrai-je pas isolé !

— Mais vous ne mourrez pas, capitaine ! s'écria le soldat.

— Bah ! mieux vaut aujourd'hui que demain ; le plus fort est fait.

M. d'Armentières rassembla ses forces et parvint à se soulever un peu ; ses joues et ses lèvres devinrent pourpres.

Le chirurgien l'observait en silence.

— J'ai beaucoup de choses à te dire, mon ami, reprit le blessé ; c'est une sorte de confession ; pour m'aider à l'achever, tu as bien quelque chose à me faire boire ; j'ai la langue desséchée et la poitrine en feu.

Marcel courut au chirurgien qui rangeait sa trousse dans un coin.

— Que faut-il donner à M. d'Armentières ? lui dit-il.

— Ce qu'il voudra, du lait ou de l'eau-de-vie.

Marcel pâlit.

Cette réponse arriva comme une balle à son cœur.

— Perdu ! murmura-t-il d'une voix étouffée.

— Croyez-vous aux miracles, monsieur ? reprit le chirurgien.

Marcel le regarda, abattu et muet.

— Si vous n'y croyez pas, je n'ai rien à dire ; si vous y croyez, espérez èn Dieu. La science humaine n'a plus rien à faire ici.

Le chirurgien glissa sa trousse dans la poche de son habit et se disposa à sortir, mais au moment où il allait se retirer une voix le retint.

— Monsieur le chirurgien, un mot, je vous prie ?...

Avec cette finesse extrême de sens dont sont doués les agonisants, M. d'Armentières avait entendu la brève conversation de l'homme de l'art et de Marcel ; il le rappelait.

Le chirurgien s'approcha.

— Je suis donc perdu, monsieur ? dit le blessé.

Le chirurgien hasarda un geste de dénégation. M. d'Armentières l'arrêta.

— Vous avez parlé, et je sais tout. Votre science vous permet-elle de m'apprendre combien de temps j'ai encore à vivre ? Répondez sans hésiter, monsieur, vous avez affaire à un gentilhomme.

Le chirurgien prit le bras du blessé et consulta le pouls, l'œil sur sa montre.

— Vous pouvez vivre encore une demi-journée, peut-être un jour entier, si vous évitez tout effort et tout mouvement ; mais la moindre secousse vous tuera net.

— Ai-je le temps d'instruire mon ami des choses que j'ai à lui dire ?

— Si votre entretien doit durer plus d'une heure, c'est tout au plus si vous aurez la force de l'achever.

— Merci, monsieur.

Quand le chirurgien fut parti, M. d'Armentières pria Marcel de s'approcher.

— Les minutes valent des jours, lui dit-il, restons seuls.

Marcel fit un signe de la main : chacun sortit.

— Mets-toi là, reprit M. d'Armentières en lui montrant un fauteuil. Ma voix est faible, et je crois que cet honnête chirurgien a promis plus que je ne puis tenir. Je ne voudrais pas mourir avant de t'avoir tout dit.

— Me pardonnez-vous, mon Dieu ! s'écria Marcel retenant avec peine les sanglots qui déchiraient sa poitrine ; ils vous ont frappé, et c'est moi qu'ils cherchaient !

— Toi ! fit M. d'Armentières étonné.

— Ne suis-je pas déserteur ?

— Allons donc ! on arrête un déserteur, on ne l'assassine pas. Si quelque remords te poursuit, calme ta conscience ; j'ai reconnu le bras qui m'a frappé... C'est bien moi qu'on attendait.

— Vous avez reconnu l'assassin ? Son nom, dites son nom ? que je vous venge au moins !

— Me venger ! et pourquoi ? C'est peut-être un service qu'il m'a rendu... Il s'était masqué ; mais, dans la chaleur de l'action, son masque est tombé... Je ne l'ai vu qu'une seconde, mais je l'ai reconnu. « Souviens-toi de M. de Lude ! » s'est-il écrié, et il s'est enfui.

— M. de Lude ! C'était moi qu'il cherchait... Moi, vous dis-je ! Ne savez-vous pas que je l'ai frappé ? dit Marcel.

— Une querelle d'hier aiguise-t-elle une épée comme le fait une haine de dix ans ? J'ai vu le bras... Il assassinait par ordre.

Marcel frémit dans tout son corps.

— Laissons cela, continua M. d'Armentières avec un triste sourire ; je vais mourir ; qu'importe par qui et pourquoi je suis tué. D'autres pensées m'assiègent et mon esprit se trouble. Écoute, avant que je meure ; après, venge-moi, si tu le veux.

Marcel prit la main de M. d'Armentières et la serra.

— Me promets-tu d'accomplir toutes mes volontés dernières ? reprit le mourant.

— Je vous le jure !

— J'y compte. M. de Croisille, mon frère, est possesseur d'une lettre à ton adresse. Je la lui ai remise en quittant l'armée. J'avais eu connaissance de ton duel et de ta disparition, mais je te savais innocent : ma conscience me répondait de toi. Il reviendra, me dis-je, et ce que je le charge de faire, il le fera... Tu vois que je ne me suis pas trompé.

Un accès de toux arrêta M. d'Armentières ; il porta un mouchoir à ses lèvres, et le retira humide d'une écume sanglante. Sa tête se renversa sur les coussins.

— Mon Dieu ! vous vous tuez ! s'écria Marcel.

— M. de Lude m'y aide bien un peu, répondit le capitaine avec un sourire navrant.

— Remettez le reste de vos confidences à demain ; demain vous serez plus calme.

— Mon ami, les morts ne parlent pas. Si tu veux entendre ce que j'ai à te dire, il faut que tu m'écoutes cette nuit...

Le visage de M. d'Armentières se crispa. Une rougeur brûlante couvrit ses joues, la pâleur du marbre lui succéda. La fièvre faisait claquer ses dents, Marcel allait et venait par la chambre, se tordant les mains.

— Je souffre, reprit le capitaine ; pourquoi du premier coup ne m'a-t-il pas tué ? J'étouffe, et j'ai toujours soif...

Marcel lui présenta une tasse pleine de lait. Le capitaine en but une gorgée.

— C'est une tisane que tu me donnes-là !... N'as-tu pas quelque bouteille de vieux vin de Bourgogne ?

Marcel tira un flacon d'une armoire et remplit un verre. Il avait toujours dans l'oreille les terribles paroles du chirurgien. Si M. d'Armentières lui avait demandé de l'eau-de-vie, il lui en aurait donné.

Le blessé avala, coup sur coup, le contenu de deux grands verres.

— A la bonne heure ! dit-il, si la mort vient, elle me trouvera debout.

Il fit un effort et s'assit. Son visage se colora subitement, ses yeux s'enflammèrent, il sourit. Dans ce moment suprême, où la vie semblait lutter contre les premières atteintes de l'agonie, les traits de M. d'Armentières s'éclairèrent d'une beauté superbe. Marcel crut le voir tel qu'il était le jour où, près de la petite ville de Domart, il attaqua les cavaliers hongrois et croates.

— Ainsi, dit le capitaine, tu feras ce que je t'ai demandé ; je pars content. Et cependant je ne l'ai point vue ! Tu me comprends, toi qui aimes !... Partir sans que la main d'une femme toujours adorée ait pressé votre main... c'est une grande douleur!... celle-là m'était réservée... Oh! j'ai bien souffert!... Tu ne sais pas tout, tu n'as jamais lu dans ce cœur où vivait un souvenir toujours cher; il a tari les sources de l'espérance... Quand on a aimé comme je l'ai aimée, et que l'abandon vient après, il faut mourir... Je meurs! Ai-je donc rien à regretter? Elle avait tué mon âme avant de tuer mon corps!

L'éclat de la fièvre luisait dans les yeux de M. d'Armentières; on y voyait passer des lueurs étranges, tandis que sur sa bouche flottait le sourire de l'égarement. Un instant il s'arrêta; ses yeux suivirent les contours du pavillon et revinrent se poser sur Marcel.

— C'est toi qui m'as ramassé, lui dit-il tout à coup, toi qui m'as porté! Qui t'a conduit ici?

Marcel rougit.

— J'étais poursuivi, répondit le sergent; un asile m'a été offert dans ce château, je l'ai accepté.

— Une bonne action!... Prends garde, sous cet asile il y a peut-être une tombe.

Marcel regardait M. d'Armentières, dont les paroles lui paraissaient inexplicables; le teint du moribond était devenu d'une pâleur livide; sa voix était sourde, l'agitation de son visage extraordinaire.

— On t'a sauvé!... Un jour aussi on m'a sauvé; je fuyais... Il y a bien des années de cela... j'avais vingt ans... une jeune fille vint à moi, me tendit la main, m'entraîna... les cris de mes ennemis se perdirent dans l'éloignement... l'ange de mon salut quitta ma main et rougit... Qu'elle était belle, mon Dieu!... Elle me cacha bien des jours... je l'aimai toute ma vie! Elle aussi m'aima; mes transports la ravirent, son amour m'éblouit! Que de fois ne suis-je pas revenu dans cette retraite où, pour la première fois, elle m'apparut!... J'étais ivre!... Sa vue mettait le ciel dans mon cœur... Si elle m'avait dit : « Je veux être reine », j'aurais conquis une couronne, l'épée ou le poignard à la main; j'aurais marché sans réfléchir! Cet amour était un abîme de joie et de délices... Un an, je m'y plongeai... j'en revins morne, brisé, anéanti... La veille, j'aurais raillé les élus dans leur éternelle félicité; le lendemain, j'avais l'enfer dans le cœur!... Mademoiselle de Breteuil s'était mariée.

— Mademoiselle de Breteuil! répéta Marcel.

— Je l'ai nommée? s'écria M. d'Armentières douloureusement... Voilà bien des années que ce nom terrible n'est pas sorti de mes lèvres... Il est enfoui là comme dans un tombeau, ajouta-t-il en pressant sa poitrine de ses deux mains; oublie-le... Elle s'était mariée, comprends-tu bien, et cependant elle était mère !

La sueur perlait sur le front de M. d'Armentières, et les mots venaient à sa bouche comme dans un râle. Marcel l'écoutait, ne sachant si le délire égarait sa raison.

— Mère ! entends-tu ? Elle était mère ! Oh ! mon enfant ! mon Dieu, mon enfant !...

La voix de M. d'Armentières s'éteignit dans un sanglot. Des larmes jaillissaient des yeux de cet homme que Marcel n'avait jamais vu pleurer. Une pitié profonde étreignit le cœur du soldat.

— L'infâme ! dit-il.

— Un jour, le pauvre enfant me fut ravi, reprit le capitaine d'une voix brisée ! Ses lèvres bégayaient à peine, et jamais, sans doute, il n'a su mon nom !

— Mais elle ? dit Marcel.

— Elle ? Oh ! elle est riche, puissante, honorée ! C'est une dame si fière et si haute, que les plus grands seigneurs s'inclinent à sa vue.

— Oh ! je vous vengerai ! s'écria Marcel.

— Mais je l'aime, et c'est mon enfant que je voudrais ! lui répondit M. d'Armentières.

Le capitaine était effrayant à voir. Son visage était blanc comme un suaire, et de ses yeux tombaient de grosses larmes ; le désespoir, l'amour, la souffrance, donnaient à sa physionomie déjà marquée du sceau de la mort, une déchirante et sublime expression.

En ce moment, le bruit d'une voiture qui roulait dans la cour troubla le silence profond qui régnait.

La voiture s'arrêta; Marcel vit à travers la persienne briller les torches des piqueurs ; le frôlement d'une robe de soie vint jusqu'à son oreille, la porte du pavillon s'ouvrit, et madame de Glandèves parut sur le seuil.

M. d'Armentières tourna la tête, la vit et se dressa en poussant un cri terrible.

A ce cri, madame de Glandèves s'arrêta, pâle et muette ; une terreur profonde se peignit sur son visage, tandis que ses mains frémissantes se promenaient le long de ses joues, où pendait en longs anneaux sa chevelure dénouée.

Les yeux du moribond et les siens ne pouvaient se quitter.

Comme il se penchait vers elle, les bras de la duchesse s'agitèrent avec égarement.

M. d'Armentières fit trois pas, blême et sanglant, leva la main vers le ciel et tomba.

Marcel s'élança vers lui.

Il était mort !

Madame de Glandèves tomba à genoux.

Le regard effaré de Marcel allait du cadavre à Herminie et d'Herminie au cadavre ; une horrible pensée glaçait son cœur, et ce regard semblait demander compte de la mort du capitaine.

— Assassiné ! dit-il.

— Oh ! ce n'est pas moi ! s'écria madame de Glandèves.

Et les mains jointes, baignée de larmes, elle voulut se traîner sur les genoux ; mais, brisée par l'épouvante, elle s'affaissa et sa tête alla frapper le tapis.

Marcel sortit chancelant comme un homme ivre ; un affreux cauchemar troublait son âme et l'envahissait.

Comme il passait dans la cour, la camériste, impatiente de ce long silence, l'interrogea sur ce qui se passait dans le pavillon.

— Comment s'appelait madame de Glandèves avant son mariage ? lui demanda Marcel d'une voix étranglée.

— Mademoiselle de Breteuil, répondit Marie.

— Et qu'on a sans doute surnommée, à cause de ses aventures galantes...

— *La Lionne de Paris !*

— C'était cette femme !... s'écria Marcel.

Marie entra dans le pavillon.

VI

Un Pied dans la Tombe

Marie, en pénétrant dans le pavillon, trouva madame de Glandèves évanouie près du cadavre de M. d'Armentières, qu'elle reconnut au premier coup d'œil.

Elle comprit alors la question de Marcel ; mais, sans s'arrêter à en calculer la portée, elle appela, et des laquais l'aidèrent à transporter la duchesse dans son appartement.

Les événements qui avaient amené cette catastrophe s'étaient si brusquement succédé, que madame de Glandèves ne put résister à leur impétuosité.

Cette femme, énergique et forte, qui savait commander aux circonstances, semblait avoir été brisée d'un seul coup.

Elle resta plusieurs heures raide et glacée, les cheveux épars autour de son front ; la vie se trahissait seulement par des larmes qui tombaient une à une de ses paupières et par les tressaillements de son visage, où se reflétaient toutes les angoisses de la terreur et du désespoir.

Madame de Glandèves était arrivée dans l'après-midi à Paris, à son hôtel, et n'avait pris que le temps de changer de vêtements pour se rendre à la maison de la rue Garancière.

M. d'Armentières s'y était présenté la veille et le jour même.

Madame de Glandèves envoya chez lui, il était sorti ; mais, sur l'avis qu'on lui donna qu'il devait rentrer dans la soirée, elle fit dire à un laquais de l'informer qu'il était attendu rue Garancière.

Malheureusement M. d'Armentières s'étant, de son côté, rendu à l'hôtel de madame de Glandèves, peu d'instants avant l'arrivée de la duchesse à Paris, apprit d'un valet qu'elle était dans l'intention de prolonger son séjour à la campagne.

Son parti fut pris sur le champ : il connaissait le parc et ses issues secrètes, les passages qui conduisaient aux appartements d'Herminie, et bien convaincu par son silence qu'elle était fermement décidée à éviter toute entrevue, il voulut essayer d'arriver la nuit jusqu'à elle, au risque d'y périr.

Au moment donc où madame de Glandèves entrait dans Paris, M. d'Armentières en sortait.

Lorsqu'il aperçut Ecouen, il s'arrêta et attendit la nuit, ne voulant point se présenter le jour devant la grille du château de la duchesse, pensant qu'il serait éconduit.

Aux premières ombres, il gagna les abords du parc, se cacha dans un fourré, et quand les ténèbres furent épaissies, il chercha la porte secrète à l'angle du mur où, dans des temps plus heureux, une femme aimée l'avait si souvent accompagné.

Il la trouva ouverte et s'avança rapidement à travers le parc, où sa mémoire le guidait sûrement.

Mais M. de Lude, qui cherchait Marcel, voyant venir un homme au milieu d'une des allées du parc, se jeta sur lui, croyant avoir affaire à son rival.

— Défends-toi, misérable ! lui cria-t-il.

(LIV. 16)

M. d'Armentières avait à peine eu le temps de tirer son épée, qu'il était frappé à la gorge ; affaibli par une récente blessure, il ne put apporter une longue résistance aux attaques de son assassin, et tombait au moment où Marcel accourait à son secours.

Tandis que ces choses se passaient au château, madame de Glandèves attendait, pleine d'une impatience fiévreuse, dans la maison de la rue Garancière.

Les heures se succédaient sans que M. d'Armentières parût.

Vers minuit, comptant les minutes avec effroi, elle envoya de nouveau chez le capitaine.

On lui répondit que le valet de M. d'Armentières était revenu, après avoir quitté son maître sur la route de Saint-Denis.

Madame de Glandèves ne dit pas un mot ; mais Marie comprit à quelle angoisse cette âme téméraire était en proie, au regard que sa maîtresse lui jeta.

Un instant après, toutes deux montaient en carrosse qui prenait rapidement le chemin d'Ecouen.

On sait quelle fut leur rencontre et quel en fut le résultat.

Marcel erra jusqu'au matin, luttant de toutes ses forces contre la folie et le désespoir.

M. d'Armentières était mort, et celle que M. d'Armentières avait aimée était son amante à lui.

Marcel se reprochait la mort du capitaine comme un crime, et le remords avec la douleur entrait dans son âme.

Les fraîcheurs de l'aube calmèrent son agitation ; il jeta un regard plus ferme sur l'avenir ; un devoir lui restait à remplir, la voix de l'honneur s'éleva dans le tumulte de ses pensées, et il entendit cette voix.

Marcel, revenu au château, donna un dernier adieu au corps inanimé de son protecteur, écrivit quelques lignes à l'adresse de madame de Glandèves, deux billets qu'il fit parvenir à William Grant et à Thérèse, pour les informer de son départ et de la résolution qu'il avait prise de se rendre auprès de M. de Croisille, sella lui-même un cheval et sortit par la grille du parc.

La duchesse revenait à peine de son long évanouissement lorsqu'elle entendit la grille rouler sur ses gonds et les sabots du cheval résonner sur la route.

Elle se leva et d'un bond sauta sur le balcon ; un nuage de poussière tourbillonnait à quelque distance.

Le cavalier disparaissait déjà, mais le cœur d'Herminie criait son nom.

Elle se tourna vers Marie, le visage enflammé, superbe d'amour et d'effroi.

— M. de Santerre! qu'il vienne!... à l'instant, je le veux! disait-elle.

Et, d'un geste impérieux, elle montrait la porte à sa camériste, lorsque cette porte s'ouvrit.

Un laquais se présenta, une lettre à la main.

Madame de Glandèves prit cette lettre et fit signe au laquais de se retirer.

— J'ai peur! dit-elle.

Ses lèvres blanchirent et sa vue se troubla.

— Oh! madame, est-ce bien vous? s'écria la camériste.

— Est-ce que tu peux me comprendre! fit la duchesse désolée; tu n'aimes pas, toi!

Madame de Glandèves brisa le cachet; mais ses yeux étaient pleins de larmes: elle ne voyait rien.

— Tiens! lis! dit-elle à Marie; je deviens folle!

Et couvrant son visage de ses mains, elle attendit.

Marie prit la lettre; elle contenait les lignes suivantes:

« Madame,

» Vous m'avez ravi le droit de venger M. d'Armentières, mais je vous recommande sa dépouille mortelle; rendez à son corps le repos que vous avez refusé à son cœur. M. d'Armentières m'a chargé d'une mission sacrée; si je vous vois jamais, ce sera pour lui obéir et prêt à tout. Ce qu'il aura voulu, je le voudrai; faites en sorte que je ne sois point forcé de vous haïr.

» MARCEL. »

Madame de Glandèves se renversa en arrière, inanimée.

Elle n'avait plus ni voix pour se plaindre, ni larmes pour pleurer; une fièvre ardente la dévorait.

Cependant, Marcel, laissant son cheval au premier relais, avec ordre de le renvoyer au château, prit un bidet de poste, et, faisant diligence, arriva le lendemain à Cambrai, où se trouvait alors le régiment de M. de Croisille.

M. de Croisille travaillait dans sa chambre lorsque Marcel se présenta devant le planton de service.

Au son de sa voix, M. de Croisille sauta de son siège et courut lui-même ouvrir la porte; à peine Marcel fut-il entré, que son capitaine la repoussa violemment.

— Tu viens lorsqu'on ne t'attendait plus, s'écria-t-il; mais tu as jugé sans doute qu'il n'était jamais trop tard pour se faire fusiller!

— On me jugera, monsieur le vicomte; mais ce n'est pas là le seul motif qui m'amène.

— Parbleu! c'est bien le seul qui te retiendra!... Si tu ne te souviens plus de l'odeur de la poudre, on te la fera sentir d'assez près pour que tu n'aies plus envie de l'oublier.

— Permettez-moi de croire que la chose n'est pas encore faite.

— Eh! morbleu! c'est tout comme! Tu as pris soin d'arranger ton affaire de façon à éviter toute ncertitude. Va-t'en au diable! Tu appliques un grand coup d'épée à ton lieutenant, et tu désertes après! Mais il n'en faut pas la moitié pour faire fusiller un homme! Ne pouvais-tu demeurer où tu étais?

— J'y suis resté trop longtemps.

— Alors il y fallait rester toujours!... L'idée d'être honnête homme te prend sur le tard, mon drôle!

— Capitaine!

— Ne vas-tu pas te fâcher, à présent?

— Je me livre... N'est-ce point assez?

— C'est trop, morbleu! Puisque tu avais assez du métier de soldat, il fallait rester déserteur! Que diable veux-tu que je dise à M. d'Armentières, mon frère, quand il saura que je t'ai fait casser la tête?

Au nom de M. d'Armentières, Marcel étouffa un soupir.

— Ah! tu soupires, reprit M. de Croisille qui allait de long en large par la chambre, masquant sous l'apparence de la colère l'intérêt qu'il portait à Marcel; M. de Lude, que tu avais fort mal accommodé, dit-on, est un méchant homme, je le sais: mais enfin, c'est ton officier!... Encore si tu étais allé te faire massacrer ailleurs, je m'en serais lavé les mains...

— Monsieur le vicomte, dit Marcel en tâchant d'affermir sa voix altérée, il en sera ce que Dieu voudra, mais permettez-moi de laisser là ce sujet de conversation. J'ai d'autres devoirs à remplir.

— D'autres devoirs!... Es-tu fou? Tu n'en as pas d'autres que d'aller en prison.

— J'irai tout à l'heure; mais veuillez me dire, je vous prie, si vous n'avez pas un pli de M. d'Armentières à me remettre?

— Parbleu! je l'avais oublié. La voici... Si mon frère te charge de quelque commission, il choisit bien son temps... Il est à Paris maintenant, j'imagine. L'as-tu vu? Comment se porte-t-il?

A cette question, Marcel pâlit.

— M'entends-tu? reprit M. de Croisille... Oh! si tu ne veux pas parler, ajouta-t-il en voyant l'hésitation de Marcel, garde ton secret. Mon frère a

Croyez-vous aux miracles?... La science humaine n'a plus rien à faire ici.

toujours été l'homme du monde le plus mystérieux que j'aie connu; il a
d'obscures affaires auxquelles je n'ai jamais rien compris... Si ce sont les
tiennes aussi... faites-les ensemble.

— Hélas! M. d'Armentières n'en aura plus! dit Marcel tristement.

M. de Croisille s'arrêta court.

— Que dis-tu? s'écria-t-il.

— M. d'Armentières est mort, répondit le soldat.

— Mort! répéta le capitaine.

Et il s'appuya contre la cheminée. Ses jambes tremblaient sous lui.

Marcel lui raconta les détails de l'événement tragique dont il avait été le témoin, en supprimant toutefois les particularités qui le concernaient personnellement, ainsi que madame de Glandèves.

M. de Croisille l'écoutait, la tête inclinée, les yeux attachés aux siens.

Chaque parole de ce funèbre récit lui arrivait au cœur; mais il luttait de toutes ses forces contre l'émotion qui le gagnait.

— Oui, dit-il après que Marcel eut cessé de parler, cela devait-être ainsi. Mon frère était bon, brave, loyal et franc; l'autre est un misérable perdu de dettes et de débauche; ils se sont rencontrés... mon frère est mort; ainsi va le monde! Le lâche triomphe où le vaillant succombe... Pauvre Ludovic! où ne serait-il pas arrivé?... Mais il aimait!... Une femme s'est trouvée entre lui et les plus hauts grades, et cette femme l'a fait trébucher... Que Dieu maudisse l'infâme créature!

M. de Croisille, plus pâle qu'un cadavre, leva vers le ciel ses deux mains fermées avec une effrayante expression de haine et de fureur.

Marcel eut un frisson dans tout son corps.

— Celle-ci vivra dans la richesse et la joie, continua le capitaine, marchant à grands pas dans la chambre; lui est mort! Est-ce qu'on doit aimer quand on est soldat! Et ne sait-on pas bien que les femmes sont comme des buissons d'épines qui nous déchirent! Tout le sang fuit des veines goutte à goutte! Mais il l'a donc attaqué en bandit, ce de Lude? Ludovic avait la main ferme et le cœur fort; il en aurait tué dix comme ce misérable!... Oh! s'il était vivant encore, vrai Dieu! j'arracherais du cœur de mon frère jusqu'au souvenir de cet amour... dût-il me maudire! Mais il est mort! pauvre frère!... Tu ne sais pas, toi, j'étais rude et sévère avec lui, toujours morose et bourru; mais je l'aimais comme un père aime son enfant.

Vaincu cette fois par la douleur, le capitaine cacha sa tête entre ses mains. Il pleurait. Marcel s'approcha doucement, sans parler, et lui prit la main. Le capitaine répondit à ce mouvement par une étreinte, et tous deux, les doigts entrelacés, restèrent muets un instant.

Tout à coup M. de Croisille se leva.

— Assez de larmes, dit-il en passant rudement sa main sur ses paupières humides... Mille sanglots ne lui rendraient pas une heure de vie! Il s'agit de toi maintenant. Entre nous, à présent qu'il n'y a, l'un devant l'autre, que le frère de M. d'Armentières et Marcel, je puis bien te dire ce que je pense. Tu es un brave et honnête soldat, et M. de Lude est un misérable officier qui a

plus d'orgueil que de courage. Tu l'as frappé, et bien tu as fait. Tout autre que
toi, ayant du cœur, aurait agi de même. Tu avais le droit et la justice de ton
côté. Cependant tu seras fusillé. La discipline le veut, et tu le sais, on doit
obéissance à la discipline. On aurait fait de toi quelque chose; c'est fâcheux.
Demain il n'y aura plus en présence que le capitaine et le déserteur. Donne-
moi ta main et va-t'en au cachot.

M. de Croisille agita une sonnette. Le caporal Loridan parut. M. de Croisille
échangea un dernier regard avec Marcel et se redressa vivement.

Ce n'était déjà plus l'ami, c'était l'officier.

— Caporal, dit-il à Loridan d'une voix brève, voici le déserteur Marcel que
je vous confie. Vous allez le conduire au cachot et vous reviendrez prendre
mes ordres pour la convocation du conseil de guerre. Allez !

Loridan salua et sortit. A peine eurent-ils passé la porte, que le caporal
sauta au cou du sergent.

— Mort de ma vie ! Vous avez eu là une idée saugrenue, dit Loridan...
Mais, patience, tout n'est pas fini encore.

— Il s'en manque de bien peu, je crois.

— Entre la veille et le lendemain, il y a place pour un projet.

— Que veux-tu dire ?

— Suffit... je m'entends. Nous n'avons pas le loisir de causer dans ce corridor... Je vais d'abord vous caser dans un lieu dont je n'ouvre jamais la serrure sans appliquer un coup de poing contre la porte.

— Le cachot ?

— Précisément. Ensuite, je cours chez le capitaine, et si j'obtiens de commander les hommes de garde, tout est pour le mieux.

— Demande-le-lui de ma part, il y consentira.

— Parbleu ! j'y pensais. Marchons, nous aurons tout le temps de causer
après.

Au bout de cinq minutes, la porte du cachot s'ouvrit sur Marcel. C'était
une salle basse attenant à la caserne des artilleurs. Les fenêtres étaient
étroites et grillées. L'une d'elles avait vue sur le chemin de ronde, où se promenait un soldat, le mousquet sur l'épaule.

Marcel sourit.

— Voilà une résidence judicieusement choisie. On n'en sort que pour
entrer dans l'éternité.

— Bah ! qui sait ? murmura Loridan.

Le prisonnier le regarda; au moment où il allait parler, le caporal l'arrêta.

— Chut ! il y a des oreilles, dit-il en désignant d'un geste la porte où s'étaient groupés trois ou quatre artilleurs. Asseyez-vous, je cours et je reviens.

Loridan pressa la main de son camarade et sortit. Marcel entendit les verrous grincer dans la gâche et résonner sur les dalles du perron le mousquet d'une sentinelle. Les dernières paroles du caporal occupaient son imagination ; il s'assit sur le bord d'un mauvais lit de camp et se prit à songer :

— C'est une folle espérance, pensait-il, et, d'ailleurs, pourquoi espérer?... maintenant surtout !

Un soupir entr'ouvrit les lèvres du soldat, son esprit se reporta quelques heures en arrière; il crut voir un fantôme adoré passer sous les fraîches avenues du parc... Déjà il fermait les yeux pour mieux s'abîmer dans son rêve... Tout à coup la porte cria sur ses gonds et Loridan entra.

— Vous dormez? dit-il en posant la main sur l'épaule de Marcel.

— Nòn... je rêvais, reprit le soldat; je me croyais à Lille, chez mon père.

Une légère rougeur colora son front. Cette rougeur était comme un voile où s'enveloppait la tristesse de son souvenir. Il avait dit Lille et il pensait à Ecouen.

— Eh bien ! je viens de chez le capitaine ! Il fait bien les choses !

— Vraiment ?

— Par amitié pour vous, et afin que vous ne souffriez pas longtemps du cachot, il avance le jugement et l'exécution. Nous parlions de quelques jours... Vous serez fusillé dans quarante-huit heures.

VII

Le Conseil de guerre

Aux paroles du caporal, Marcel regarda la campagne qui s'étendait au loin toute rayonnante des splendeurs d'un beau jour.

Le caporal saisit ce regard au vol.

— C'est-à-dire que vous serez fusillé si je le veux bien, reprit-il.

— Est-ce à toi qu'est échue la présidence du conseil de guerre? lui demanda le déserteur en riant.

— Je commande la place, et il ne sera pas dit que je n'aurai rien fait pour vous sauver. J'ai mon projet, et du diable si je ne l'exécute pas !

Marcel, étonné, se retourna vers le caporal qui, tout en parlant, venait de verrouiller la serrure.

— Deux précautions valent mieux qu'une, reprit Loridan, fermons la porte et parlons bas. Voilà une chaise, asseyez-vous et surtout écoutez-moi bien.

Le caporal s'assit à côté du sergent.

— M. de Croisille m'a remis la garde du poste, reprit-il. C'est ce que je voulais. Le conseil de guerre s'assemble demain matin, et, après la signification de la sentence, on vous conduira au cachot de la prévôté, où vous serez confié aux mains du prévôt de la compagnie, et le lendemain, à midi, en présence de toute la garnison, on vous passera par les armes.

— Je te remercie de ces détails, mon ami, ils m'intéressent beaucoup, dit Marcel.

— Écoutez jusqu'au bout, le reste vous intéressera davantage : Si j'attendais que le prévôt eût fermé sur vous la porte de son cachot, vous comprenez que l'intervention du caporal Loridan ne vous serait pas très utile ; ceux que le prévôt tient, il ne les lâche guère. Mais, entre cette prison honnête où nous causons et son cachot maudit, il y a vingt-quatre heures. C'est plus de temps qu'il ne m'en faut pour vous faire évader.

Marcel sauta sur son escabeau.

— Évader ! s'écria-t-il.

— Sans doute ! Croyez-vous donc que le caporal Loridan soit de ceux qui oublient leurs amis ? Je vous aime, moi, c'est mon idée, et je vous sauverai.

— Et tu te feras fusiller !

— Qu'est-ce que ça vous fait, si ça m'arrange ? Mais on ne me tient pas encore. Je décampe avec vous.

— Toi aussi ?

— Certainement. Mon projet est joli, vous allez en juger. Les hommes qui doivent composer la garde de nuit sont tous de notre escouade : je m'en suis informé ; ce sont de bons camarades qui voudraient vous voir ailleurs. Quand ils seront réunis, les armes en faisceau, je les ferai ranger en cercle et leur dirai quelque chose comme ceci : « Enfants ! il y a là-dedans un brave sergent qui nous a bien souvent donné des permissions quand nous méritions la salle de police ! — C'est vrai, répondront-ils. — Certes, oui, c'est vrai ! reprendrai-je ; aussi, camarades, il faut que chacun ait son tour ; il nous a laissés en liberté, donnons-lui de l'air. Vous allez dormir, je lui ouvrirai la porte, vous

(LIV. 17)

ne verrez rien, et il s'en ira. C'est votre caporal qui vous l'ordonne. Allez vous coucher. »

— Et tu crois qu'ils dormiront?

— Ils s'en garderont bien.

— Tout est donc perdu?

— Perdu!... au contraire. Et qui donc alors serait là pour vous donner un coup de main en cas d'alerte?

— Ils dormiront donc?

— C'est-à-dire qu'ils se mettront les poings sur les yeux et qu'ils fermeront les oreilles; des loirs ne seraient pas mieux endormis; je les connais. Cinq minutes après, nous filerons comme des perdreaux par les champs. Que pensez-vous du projet?

— Pas mal.

— N'est-ce pas?

— J'y vois seulement une difficulté.

— Pas l'ombre d'une. Ça va comme sur des roulettes.

— Une insurmontable.

— Laquelle donc?

— C'est qu'il ne me plaît décidément pas de m'échapper.

Ce fut au tour de Loridan à sauter sur le banc où il était assis.

— Il ne vous plaît pas?... Allons donc, vous plaisantez!

— Je ne plaisante pas.

— Vous le croyez.

— Je parle sérieusement, très sérieusement. C'est mon idée.

— Eh bien! chacun la sienne; il vous convient de rester, il me convient d'ouvrir la porte.

— Alors tu partiras seul.

— Point, j'attendrai.

— Mais on t'arrêtera.

— J'y compte bien.

— Et on te fusillera.

— Comme de juste.

— Va-t'en au diable!

— J'aime mieux rester.

Marcel se leva et fit, à grands pas, quelques tours dans la prison. Loridan, renversé sur le banc et appuyé contre le mur, jouait avec ses pouces.

Le sergent s'arrêta devant cette honnête figure tout à la fois placide et résolue.

— Mon ami, lui dit-il en lui prenant la main, ce que tu veux faire est de la folie.

— Pas plus que ça que vous ne voulez pas faire.

— Tu es donc tout à fait décidé ?

— Parfaitement. J'étais piqueur, je suis caporal, je serai mort, voilà tout.

— Mais en supposant que j'accepte, as-tu réfléchi aux difficultés de ton entreprise ?

— Dame ! si on pensait à tout, on ne tenterait jamais rien !

— Il y a la sentinelle du chemin de ronde.

— C'est un risque à courir.

— Les patrouilles qui vont et viennent autour des remparts.

— C'est leur métier de voir les gens, ce sera le nôtre de les éviter.

— On nous rattrapera avant que nous ayons gagné la frontière.

— A la grâce de Dieu !

Marcel frappa du pied. Le caporal continuait à faire tourner ses pouces.

— Après tout, fais tout ce que tu voudras ! s'écria le sergent ; si tu es fusillé, ce sera ta faute.

— C'est bien comme cela que je l'entends, fit Loridan.

Et il se leva.

Le jour finissait et l'heure du dîner était venue. Le caporal sortit pour remplir les devoirs de sa charge. Il avait à veiller à la fois sur la gamelle et sur un prisonnier. A peine eut-il passé la porte, que Marcel, tirant un crayon de sa poche, écrivit à la hâte quelques mots sur un bout de papier.

Quand il eut fini, il s'approcha de la fenêtre grillée qui donnait sur le préau.

Un sapeur était auprès.

— Veux-tu me rendre un service, camarade ? lui dit Marcel.

— Si la consigne me le permet, volontiers.

— Prends donc ce billet et porte-le tout de suite à M. de Croisille. S'il n'était pas chez lui, cherche-le jusqu'à ce que tu l'aies trouvé, et ne reviens pas sans le lui avoir remis à lui-même.

— C'est donc pressé ?

— Un peu... Il y va de la vie d'un homme.

— De la vôtre, sergent ?

— Va donc sans en demander davantage.

— J'y cours.

M. de Croisille, tout entier à la douleur que lui causait la mort de son frère, avait donné l'ordre qu'on ne le dérangeât pas; mais au nom de Marcel il fit introduire le sapeur et prit le billet. Il contenait ces lignes :

« Capitaine,

» Si vous n'étiez pas M. de Croisille, je ne vous dirais rien de ce qui s'est passé entre le caporal Loridan et moi; mais en vous confiant ce secret, je suis bien sûr qu'au lieu de le punir, vous empêcherez mon pauvre camarade de se perdre. Loridan compte me faire évader cette nuit. J'ai vainement tenté de le dissuader, il persiste et s'expose à être fusillé pour me sauver. Je ne tiens plus à la vie, et quoi qu'il fasse, je suis résolu à subir mon sort, mais je ne veux pas le lui faire partager. Protégez-le contre lui-même.

» MARCEL. »

M. de Croisille froissa la lettre.

— Va dire à Marcel que je ferai ce qu'il me demande, dit-il au sapeur.

Celui-ci tourna sur ses talons et sortit.

— C'est un vrai cœur de soldat! s'écria M. de Croisille quand il fut seul; mon frère et lui, tous deux perdus! Il n'y a que les bons qui meurent!

Et le capitaine, exaspéré, renversa violemment une petite table sur laquelle il s'appuyait.

Une heure après le retour du sapeur, Marcel vit entrer le caporal Loridan dans sa prison.

Le pauvre caporal avait la mine effarée.

— Nous sommes trahis! dit-il en tombant sur un banc.

— Vraiment! fit Marcel en affectant une grande surprise.

— Le capitaine a tout appris. Quelque méchant artilleur nous aura entendus! J'avalais ma soupe lorsqu'un canonnier de planton est venu de la part du capitaine m'ordonner de me rendre à l'instant chez lui. Je pars. A peine sommes-nous seuls, que M. de Croisille me fait signe d'approcher : « Je sais tout », me dit-il. A ces mots je me trouble et balbutie une réponse à laquelle je ne comprenais rien moi-même. « Paix! reprend-il; je n'ai pas de preuves, tu ne passeras pas devant un conseil de guerre; mais pour t'ôter l'envie de recommencer, je t'envoie à la salle de police. Tu y resteras trois jours... Si tu n'étais pas un bon soldat, je t'aurais fait goûter des verges... Prends ceci, et marche. » Je sors tout étourdi et trouve dehors trois canonniers qui me ramènent ici... Pendant la route, j'examine ce que le capitaine m'avait mis dans la main, c'était une bourse où j'ai compté une douzaine de louis... La salle de police et de l'or, tout à la fois, je n'y comprends plus rien. Le sergent qui m'a remplacé dans le commandement du poste, augmenté de plusieurs hommes, m'a permis d'entrer un instant... Quelle aventure!

— Il ne faut point s'en désoler... Nous n'aurions point réussi.

— Bah ! la nuit est noire et les jambes sont bonnes !

— J'aime mieux te voir en prison... Tu risquais ta vie et je ne tiens pas à la mienne.

— Ce soir, c'est possible ; mais demain !... Tenez, je ne m'en consolerai jamais.

Un coup de crosse appliqué à la porte l'interrompit.

— On me rappelle, dit Loridan... Déjà !

Il se leva et fit deux tours dans la chambre. Un second coup de crosse l'avertit de se hâter.

— Bon ! s'écria-t-il, voilà mes trois canonniers qui ont peur de s'enrhumer ! Adieu, sergent.

— Veux-tu m'embrasser, mon ami ?

— Si je le veux ! Je n'osais pas vous le demander !

Loridan sauta au cou de Marcel et le tint longtemps serré entre ses bras.

— Et dire que je ne vous reverrai plus ! s'écria-t-il en sanglotant.

— Si, là-haut ! fit Marcel en montrant le ciel du doigt.

— C'est bien loin !

Un troisième coup de crosse cogna contre la porte.

Loridan y courut, l'ouvrit vivement et disparut.

Il étouffait.

Lorsque Marcel n'entendit plus le bruit des pas cadencés de la petite escorte, il prit dans sa poche le pli de M. d'Armentières et en lut le contenu.

C'était une sorte de testament par lequel le jeune capitaine instituait Marcel l'exécuteur de ses dernières volontés et lui révélait l'existence d'un enfant qu'il avait eu de mademoiselle de Breteuil avant qu'elle fut devenue duchesse de Glandèves.

Cet enfant avait disparu, et M. d'Armentières chargeait Marcel de le réclamer, en lui remettant les divers papiers qui pouvaient l'aider dans ses recherches.

Marcel fut obligé de s'interrompre dix fois pendant sa lecture.

Des larmes brûlantes sillonnaient ses joues.

Il sentait la vie s'échapper par les blessures de son cœur.

Le nom d'Herminie, ce nom rempli d'horreur et d'enivrement, revenait sans cesse à son esprit, mêlé à celui de M. d'Armentières, et pour échapper au désordre de ses pensées, le souvenir de Léonore était le seul abri où son âme saignante pût se réfugier.

Mais Léonore aussi n'était-elle pas perdue pour lui !

C'étaient donc de toutes parts des espérances anéanties.

Les fleurs de sa jeunesse s'étaient flétries à peine écloses, et dans sa courte vie, que des balles allaient si tôt terminer, il ne voyait rien que douleurs et luttes stériles.

— Que la volonté de Dieu soit faite! dit-il.

Et se jetant à genoux, il pria.

Une heure après il écrivait.

Quand le jour parut, c'est à peine s'il venait de quitter sa plume.

Devant lui étaient quelques lettres adressées à madame de Langenay, à Thérèse, à son père. Dominique Vanderkove, à William Grant, à madame de Glandèves et à M. de Croisille.

Plus calme et raffermi, il se jeta sur le lit de camp en attendant l'audience du conseil de guerre.

A neuf heures du matin, un piquet de sapeurs s'arrêta à la porte du cachot.

Un officier parut sur le seuil l'épée à la main, et fit signe à Marcel d'avancer.

Cinq minutes après, il entrait dans la salle du conseil de guerre, que présidait le major du régiment; sa physionomie paraissait calme, il était seulement très pâle.

Devant une table vis-à-vis du major, on voyait un greffier.

Le piquet se rangea en face du tribunal élevé sur une espèce d'estrade, et Marcel se tint debout, un peu en avant.

Le fond de la salle était rempli de curieux, parmi lesquels on remarquait un grand nombre de soldats.

A l'arrivée du sergent, un subit mouvement se fit dans cette foule; un grand silence lui succéda bientôt.

Le greffier se leva et donna lecture de l'acte d'accusation, duquel il résultait que le sergent Marcel, après avoir blessé grièvement son lieutenant, s'était rendu coupable du crime de désertion.

Après cette lecture, le major passa à l'interrogatoire du prisonnier.

— Votre nom ? dit-il.

— Marcel Vanderkove, sergent dans la compagnie de M. de Croisille.

A son nom, M. de Croisille tressaillit, et pendant la suite de l'interrogatoire, il resta la tête inclinée sur sa poitrine.

— Votre âge ? reprit le président.

— Vingt-trois ans.

Lorsque le greffier eut consigné ces diverses réponses sur le procès-verbal, on demanda à Marcel s'il n'avait pas blessé de deux coups d'épée son lieutenant, M. le chevalier de Lude, en un lieu voisin de Neuilly.

Marcel répondit affirmativement à cette question; mais pour son honneur de soldat, il pria le tribunal de vouloir bien l'entendre, et, sur l'autorisation du major, il raconta la scène à la suite de laquelle le duel avait eu lieu.

Cette déclaration fut écoutée dans un profond silence.

Une vive rumeur parcourut l'assemblée. Le peuple absolvait le soldat.

Le major prit sur la table une liasse de papiers.

— Les aveux de l'accusé Marcel, dit-il, sont conformes aux déclarations écrites et signées qui nous ont été envoyées de Paris: l'une provient du cocher qui a conduit le sergent et sa sœur; l'autre est d'un gentilhomme irlandais, William Grant, qui a été témoin du combat. Elles n'ont point été démenties par M. de Lude, à qui elles ont été transmises et dont nous regrettons l'absence en ce moment.

Après l'audition de ces faits, le conseil de guerre, considérant l'action de Marcel Vanderkove comme un cas de légitime défense, écarta l'accusation d'attentat à la vie d'un officier. Le crime de désertion restait seul en cause.

— Après votre duel avec le lieutenant de Lude, pourquoi ne vous êtes-vous pas rendu à Laon, où se trouvait alors votre compagnie? reprit le major.

— C'était mon intention d'abord, mais un accident m'en a empêché.

— Une blessure, peut-être ?

— Oui, major.

— Mais vous pouviez écrire et vous mettre en route après votre guérison ?

— C'est vrai.

— En restant au lieu où vous étiez, vous vous rendiez coupable du crime de désertion; le saviez-vous ?

Marcel secoua la tête. Le major échangea quelques mots avec les membres du conseil de guerre, et, se tournant vers Marcel, lui demanda s'il n'avait rien à ajouter. Sur sa réponse négative, il donna l'ordre de le reconduire à la prison. Le piquet d'infanterie sortit avec l'accusé, la salle fut évacuée, et le conseil entra en délibération.

Vers le soir, le sergent de garde ouvrit la porte de la prison.

— Debout, camarade, dit-il, et suivez-moi.

— Où me conduisez-vous? demanda Marcel.

— Dame! en un lieu où l'on ne va guère qu'une fois.

— Au cachot de la prévôté ?

Le sergent inclina la tête.

— Bien ! reprit Marcel; je comprends.

Quatre canonniers le placèrent entre eux et le conduisirent au cachot, qui n'était pas dans le même corps de logis. C'était une salle voûtée, petite, étroite qui recevait le jour par deux lucarnes garnies de forts barreaux de fer.

Un grabat était dans un coin, un banc contre le mur et un christ en bois cloué en face de la porte. C'était un lieu sombre, humide et froid : telle serait l'antichambre d'un sépulcre,

Le prévôt du régiment reçut Marcel et coucha son nom sur un grand registre rouge.

Un moment après, l'aide-major et le greffier du conseil entrèrent.

Le greffier tenait un papier à la main.

Marcel se découvrit, et les sentinelles présentèrent les armes.

Des flambeaux attachés à des branches de fer fichées dans le mur furent allumés, et à la clarté rougeâtre qui faisait étinceler l'épée nue de l'aide-major et les mousquets des soldats, le greffier donna lecture de l'arrêt du conseil de guerre.

L'arrêt portait en substance que le nommé Marcel Vanderkove, ci-devant sergent de la compagnie de M. de Croisille du corps des canonniers, se trouvant atteint et convaincu du crime de désertion, le conseil de guerre, assemblé dans la ville de Cambrai, le condamnait, conformément aux ordonnances militaires, à la peine de mort.

Après cette lecture, le greffier demanda à Marcel s'il n'avait rien à déclarer.

— Rien, monsieur, je désirerais seulement savoir quel genre de mort le conseil m'a réservé.

— Le conseil, appréciant votre bonne conduite et vos antécédents, a décidé que vous seriez fusillé au lieu d'être pendu.

— Veuillez, monsieur, remercier le conseil. En m'accordant de ne point mourir d'une mort infamante, il m'octroie la seule grâce que j'ambitionnais. A quelle heure l'exécution ?

— Demain matin, à onze heures.

— Je serai prêt, monsieur.

— Si vous êtes de notre sainte religion, vous plaît-il d'avoir un confesseur, afin d'être en état de paraître devant Dieu au moment de quitter les hommes ?

— J'allais vous en adresser la prière.

Le greffier fit un signe au prévôt, qui sortit et revint au bout de dix minutes avec un prêtre.

Elle se leva, et d'un bond se précipita sur le balcon.

Tout le monde se retira, et quand la porte se fut refermée, Marcel se signa et se mit à genoux.

Il était seul avec l'homme de Dieu.

VIII

Le Pouvoir d'une Femme

Le lendemain, à dix heures, le prévôt entra dans le cachot. Marcel dormait, couché sur le grabat; après une nuit passée en pieuses exhortations, la fatigue du corps l'avait emporté sur les angoisses de l'esprit. Le prêtre priait, agenouillé devant l'image du Christ.

Le prévôt frappa sur l'épaule du condamné.

— Debout, sergent, dit-il, voici l'heure.

Marcel se leva. Le prêtre s'avança vers lui.

— Mon père, pardonnez-moi mes fautes, lui dit le soldat en s'agenouillant.

Le prêtre leva les mains vers le ciel.

— Condamné par les hommes, je vous absous devant Dieu, dit-il; vous avez souffert, allez en paix.

Et du doigt il traça le signe de la rédemption sur le front du condamné. Puis le prêtre et le soldat s'embrassèrent. Marcel portait encore les vêtements qu'il avait pendant son séjour chez madame de Glandèves. Il ôta son justau-corps, qui était en drap de soie violet avec des brandebourgs, et pria le prévôt de lui permettre d'en faire présent au geôlier; quant à l'argent qu'il avait dans sa ceinture, il le lui remit pour être distribué aux hommes de garde.

— J'en excepte cinq louis, dit-il, que je destine aux soldats chargés de l'exécution; je leur dois bien quelque chose pour leur peine.

Un lieutenant en grande tenue parut sur le seuil de la porte.

— Sergent Marcel ?... appela-t-il.

Vingt canonniers en tenue de campagne attendaient le condamné.

Tous étaient mornes et tous baissèrent les yeux au moment où Marcel parut accompagné du prêtre qui se tenait à sa droite.

Le lieutenant lui-même paraissait ému et mâchonnait ses moustaches.

Marcel salua l'officier d'abord, puis les soldats, dont les rangs s'ouvrirent pour le recevoir.

La troupe se mit en marche.

Le sergent portait une veste de moire blanche à réseaux d'or qui serrait sa taille et rehaussait sa bonne mine ; sa tête était nue, et ses cheveux, très longs, flottaient en boucles autour de son cou.

Une moitié de sa compagnie était rangée en dehors de la caserne des canonniers, sous les ordres du premier lieutenant.

Elle s'aligna et prit le chemin des fortifications.

Un silence profond régnait dans les rangs.

De temps à autre, un soldat portait la main à ses yeux.

Marcel souriait à ses camarades.

Les rues par où le cortège s'avançait étaient pleines de monde ; on en voyait partout, le long des maisons, devant les portes, aux fenêtres, sur le pas des boutiques.

Tous les regards cherchaient le condamné, mille exclamations sortaient du milieu de la foule, la pitié se lisait sur tous les visages.

La démarche de Marcel était assurée et sa figure calme et fière ; un mélancolique sourire errait sur ses lèvres.

En le voyant si jeune et si beau, le peuple était ému ; les femmes surtout, dont le cœur est plus tendre, exprimaient tout haut les sentiments de commisération qui baignaient leurs yeux de larmes.

— Qu'il est jeune et qu'il est beau ! disaient-elles. Aura-t-on bien le courage de le tuer ?

Et celles qui le plaignaient ainsi se haussaient sur la pointe des pieds pour le voir plus longtemps.

Marcel entendait toutes ces paroles, saisissait tous ces regards ; ils arrivaient à son cœur, l'attristaient et le consolaient à la fois.

Plusieurs dames étaient penchées à un balcon, au coin d'une rue ; l'une d'elles, qui tenait une rose à la main, la laissa choir en faisant un geste de pitié.

Marcel ramassa la fleur, et, la portant à ses lèvres, salua la dame.

Quelques-unes des personnes qui étaient sur le balcon, tout émues et sans penser à ce qu'elles faisaient, s'inclinèrent à leur tour.

Quant à la dame à qui la fleur avait appartenu, elle se couvrit le visage de son mouchoir et se mit à pleurer.

Le cortège marchait toujours ; mais Marcel tourna la tête jusqu'à ce qu'il eût dépassé l'angle de la rue pour voir encore la dame, qui était jeune et jolie.

— Pensez aux choses du ciel, mon fils! lui dit le prêtre, qui avait suivi ce regard.

— Oui, mon père, mais j'ai vingt-trois ans! répondit Marcel avec un doux sourire.

La voix du soldat semblait dire : Le ciel est si loin et la terre est si belle ! Le bon prêtre soupira.

— C'est le démon qui vous tente! reprit-il.

— Non, mon père, c'est le souvenir d'un ange que je veux porter à Dieu.

Tous les charmants visages de femmes qu'il voyait rappelaient à Marcel ou Léonore ou Herminie.

Au détour de la rue, le prêtre lui montra le ciel; le patient y porta les yeux et crut y voir l'image de son premier amour.

Le cortège avançait lentement au milieu de la foule qui grossissait de minute en minute.

Cependant il atteignit la porte de la ville et se dirigea vers le champ de manœuvres, où mille à douze cents hommes étaient rangés en bataille.

M. de Croisille était à cheval à la tête de sa compagnie.

Les armes étincelaient au soleil, et tout le peuple de Cambrai couvrait le talus des remparts et les abords du champ de manœuvres.

Quand le cortège parut hors des portes, les tambours battirent aux champs, les officiers tirèrent l'épée et la troupe porta les armes.

Marcel leva son front un instant incliné sous le poids des souvenirs, et promena un regard ferme sur les rangs des soldats, où mille éclairs scintillaient.

Au moment où son escorte pénétrait dans l'enceinte fatale, un bruit confus s'éleva du milieu de la foule, une multitude de têtes s'agitèrent et des cris lointains retentirent tout à coup.

Le peuple qui sortait de Cambrai se précipita de toutes parts et ses flots pressés vinrent envelopper le détachement qui conduisait Marcel.

— Grâce! grâce! criait-on.

Et ce mot seul dominait la rumeur immense.

Croyant qu'on voulait délivrer le prisonnier par la violence, le lieutenant qui commandait l'escorte ordonna de serrer les rangs et d'apprêter les armes.

Mais au moment où l'ordre allait être exécuté, on vit s'élancer par la porte de Cambrai un homme à cheval.

L'homme était tout couvert de boue et de poussière, le cheval haletait, et ses flancs, blancs d'écume, étaient tachetés de gouttes de sang.

Le cavalier, n'ayant plus de voix pour crier, agitait en l'air un papier scellé de cire rouge.

La foule s'écartait sur son passage avec d'innombrables cris de joie, et le cavalier arrivait au galop, tandis que M. de Croisille courait, l'épée à la main, vers le cortège dont les rangs s'ouvrirent.

Le coursier passa comme la foudre et vint tomber aux pieds du major ; mais déjà le cavalier, debout, présentait le papier timbré du grand sceau royal.

Les officiers se groupèrent autour du major ; la foule se tut, et mille soldats, oubliant la discipline, penchèrent la tête en avant.

Ils ne pouvaient rien entendre, et ils écoutaient.

Le désordre était partout.

Tout à coup le cercle des officiers se rompit, et M. de Croisille, tenant le papier à la main, partit ventre à terre.

En un instant, il fut devant le front du détachement et s'arrêta.

Son visage, une heure avant si morne, rayonnait.

Il agita son chapeau dans les airs et, d'une voix tonnante, cria :

— Vive le roi !

On ne savait point encore de quoi il s'agissait, cependant les soldats et le peuple répondirent comme un seul homme, et le cri de : Vive le roi ! roula comme un coup de tonnerre des remparts aux campagnes.

Puis le silence se fit partout.

M. de Croisille se dressa sur ses étriers.

— Sergent Marcel, approchez ! s'écria-t-il.

Marcel fit dix pas en avant.

— Marcel Vanderkove, sergent dans la compagnie des canonniers, continua M. de Croisille, le roi, notre maître, par une marque toute puissante de sa bonté, te quitte et te décharge de la peine de mort que tu as encourue pour crime de désertion, et permet que tu reprennes l'habit et les insignes de ton grade. Ainsi soit fait selon sa volonté ! Vive le roi !

Toute la troupe répéta ce cri en mettant les chapeaux au bout des fusils, et la foule battit des mains avec des transports de joie.

Il ne tenait qu'à Marcel de se croire un personnage d'importance, tant l'allégresse publique se manifestait bruyamment.

La jeunesse, la bonne mine, le courage du condamné, l'avaient pour une heure transformé en héros.

Mort, on l'aurait oublié le lendemain ; vivant, on l'acclamait de toutes parts.

Mais Marcel ne pensait à rien.

Ce qu'il venait d'entendre lui paraissait un rêve.

M. de Croisille ne songeait pas cette fois à dissimuler sa joie. En présence de toute la garnison il embrassa le sergent, que ce témoignage d'affection toucha plus que tous les vivats dont il était l'objet.

En ce moment, le cavalier qui avait apporté la bienheureuse nouvelle s'approcha de Marcel et, le tirant par la manche de sa veste, lui dit doucement :

— Et moi, ne m'embrassez-vous pas ?

Marcel, en se retournant, se trouva dans les bras de William Grant.

Une demi-heure après la scène que nous venons de raconter, Marcel, qui avait eu beaucoup de peine à se soustraire aux transports de la foule qui voulait le porter en triomphe, se trouvait réuni, au logis du capitaine, avec William Grant et M. de Croisille.

— Vous avez sans doute à causer, dit M. de Croisille aux deux amis ; Marcel a bien gagné une permission pour aujourd'hui ; restez ensemble et dinez tout à votre aise, ici ou ailleurs, comme vous l'entendrez. Des papiers viennent de m'arriver de Paris, je vais les examiner.

La mort, qu'il avait vue de si près, rendait la vie plus douce à Marcel ; si les mêmes causes de douleur subsistaient, le don volontaire qu'il avait fait de sa jeune existence lui semblait un sacrifice suffisant, après quoi le désespoir n'avait plus le droit de lui rien demander.

Le sacrifice avait été offert, la fortune l'avait refusé, Marcel et le sort étaient quittes.

Il se passe souvent au fond des âmes, même les plus sincères, de ces sortes de compromis qui donnent la raison des choses en apparence les plus inexplicables.

Le sergent, miraculeusement sauvé, ne se rendit pas compte du mouvement mystérieux qui s'opérait en lui ; mais à la vue de William, qui lui tendit la main par-dessus la table, il prit un verre de vin d'Espagne, l'avala d'un trait et, le cœur bondissant, il comprit qu'il y avait encore dans l'avenir place pour la jeunesse, l'espérance et l'amour.

— Je vous dois donc la vie ! s'écria Marcel en pressant la main du gentilhomme irlandais. Un jour mon honneur, le lendemain ma tête ; si vous continuez ce train-là, comment voulez-vous que je m'acquitte jamais ?

— Il vous sera plus aisé de le faire que vous ne pensez, répondit William.

— Parlez donc bien vite !

— Tout à l'heure, il sera temps. Si vous consentiez tout de suite, je serais trop tôt votre débiteur. Et d'ailleurs, de cette dette dont vous parliez à l'instant, vous ne me devez guère que la moitié.

— La moitié seulement ?

— Peut-être moins encore.

— Bientôt, vous n'aurez rien fait.

— Ma foi, vous le dites. Ce parchemin qui vous a sauvé des balles, je l'a apporté, mais je ne l'ai pas obtenu.

— Quoi ! ce n'est pas vous ?...

— Eh ! mon Dieu, non...

— Mais qui donc, alors ?

— Parbleu ! quelqu'un qui a l'air de vous aimer furieusement.

Marcel rougit.

— Vous comprenez ? reprit William.

— Non, vraiment, je cherche...

— Si vous cherchez, c'est que vous avez trouvé... Faut-il vous nommer madame...

— La marquise de Langenay ?...

— Non pas... la duchesse de Glandèves.

A ce nom, Marcel tressaillit.

— Sans elle, vous seriez mort déjà ! reprit William. Quelle reconnaissance ne lui devez-vous pas ! Que n'a-t-elle pas fait pour vous sauver !

Le nom de madame de Glandèves venait de rendre aux pensées de Marcel toute leur agitation. Il inclina la tête et garda le silence.

— C'est une curieuse histoire, continua William. Où les hommes ne peuvent rien, les femmes peuvent tout !... Je ne sais pas de meilleur passe-partout qu'une main blanche ; cela ouvre tout à la fois les consciences et les serrures. Quand votre lettre arriva à Paris, où je demeurais sans trop savoir pourquoi, continua l'Irlandais en rougissant un peu, elle me plongea dans un grand embarras. Que faire et où aller ? Je commençai par me rendre à la campagne, chez votre père, pour y voir mademoiselle Thérèse.

— Ah! fit Marcel, qui ne put s'empêcher de remarquer l'émotion du gentilhomme à ce nom.

— Oui; c'est une jeune personne qui a plus de sens que ne le laissent supposer ses yeux gais et son sourire e… . J'attendais d'elle un bon conseil et la trouvai dans les larmes ; elle avait, comme moi, reçu un billet où vous lui disiez votre intention de vous présenter devant le conseil de guerre de Cambrai. Elle se serait bien adressée à madame de Langenay ; malheureusement le mari de cette dame était à Compiègne, et vous auriez eu dix fois le temps d'être fusillé avant que son intervention vous pût être de quelque secours. Ne sachant trop à quel parti m'arrêter, je revins à Paris et pris au hasard, et vraiment sans savoir où j'allais, le chemin de l'hôtel de M. de Louvois. Je passe sous la porte cochère, je monte un escalier, et j'entre dans une salle où plusieurs personnes étaient réunies. Une porte était en face de moi, je m'avance, lorsqu'un huissier se lève :

« — Que désirez-vous ? » me dit-il.

A ces mots, une résolution désespérée s'impose à mon esprit. :

« — Ne pourrais-je pas parler à Son Excellence monseigneur le ministre? dis-je à l'huissier.

» — Monseigneur est en affaires ; mais vous passerez à votre tour. Quel nom dois-je annoncer à Son Excellence ?

» — Elle ne me connaît pas.

» — Vous avez bien une lettre d'introduction, une lettre d'audience ?

» — Je n'ai rien.

» — Il m'est, dans ce cas, tout à fait impossible de vous introduire auprès de monseigneur le ministre.

» — Cependant...

» — N'insistez pas, ma consigne me le défend. »

Sur ces entrefaites, la porte s'ouvre, un gentilhomme se retire, un autre se présente, l'huissier me quitte et je reste livré à mes réflexions. Toutes les personnes qui attendaient entraient les unes après les autres, l'heure s'écoulait, le désespoir s'emparait de moi.

— Pauvre William ! murmura Marcel.

— J'allais, dans ma détresse, me décider à partir pour Saint-Germain et me jeter aux pieds du roi, lorsque tout à coup une dame passe la porte en se dirigeant vers le cabinet du ministre. L'huissier se lève et s'incline avec respect.

« — M. de Louvois? dit la dame.

» — Monseigneur est en affaires.

» — Dites-lui mon nom; j'ai à lui parler à l'instant. »

L'huissier disparaît. Il y a des incidents de mince apparence qui sont une révélation. L'accent et le mouvement de la dame me font comprendre sa toute-puissance.

« — Madame ! m'écriai-je en allant à elle, daignez m'accorder une grâce.

» — Qu'est-ce ? » dit-elle en se retournant.

Je demeurai un instant ébloui. Le regard de cette dame était impérieux, sa lèvre hautaine, sa joue pâle ; mais elle était belle comme une reine des contes de fées.

« — Madame, repris-je, il s'agit d'un pauvre sergent qui a déserté. »
Alors elle s'approche et me regarde.

« — Il a un vieux père, une jeune sœur, il a vingt-trois ans, continuai-je...

» — Son nom ? dit-elle en m'interrompant.

» — Marcel. »

La dame pousse un cri et chancelle. Je m'élance pour la soutenir, mais déjà remise de son trouble, elle me tend la main.

« — Et vous veniez pour le sauver ?... Vous êtes un brave gentilhomme ! »

Le regard ardent de cette femme s'était mouillé, il me semblait qu'une larme tremblait sous sa paupière.

« — Mais c'est tout naturel, lui dis-je, je l'aime et j'aime sa sœur. »

William rougit et s'arrêta brusquement comme un imprudent qui vient de mettre le pied au bord d'un précipice. Marcel releva sa tête ; un doux sourire éclaira son visage depuis une heure assombri.

— Le voilà donc ce grand secret ? fit le soldat.

— L'ai-je dit ? Eh bien ! soit ; je le confirmerai tout à l'heure ; en attendant, laissez-moi continuer l'histoire de votre grâce ; ce sera après le tour de la mienne. Je crois bien que la dame ne m'entendit pas, car elle reprit :

« — Mais quel risque court-il ?

» — Le risque d'être fusillé, voilà tout. »

Elle pâlit.

« — Oh ! s'écria-t-elle, on fusille donc encore ?

» — On fusille toujours.

» — Que faire, alors ? Si je lui faisais délivrer son congé, ou bien si on obtenait qu'il ne fût pas mis en jugement ?

» — Avant que cet ordre arrive, il sera condamné.

» — Mon Dieu ! un conseil ! un conseil ! mais j'étais venue pour lui, moi !

» — Eh bien ! madame, ce qu'il nous faut, c'est sa grâce.

» — Sa grâce ! je l'aurai... mais qui la portera ?

» — Moi ; si je ne suis pas tué en route, j'arriverai à temps pour le sauver. »

Je restai seul quelques minutes qui me parurent des siècles. Mille réflexions accablantes désolaient mon esprit. Cette inconnue avait-elle bien la puissance que je lui supposais ? l'intérêt qu'elle semblait vous témoigner était-il bien réel ? Cependant la porte se rouvrit et la dame revint. Je ne vis rien cette fois que le parchemin qu'elle tenait du bout de ses doigts de neige.

(LIV. 20)

« — Tenez, me dit-elle, le sceau royal rend ce parchemin sacré ; sa vie vous appartient maintenant. Partez ! »

Son visage rayonnait. Je m'inclinai sur sa main que je baisai.

« — Votre nom, madame, afin que son père, sa sœur et lui-même vous bénissent.

» — Mon nom ? Je suis la duchesse de Glandèves, mais je veux qu'il l'ignore. »

— Ainsi, elle voulait me taire son bienfait ? dit Marcel.

— Trois fois elle m'a recommandé le plus absolu silence ; mais cette promesse, je ne l'ai pas tenue... Il n'y a pas de haine ou de faute qu'un pareil service n'efface. Je descendis avec madame de Glandèves, son carrosse l'attendait devant l'hôtel.

« — Faites diligence, » me dit-elle.

Et, me serrant la main, elle partit.

Une demi-heure après, je galopais à franc étrier sur la route de Cambrai.

— Et vous êtes arrivé à propos !

— Je ne sais quelle crainte fouettait mon âme, tandis que j'éperonnais mon cheval, mais à chaque relais je précipitais ma course. Une voix me criait que votre vie était suspendue à mon élan, et je passais comme une flèche sur la route... N'y pensons plus maintenant... Vous vivez !

— Et c'est à madame de Glandèves que je dois cette existence déjà si souvent tourmentée !

— C'est à elle, à elle seule ! Mais, dites-moi, vous connaissez donc madame la duchesse de Glandèves ?

Marcel releva son front chargé de tristesse ; toute son âme passa dans ses regards, qu'il attacha sur ceux de William ; puis, prenant les deux mains du courageux jeune homme, il lui dit avec un accent plein d'une indicible émotion :

— Mon frère, mon ami, si je puis compter sur votre attachement, comme vous pouvez compter sur le mien, que jamais le nom de madame de Glandèves ne soit prononcé entre nous, et ne me demandez jamais si je l'ai connue. Jamais, entendez-vous ?

— C'est bien, dit William. J'ai tout oublié.

En ce moment, M. de Croisille entra dans la salle.

— Lieutenant, dit-il, il ne s'agit plus de causer. L'heure du départ va sonner.

— Lieutenant ! s'écrièrent à la fois Marcel et William ; à qui parlez-vous, capitaine ?

— Mais à vous, Marcel; lisez vous-même.

Et M. de Croisille tendit au jeune homme un papier revêtu des armes du roi.

— J'ai trouvé ce brevet parmi les papiers qui m'ont été envoyés de Paris, reprit-il. Il est en règle, et vous n'avez qu'à obéir.

— Une lieutenance! à moi! dit Marcel.

— Le ministre fait bien les choses, quand il les fait, ajouta M. de Croisille; la grâce, une promotion et cent louis encore pour votre équipage. En voici l'ordonnance : c'est une somme que le trésorier du régiment, qui vous avait déjà rayé de ses listes, vous délivrera demain, pour 'ui apprendre à ne pas se presser si vite à compter mort un vivant.

M. de Croisille jouissait de la surprise et de l'émotion de Marcel, dont les regards allaient de William au capitaine, et du capitaine au brevet.

— Vous aurez la survivance de M. de Lude, continua M. de Croisille, de M. de Lude, que le corps des officiers chasse du bataillon en attendant qu'il rende compte à Dieu de ses infâmies.

— Fasse le ciel qu'il passe sur mon chemin! s'écria Marcel.

— C'est une querelle dont je prendrais la moitié, dit le capitaine, s'il était digne de notre haine. Mais laissons le temps faire son œuvre. La journée qui commençait si mal finit bien, Marcel, et les bonnes nouvelles arrivent coup sur coup : demain nous partons pour la frontière du nord.

— Est-ce la guerre?

— C'est la guerre, et notre bataillon est attaché au corps d'armée que commande M. le duc de Luxembourg. C'est un vaillant homme de guerre, et sous ses ordres tu trouveras promptement l'occasion d'étrenner ton épée. Tiens-toi prêt; les trompettes sonneront demain au point du jour.

— Parbleu! Marcel, s'écria William lorsque M. de Croisille se fut retiré pour veiller aux derniers préparatifs du départ, la fortune vous traite en coquette. Après vous avoir boudé une heure, elle vous accable de faveurs.

— Je n'ai rien fait encore pour les gagner, mais j'espère bien que les Espagnols m'aideront à les mériter.

— Maintenant que vos affaires sont en bon chemin, votre lieutenance me permettra-t-elle de lui rappeler les miennes?

— Les vôtres, mon cher William? mais je les connais aussi bien que vous. Vous aimez une petite fille qui est ma sœur, et à la manière dont vous me regardez, j'ai tout lieu de croire que cette sœur vous rend cet amour de toute son âme.

— C'est ma plus chère croyance.

— C'est fort bien, et je l'approuve d'avoir placé ses affections en si bon lieu. Mais comme elle est une honnête fille, ainsi que vous êtes un honnête homme, je vois d'insurmontables difficultés au dénouement de cette tendresse mutuelle.

— Et lesquelles, s'il vous plaît ?

— D'abord ma sœur est fort roturière, étant fille d'un simple fauconnier.

— Ceci est une affaire à laquelle ma famille aurait seule le droit de s'occuper, et comme je suis à moi tout seul toute ma famille, vous trouverez bon, j'espère, que ma noblesse s'accommode de votre roture.

— Cependant...

— Assez là-dessus. D'ailleurs, si vous y tenez, n'oubliez pas que vous êtes officier maintenant ; l'épée anoblit.

— Soit ! mais Thérèse n'a presque rien.

— Ce presque rien est si voisin de mon peu de chose, que sans se compromettre beaucoup, ma fortune peut s'allier à sa pauvreté.

— Vous avez une logique qui ne me permet guère de continuer. Voilà mes obstacles à bas.

— C'est sur quoi je comptais. Ainsi, vous consentez ?

— Il le faut bien, et pour elle, et pour vous et pour moi ! Mais mon consentement ne suffit pas. Il y a de par le monde, près de Lille, un certain honnête vieillard, qui a nom Dominique Vanderkove, lequel a bien, j'imagine, quelques droits sur mademoiselle Thérèse.

— Parbleu ! j'y serai dans vingt-quatre heures !

— Et la poste du roi en sera quitte pour trois ou quatre chevaux fourbus !

— Tant pis pour eux ! C'est leur métier de courir !

— Est-ce le nôtre de faire de beaux projets qu'un boulet de canon peut arrêter net ?

— Bah ! la moitié de la vie se passe à bâtir des plans ! C'est autant de gagné sur l'autre !

— Ainsi, vous partirez ?

— Demain, au soleil levant. Vous irez à la frontière et moi à Lille.

— Et de là bientôt à Paris ?

— Non pas ! à l'armée, près de vous !

— Dans nos rangs ?

— Sans doute ! un Irlandais est la moitié d'un Français. Nous nous battrons d'abord, je me marierai ensuite.

IX

Une belle Équipée

La guerre de 1667 fut le prélude de cette grande guerre de 1672, qui s'annonça *comme un coup de foudre dans un ciel serein*, pour nous

Je galopais à franc étrier sur la route de Cambrai.

servir de l'expression du chevalier Temple à propos de l'invasion de la Hollande.

Cent mille hommes s'ébranlant à la fois, traversèrent la Meuse et la Sambre et conquirent la Flandre avec la rapidité de l'éclair.

La France présentait alors un magnifique spectacle.

Un roi jeune, élégant, amoureux de toutes les choses grandes et glorieuses attirait à sa cour l'élite des intelligences éparses dans le royaume.

Molière et Racine faisaient de la scène française la première scène du monde; Louvois et Colbert administraient les affaires publiques ; Condé et Turenne étaient à la tête des armées; les poètes les plus fameux, les écrivains les plus illustres, les femmes les plus célèbres, les plus éminents prélats, une foule d'hommes distingués par leur science, leur esprit, leurs vertus, remplissaient Paris d'un renom qui s'étendait jusqu'aux extrémités de l'Europe.

C'était une imposante réunion de généraux, d'orateurs, de savants, de lettrés, de ministres, de grandes dames comme il s'en rencontre rarement dans l'histoire des royaumes.

La France était tout à la fois éclairée et puissante, elle avait la double autorité des armes et des lettres, et sa suprématie s'étendait à toutes choses, à celles de l'esprit comme à celles de la politique : elle commandait par l'épée et gouvernait par la plume.

Durant les courts loisirs de la paix, les nations qu'elle avait vaincues pendant la guerre venaient s'instruire à ce foyer de lumière qui rayonne au milieu de l'Europe, dans ce Paris merveilleux qui enfante des philosophes ou des soldats, des livres ou des révolutions pour diriger le monde !

Louis XIV, conseillé par le cardinal Mazarin, avait signé, le 7 novembre 1659, le traité des Pyrénées : la perte de la bataille des Dunes, la prise de Dunkerque, de Gravelines, d'Oudenarde et d'autres places importantes ayant décidé l'Espagne à proposer la paix, qui fut ainsi acceptée.

A la paix signée dans l'île des Faisans, Louis XIV gagna la confirmation de l'Artois, le Roussillon, Perpignan, Mariembourg, Landrecies, Thionville, Philippeville, Gravelines, Montmédy et la main de Marie-Thérèse, fille de Philippe IV, infante d'Espagne.

Louis XIV, maître chez lui, pensa dès lors à devenir maître au dehors.

Pendant huit années, il s'appliqua à cimenter des alliances, à neutraliser les efforts des puissances dont il pouvait redouter la rivalité, à faire éclater partout la suprématie de la France.

L'Espagne a reconnu la préséance de la France à la suite d'une querelle survenue à Londres entre les ambassadeurs des deux pays; le pape Alexandre V est contraint de désavouer, par une éclatante et publique réparation, l'outrage fait à l'ambassadeur de France par sa garde corse; Dunkerque et Mardick sont rachetés aux Anglais pour cinq millions de francs ; l'alliance avec les Suisses est renouvelée, Marsal en Lorraine est prise, les pirates d'Alger sont punis, les Portugais soutenus contre les Espagnols, et l'empereur Léopold reçoit un secours de six mille volontaires qui l'aident contre les Turcs et prennent une part glorieuse à la bataille du Saint-Gothard.

Cependant le roi de France attendait son heure ; les plus habiles généraux commandaient son armée, instruite et aguerrie ; la marine était augmentée ; il laissait son alliée, la Hollande, s'épuiser dans une guerre stérile et ruineuse contre l'Angleterre, et se tenait prêt à agir, lorsque enfin la mort de Philippe IV lui permit d'essayer ses forces.

Du chef de sa famille, et en vertu du droit de dévolution, Louis XIV revendique les Pays-Bas espagnols.

Mais, tandis que des préparatifs formidables semblaient menacer l'Europe tout entière, les fêtes remplissaient d'éclat les résidences de Versailles et de Saint-Germain, le théâtre conviait les plus illustres étrangers et les hommes les plus considérables du pays aux chefs-d'œuvre de la poésie, partout s'élevaient de splendides monuments, et la plus jolie comme la plus brillante cour du monde voyait fuir les jours au milieu des pompes de la royauté triomphante et des merveilles de l'intelligence honorée.

Tout à coup, au milieu de cette paix féconde qu'embellissaient les mille créations des arts, la guerre éclate, et sur toutes les frontières du Nord s'allume l'incendie.

Le roi lui-même franchit la Sambre, et à sa suite les meilleurs capitaines du temps, Condé, Turenne, Luxembourg, Créqui, Grammont, Vauban, marchent et lui répondent de la victoire.

Dans cet ébranlement général, les secousses étaient si brusques et si profondes que les petits, poussés par les hasards de la fortune, pouvaient, eux aussi, aspirer aux premières places.

Lorsque les grandes guerres ou les tourmentes sociales agitent les nations, l'audace, l'intelligence, le savoir sont des marchepieds, les niveaux se brisent, et ceux qui sont en bas ont l'espérance de monter.

Les énergiques peuvent se frayer un chemin.

Le mouvement terminé, le peuple s'apaise, et l'immobilité s'étend sur le pays.

Toutes ces pensées luirent comme un éclair dans l'esprit de Marcel : il entrevit les clartés de l'horizon et appela de tous ses vœux l'heure du combat.

Le lendemain, au point du jour, M. de Croisille le fit venir pour lui confier l'organisation et le commandement d'un corps de recrues qui venait d'être conduit à Cambrai.

— Je vous devancerai à la tête de mes vieux soldats, lui dit le capitaine ; vous me rejoindrez à Charleroi, et le plus tôt sera le mieux.

Marcel aurait mieux aimé partir sur-le-champ, mais il fallait obéir ; la mission dont il était chargé était d'ailleurs une preuve de confiance ; il se résigna et vit s'éloigner à la même heure William et M. de Croisille, celui-ci pour Charleroi, celui-là pour Lille.

On devinera sans doute que le caporal Loridan n'avait pas été le dernier à venir complimenter Marcel sur son nouveau grade.

— Je ne pense guère à l'épaulette, avait dit le pauvre caporal ; la seule chose que j'ambitionne à présent, c'est d'être placé sous vos ordres. Si vous me permettez de ne plus vous quitter, je serai le plus heureux des hommes.

— C'est à quoi nous aviserons quand nous serons à l'armée. M. de Croisille m'accordera, j'en suis certain, cette autorisation, qui ne me fera pas moins de plaisir qu'à toi.

Après cette assurance, Loridan, plein de joie, prit le chemin des remparts, où se rangeait la compagnie. Comme il allait se mettre à son rang, M. de Croisille l'appela.

— Eh ! drôle ! où cours-tu ? lui dit-il.

— Je cours à mes soldats... J'ai perdu un peu de temps, mais je le rattraperai à coups de pique dans le ventre des Espagnols.

— Il s'agit bien de pique et d'Espagnols ! Qu'as-tu fait de ta hallebarde ?

— Ma hallebarde ? répéta le caporal stupéfait.

— Parbleu, je m'exprime en français, j'imagine ! On ne t'a donc pas dit que tu étais sergent, ou bien l'as-tu oublié ?

— Moi, sergent !

— Voilà trois heures que tu es nommé.

— Il n'y en a qu'une seulement que j'ai quitté la salle de police.

— Et tu t'y feras remettre, si tu ne prends pas bien vite les insignes de ton grade. Cours, ou je te casse.

Loridan, tout étourdi, salua le capitaine et partit. Mais, pendant les étapes, l'esprit peu éveillé du nouveau sergent fut perpétuellement occupé à chercher les motifs de son avancement. S'il avait mérité d'être puni, pourquoi lui donnait-on la hallebarde avant même l'expiration de sa peine ? mais si sa conduite, au contraire, voulait une récompense, pourquoi avait-on commencé par le mettre en prison ? En outre encore, le capitaine était-il content ou mécontent ? Cette double question troublait l'entendement du pauvre Loridan ; c'était une charade dont le mot lui échappait. Comme on le pense bien, jamais il n'osa s'en expliquer franchement avec M. de Croisille ; il est donc à croire qu'il est mort dans cette fâcheuse perplexité.

Tandis que sa compagnie marchait vers la frontière du nord, Marcel pressait le plus qu'il pouvait l'organisation de ses recrues. Il y mit une telle activité que péu de jours après son détachement fut en état de partir, si bien qu'il arriva au quartier général de l'armée avant l'ouverture de la campagne.

L'armée de Flandre était commandée par M. le prince de Condé, qui avait sous ses ordres M. le duc de Luxembourg, M. le duc de Grammont et d'autres généraux.

Le bataillon d'artillerie dont faisait partie la compagnie de M. de Croisille, appartenait au corps de M. de Luxembourg, réuni l'un des premiers sur les bords de la Sambre, à Charleroi.

Lorsque Marcel arriva au camp, la nuit tombait.

Il se fit reconnaître des sentinelles placées devant le quartier d'artillerie, distribua ses hommes, et, sur l'avis que M. de Croisille était absent pour affaires de service, il entra sous la tente qui lui avait été préparée.

Marcel venait de déboucler son ceinturon et de jeter son habit, lorsque, soulevant les plis de la toile, Loridan parut à ses yeux.

Le sergent avait le visage abattu et le regard morne, mais dans le clair-obscur de la tente, son lieutenant ne s'en aperçut pas d'abord.

— Eh! c'est toi, mon pauvre Loridan? Tu es la première figure amie que je rencontre ici, sois le bienvenu. Te portes-tu bien ?

— Passablement; merci. Il serait même à souhaiter que tout le monde se portât comme moi.

— Ma foi, mon ami, tout le monde ne serait pas fort aise d'avoir la mine que tu possèdes ce soir. Si tu vas bien, tu n'en as pas l'air.

— La santé est bonne, mais c'est qu'on n'a pas toujours lieu d'être satisfait des choses qu'on voit.

— Cette philosophie est sage sans doute, mais ne te va guère, à toi, dont j'ai appris la nouvelle dignité. Tu m'as succédé, et certes tu ne t'y attendais pas.

— Non vraiment, et cette nomination a même été le sujet d'une foule de réflexions qui me préoccupent encore, lorsque je n'ai rien à faire. La halle-barde de sergent, c'est mon bâton de maréchal, à moi.

— Bah !

— Vous savez mon opinion là-dessus, mon lieutenant. Mais quoique ce soit bien peu de chose, je donnerais volontiers ma peau pour qu'un autre que moi fût dans cet habit-là.

— De quel air dis-tu cela, mon pauvre sergent? Te serait-il arrivé quelque malheur ?

— A moi, non, mordieu! je n'ai pas de ces bonnes fortunes! Ça tombe su
d'honnêtes gens qu'elles préfèrent!

Marcel s'approcha de Loridan et le regarda. Alors seulement il fut frappé
de l'accablement de son visage, que la maigre clarté d'une méchante chandelle ne lui avait pas permis de distinguer d'abord.

— Parle! qu'est-il survenu? lui dit-il.

— Un grand malheur... je ne sais comment vous l'apprendre...

— De quoi s'agit-il?

— De notre capitaine.

— M. de Croisille? Mais je viens du quartier et l'on m'a dit qu'il était
absent pour affaire de service.

— C'est qu'apparemment on ne sait rien encore.

— Et que sais-tu, toi?

— M. de Croisille est en prison.

— Lui! et pourquoi?

— Il a manqué aux ordres du général.

— Une infraction à la discipline, lui, notre capitaine? C'est impossible!

— Je vous dis que je l'ai vu. Vous en parlerais-je autrement?

— Mais comment cela s'est-il fait?

— Je n'y comprends rien encore! Mais que voulez-vous? Depuis la mort
de son frère, M. de Croisille est méconnaissable. Lui, autrefois si calme, est à
présent comme un enragé. L'odeur de la poudre le rend fou; il n'a pas plus
de patience devant l'ennemi qu'une mèche de canon devant le feu!

— Mais l'affaire? l'affaire?...

— La voici : Il faut d'abord que vous sachiez que M. le duc de Luxembourg
a, par un ordre du jour, défendu aux soldats de se hasarder hors d'un certain
rayon autour du camp; il leur a surtout prescrit, sous peine de mort, d'éviter
toute espèce d'engagement avec l'ennemi. La proclamation a été affichée
partout, et lue dans les escouades. On dit tout bas que M. de Luxembourg veut,
avant d'agir, attendre l'arrivée du roi qui, comme vous le savez, doit de sa
personne prendre part aux opérations.

— Laisse le roi, et arrive à M. de Croisille.

— Or, aujourd'hui vers midi, M. de Croisille passait à cheval du côté de
Gosselies. Il était accompagné de quelques officiers de dragons de la Reine et
du régiment de Nivernais. Un parti d'éclaireurs espagnols avait passé la Piélou
et pillait un hameau. Quelques-uns des nôtres s'échauffèrent à cette vue :

« — N'était-ce l'ordre du jour, dit l'un, je chargerais volontiers cette
canaille!

» — Mordieu! dit un autre, mieux vaut que je m'en aille, ma main a trop envie de caresser la garde de mon épée.

» — Ma foi, je pars, ajoute un troisième. »

Et voilà quatre ou cinq officiers qui tournent bride pour ne pas faire usage de leurs armes. M. de Croisille ne disait rien, mais il tortillait ses moustaches, l'œil fixé sur les Espagnols, qui mettaient le feu au clocher. Tout à coup, un cornette de dragons, venu tout droit de la cour au camp, tire son épée.

« — Au diable les ordres! s'écrie-t-il, il ne sera pas dit qu'un officier aura vu brûler le drapeau du roi sans mettre l'épée au vent. »

Il pique des deux et part. On s'arrête.

« — Le laisserons-nous sans défense, messieurs ? » s'écrie à son tour M. de Croisille, en poussant son cheval vers le hameau.

On le suit tout doucement. La discipline voulait qu'on reculât, la colère et l'ardeur conduisaient la troupe sur les pas de l'officier.

« — Mordieu! on le tue, reprend le capitaine; en avant et vive le roi ! »

Il enfonce les éperons dans le ventre de sa monture et s'élance au galop. Chacun le suit. Le pauvre cornette était à moitié mort ; sept ou huit cavaliers l'entouraient et, comme on se précipitait à son secours, il roula sous les pieds des chevaux, la tête fendue d'un coup de sabre. Les officiers, furieux, chargent les Espagnols, en tuent une douzaine et dispersent le reste. Entraînés par leur courage, M. de Croisille et ses camarades se mettent à leur poursuite, l'épée dans les reins. Une compagnie du régiment de Nivernais, qui revenait de la manœuvre, reconnait l'uniforme du corps et, comprenant à quel péril ses officiers seront exposés de l'autre côté de la Piélou, la passe avec eux, et, tambour battant, on arrive à Gosselies, d'où les maraudeurs étaient sortis. C'est une bonne position militaire : l'ennemi y avait mis du canon et cinq ou six cents hommes, mais rien ne nous résiste.

— Tu en étais donc ?

— Ma foi, étant par là, j'avais tout vu, et je suis allé où allait mon capitaine. M. de Croisille semblait un lion. Sans chapeau, l'habit déchiré en vingt endroits, poussant son cheval où la mêlée était plus épaisse, il avait brisé son épée dans le ventre d'un soldat et, armé d'un sabre, il frappait toujours, criant : Vive le roi ! à chaque coup. Chaque fois que le sabre s'abaissait, on voyait disparaître un homme. Épouvantés, les Espagnols rompirent leurs rangs. Les canons étaient à nous et, quand il ne resta plus que leurs morts dans la place, on arbora le drapeau blanc tout au bout de la redoute. Tout compte fait, nous avions perdu trente hommes, sans compter les blessés ; mais nous avions le village et la redoute.

— C'est un beau fait d'armes ! s'écria Marcel enthousiasmé.

— C'est très beau, sans doute, mais c'était très embarrassant aussi, comme vous l'allez voir. Nous avions oublié la discipline, il a bien fallu se la rappeler après. Quand nous fûmes maîtres de l'endroit, encore tout animés par l'ardeur du combat, M. de Croisille fit ranger les officiers autour de lui.

« — Messieurs, leur dit-il, nous avons commis une faute ; elle est grave. C'est à moi qu'il appartient, comme au plus coupable...

» — Nous le sommes tous ! crièrent ces braves gentilshommes.

» — Alors, comme au plus ancien d'entre vous, reprit le capitaine, il m'appartient de rendre compte à M. de Luxembourg de ce qui vient de se passer. »

On voulut répliquer, mais il imposa silence du geste.

« — Le premier coupable est mort. C'est moi, messieurs, que vous avez suivi, dit-il. »

M. de Croisille distribua les soldats du Nivernais dans différents postes, jeta son sabre tout ébréché et prit fort tranquillement le chemin du quartier général. Il y a une heure qu'il y est arrivé, et il n'est sorti de l'habitation du général que pour aller en prison.

— En es-tu sûr ?

— Je l'ai rencontré, et, m'ayant vu, il m'a fait signe d'approcher.

— Mon compte est clair, Loridan, m'a-t-il dit. Si Marcel arrive dans la nuit, dis-lui qu'il tâche de me voir. Une heure après le lever du soleil, il sera trop tard.

Marcel sauta sur son habit, agrafa son ceinturon et prit son chapeau.

— Vous allez le trouver, lieutenant ? dit Loridan.

— Non pas, vraiment !

— Mais où courez-vous donc ?

— Chez M. le duc de Luxembourg.

— Il ne vous recevra pas ; il y a conseil cette nuit.

— Tu parles de la nuit, et nous sommes le soir.

— La porte sera fermée.

— Je forcerai l'entrée.

— Mon lieutenant, prenez garde !...

— A quoi ?

— Vous risquez votre vie !

— C'est peu de chose.

— Votre honneur.

— Ce serait le perdre au contraire que de rester inactif. Il sera sauvé, ou demain je n'existerai plus.

Marcel, sans plus écouter Loridan, se dirigea rapidement vers le quartier général. Loridan le suivit de loin. Les premières sentinelles le laissèrent passer, ses épaulettes et le désordre de son costume le faisant prendre pour un aide de camp chargé d'un ordre du prince de Condé. Mais à l'entrée de la maison qu'habitait le général, un grenadier l'arrêta.

— On ne passe pas ! lui dit-il.

— M. de Luxembourg m'attend, répondit Marcel hardiment.

— Le mot d'ordre ?

— Je ne l'ai pas.

— Alors, vous n'entrerez pas.

— Parbleu ! c'est ce qu'il faudra voir.

Et Marcel, renversant le grenadier avec une force irrésistible, se jeta dans le corridor d'un bond. Une lumière brillait au haut d'un escalier, il franchit les degrés, repoussa deux plantons qui se tenaient sur le palier, ouvrit une porte qui était en face de lui et disparut avant même que la sentinelle eût le temps d'armer son mousquet.

M. de Luxembourg était assis dans un grand fauteuil ; il tenait à la main des dépêches, et sur une table à sa portée, on voyait dispersés des cartes et différents papiers.

Au bruit que fit Marcel en pénétrant dans la salle, le général, sans tourner la tête, s'écria :

— Qu'est-ce encore et que me veut-on ? N'ai-je pas donné l'ordre de ne laisser entrer personne ?

— Monsieur le duc, j'ai forcé la consigne.

A ces mots, au son de cette voix inconnue, le duc de Luxembourg se leva.

— C'est une audace qui vous coûtera cher, monsieur, reprit-il.

Et sa main saisit une sonnette qu'il agita.

Les soldats de planton et quelques officiers de service entrèrent.

— Un mot, de grâce ! vous disposerez de ma vie après ! dit Marcel au moment où M. de Luxembourg allait donner l'ordre de l'arrêter.

Le général se tut.

Un instant ses yeux enflammés par la colère se promenèrent sur Marcel ; le désordre où paraissait être le jeune officier, la droiture et la franchise de sa

(Liv. 22)

physionomie, la résolution de son regard, l'anxiété qui se lisait sur tout son visage, touchèrent l'illustre capitaine.

Il fit un signe de la main : tout le monde sortit; le duc de Luxembourg et Marcel restèrent seuls en présence.

X

Une ancienne Dette

Le général et le lieutenant se regardèrent une minute avant de parler.

Si l'on avait pu lire dans le cœur de M. de Luxembourg, on y aurait peut-être vu passer les incertaines et fugitives lueurs d'un souvenir noyé dans les ombres d'une vie orageuse et mêlée.

Quant à Marcel, jamais, avant cette heure, il ne s'était trouvé, il le croyait du moins, en présence du fameux capitaine dont la renommée brillait d'un éclat radieux à côté des noms redoutables de Turenne et de Condé.

Une crainte respectueuse saisit son âme, et son fier regard s'abaissa devant M. de Luxembourg, qu'il dominait cependant de toute la tête.

Le vague souvenir du général s'effaça comme un éclair : il ne vit plus devant lui qu'un soldat téméraire qu'il fallait écouter d'abord et punir ensuite.

— Que voulez-vous? Parlez! dit-il.

— Je viens implorer la grâce d'un coupable.

— Son nom?

— M. de Croisille.

— Le capitaine qui a battu aujourd'hui même les Espagnols et pris Gosselies?

— Une belle action, monseigneur!

— Il n'y a pas de belle action contre la discipline.

— On brûlait le drapeau français sur le territoire du roi!

— Il y avait un ordre du jour, monsieur. Eût-on brûlé vingt drapeaux et saccagé cinquante villages, c'était le devoir du soldat de ne pas bouger.

— C'est une faute qu'a rachetée la victoire.

— Il ne s'agit pas de vaincre, il s'agit d'obéir. Si la voix des généraux est méconnue, que devient la discipline? et sans la discipline, il n'y a pas d'armée.

— C'est la première fois que M. de Croisille a vaincu sans ordre.

— Ce sera la dernière aussi.

— Monseigneur !...

— Il faut un exemple. Dans un temps où de la cour nous viennent cent jeunes officiers qui n'ont pas l'habitude de la guerre, tolérer une si grande infraction aux lois militaires, ce serait en autoriser le retour. M. de Croisille mourra.

— De grâce, monsieur le duc, écoutez-moi !

— Eh! monsieur, qui êtes-vous donc pour montrer tant de persistance ?

— Je suis lieutenant au corps d'artillerie.

— Parbleu! je le vois bien, reprit le général, qui ne put s'empêcher de sourire; mais encore, êtes-vous son frère, son parent, son ami ?

— M. de Croisille est mon capitaine.

— C'est une paire d'épaulettes à gagner !

— Oh! monseigneur! fit Marcel avec un geste de répulsion.

— Eh bien! quoi? A la guerre, c'est la coutume, chacun pour soi et les boulets pour tous.

— Mais...

— Assez! j'ai bien voulu vous entendre, monsieur, et oublier, pour un instant, l'infraction sévère que vous avez commise en forçant la consigne qui défendait ma porte; mais cette indulgence, dont vous ne me ferez pas repentir, je l'espère, n'est pas un motif pour pardonner la faute dont M. de Croisille s'est rendu coupable. M. de Croisille sera passé par les armes demain, au point du jour.

— Non, monseigneur, s'écria Marcel hardiment, non, cela ne sera pas !

— Et qui donc ici pourrait m'en empêcher ?

— Vous-même !

— Moi?

— Oui, vous, monsieur le duc !

— Monsieur, prenez garde! fit le général pâlissant.

— Oh! je ne crains rien pour moi! Le bon droit me défend comme votre justice défendra M. de Croisille! On ne tue pas un brave officier parce qu'il a eu du sang dans les veines.

— Morbleu!

— Eh! monseigneur, si vous aviez été à sa place, vous en auriez fait autant.

A cette brusque répartie, le duc de Luxembourg ne put s'empêcher de sourire.

— Soit, dit-il. Mais s'il était à la mienne, il ferait comme moi.

Marcel continua :

— Une bande de pillards insulte le drapeau français, un capitaine du roi est là, et il ne tirerait pas son épée pour châtier des insolents ! Mais c'est tout bonnement impossible ! On porte l'épaulette, que diable ! L'incendie dévore un village, l'odeur de la poudre monte à la tête, un cheval piaffe, un coup d'éperon est bien vite donné, et l'on part, non pas tant parce qu'on l'a voulu, mais parce qu'on est homme. Qu'arrive-t-il ? L'ennemi tourne bride, on le poursuit le fer dans le dos, on tombe pêle-mêle sur une redoute qu'on enlève d'assaut, on plante le drapeau blanc sur le rempart, on crie : Vive le roi ! on s'embrasse, et au retour, au lieu d'une récompense, c'est une balle de mousquet qui vous attend ! Mais vous-même, monseigneur, qui condamnez si vite et si bien les gens, on connaît de vos prouesses ! Vous auriez passé vingt rivières, massacré dix mille Espagnols, pris trente redoutes ! Voilà ce que vous auriez fait, tout duc et pair de France que vous êtes, et ce que j'aurais fait, moi qui ne suis qu'un pauvre lieutenant !

— Eh bien ! on nous aurait fusillés tous les deux, reprit le général.

Marcel tressaillit. Dans son ardeur généreuse, il avait un instant oublié la qualité de l'homme à qui il parlait. A ces quelques mots, son juvénile emportement s'apaisa, comme s'apaise l'eau bouillante d'un vase où tombe une onde froide.

— Vous avez fort bien plaidé la cause de M. de Croisille, ajouta M. de Luxembourg avec dignité ; l'audace ne messied pas à la jeunesse, et celle que vous venez de montrer vous honore en même temps qu'elle me donne une haute opinion du caractère de M. de Croisille. On n'est point un homme ordinaire lorsqu'on sait inspirer de tels dévouements. Mais il faut avant toute chose que la discipline ait son cours. J'ai donc le regret de vous répéter que le capitaine de Croisille sera fusillé demain, au lever du jour.

M. de Luxembourg, d'un geste noble, salua Marcel, mais le lieutenant ne bougea point.

Le duc fronça le sourcil.

— Je croyais m'être clairement expliqué, monsieur, dit-il sévèrement.

— Pardonnez-moi, monseigneur, si j'insiste, mais...

— Ah ! monsieur, j'ai bien voulu ne pas m'offenser de votre audace ; mais une plus longue insistance m'obligerait à me rappeler qui vous êtes et qui je suis.

Mordieu, s'écrie le capitaine, en avant, et vive le roi !

Marcel sourit tristement.

— Puissiez-vous donc le faire, si le souvenir de la distance qui est entre nous vous rappelle que vous pouvez accomplir une bonne action, et que moi je puis seulement vous en prier.

M. de Luxembourg réprima un geste d'impatience.

— Puisque vous ne voulez pas me comprendre, monsieur, il faut bien que j'appelle pour qu'on vous reconduise au quartier de l'artillerie.

En achevant ces mots, le duc s'approchait de la table et allait prendre une petite sonnette; mais Marcel prévint son mouvement et saisit la main du général :

— Par pitié, monseigneur! dit-il.

Un éclair de colère passa dans les yeux de M. de Luxembourg; il se dégagea vivement et, saisissant Marcel d'une main par le revers de son habit, de l'autre il prit un pistolet qu'il appuya contre la poitrine du lieutenant. Le chien s'abattit, mais l'amorce seule brûla, et le duc, furieux, jeta l'arme à ses pieds. Pas un muscle du visage de Marcel ne frissonna. Mais M. de Luxembourg s'était penché en avant; puis, reculant de quelques pas, il se prit à considérer le jeune lieutenant. Un voile semblait s'effacer de son esprit à mesure que l'examen avançait.

— Eh! oui! s'écria-t-il enfin, la voilà retrouvée cette vague ressemblance qui m'avait frappé à ta vue! Tu t'appelles Marcel, Marcel Vanderkove!

Marcel, effaré, regardait M. de Luxembourg.

— Eh! parbleu! tu es le fils de Dominique Vanderkove, le fauconnier! N'ai-je pas vu la petite chartreuse en dehors du faubourg, aux portes de Lille?

— Vous! s'écria Marcel, qui, à son tour, se mit à étudier les traits du général avec une avide curiosité.

— Mais tu n'as donc pas gardé le moindre souvenir d'un beau jour du mois de mai de l'année 1658, dont pas une heure ne s'est effacée de ma mémoire? Ah! tu n'as pas fait mentir ma prédiction : le brave enfant est devenu un brave officier!

— Le marchand de Cambrai!... dit enfin Marcel avec explosion.

— Eh! oui, le marchand de Cambrai, devenu, par la grâce de Dieu, général au service du roi. Les temps ne sont plus les mêmes, le cœur seul n'est pas changé. Enfant, tu m'as rendu service; homme, c'est à mon tour de te servir.

— Eh bien! monsieur le duc, s'il est vrai que vous vous souveniez de cette nuit passée sous le toit de Dominique le fauconnier, permettez-moi de ne pas vous demander d'autre preuve de votre bienveillance que la vie de M. de Croisille.

— Encore?

— Toujours! Je ne veux rien et n'attends rien pour moi; mais faites que cette rencontre inespérée sauve mon capitaine puisque notre première rencontre vous a été de quelque secours. Entre tous les jours de ma vie, ce seront deux jours bénis.

— Tu n'as pas changé de caractère, toi, mon ami Marcel, dit le duc de

Luxembourg; tu es toujours le même garçon fier et résolu. Allons, va. Je ferai pour M. de Croisille tout ce que les lois militaires me permettront.

Marcel comprit cette fois qu'il n'avait pas à rester davantage; il s'inclina devant le général et sortit. Loridan l'attendait au dehors. Aussitôt qu'il reconnut son lieutenant dans la nuit, il courut vers lui.

— C'est vous, enfin ! s'écria-t-il. Voilà une heure que je craignais que vous n'eussiez été rejoindre M. de Croisille pour ne plus le quitter.

— Eh ! il s'en est fallu d'une étincelle que je ne partisse avant lui !

— Avant ?

— Oui, mais l'étincelle a fait long feu.

— Que Dieu la bénisse ! Et M. de Croisille ?

— Il n'est pas si mort que tu pensais.

— Vous avez donc vu M. le duc ?

— Je lui ai parlé : c'est un excellent militaire, prompt à la réplique, franc, décidé, capable de tuer un homme comme un chasseur une alouette, mais au fond doux comme une demoiselle.

— C'est-à-dire qu'on est sûr de tout obtenir à la fin quand il ne vous fait pas sauter la tête au commencement.

— Justement; tiens, prends ce louis et va boire à sa santé.

— Oui, à la sienne, et je vais me griser à la vôtre, lieutenant.

Le lendemain, au point du jour, un officier de la maison du général vint prévenir Marcel qu'il était attendu dans la grande chambre du conseil. Marcel revêtit l'uniforme et partit. M. de Luxembourg, entouré d'un brillant état-major, était assis dans un grand fauteuil; parmi les grands officiers de sa suite plusieurs portaient par-dessus l'habit le cordon des ordres de Sa Majesté.

M. de Luxembourg salua Marcel de la main et lui indiqua une place d'où il pouvait voir tout ce qui allait se passer.

Sur un signe du général, tout le monde s'assit dans un profond silence, un officier sortit et, un instant après, les portes, ouvertes à deux battants, livrèrent passage à M. de Croisille, qui entra suivi de deux grenadiers.

M. de Croisille aperçut Marcel, tous deux échangèrent un sourire, l'un d'adieu, l'autre d'espérance; puis le capitaine s'inclina devant le conseil et attendit.

M. de Luxembourg ôta son chapeau à plumes blanches et se leva.

— M. de Croisille, dit-il, vous avez hier manqué gravement à la discipline; vous qui deviez, comme officier, donner l'exemple de la soumission, vous avez désobéi aux ordres de vos supérieurs et mérité par ce fait un sévère châtiment : vous êtes déchu et cassé de votre grade. Hier, vous m'avez remis votre épée, vous devez maintenant perdre vos épaulettes. Messieurs, faites votre devoir.

A ces mots, deux officiers s'approchèrent de M. de Croisille et lui enlevèrent les insignes de son commandement. M. de Croisille pâlit légèrement. Marcel, glacé de terreur, n'osait pas faire un seul mouvement.

— Les lois militaires vous condamnent à mort, vous le savez, monsieur, continua le duc de Luxembourg; n'avez-vous rien à dire pour votre défense?

— Rien, monsieur; votre sentence est juste, et je l'ai méritée. Quand on viole les lois de la discipline ainsi que je l'ai fait, on n'ajoute pas à sa faute une maladresse : celle de rester vivant.

— Allez donc, monsieur.

A ces mots funèbres, Marcel cacha sa tête dans ses mains; de grosses gouttes de sueur perlaient sur son front. M. de Croisille fit quelques pas vers la porte; il allait en franchir le seuil, lorsque la voix du général l'arrêta.

— Approchez, monsieur, dit-il.

M. de Croisille, surpris, revint prendre sa place au milieu de la salle. Marcel releva la tête.

— Au nom du roi, reprit M. de Luxembourg, et agissant en raison des pouvoirs qui m'ont été confiés, je vous fais remise de la peine de mort.

— Vous me grâciez, moi! s'écria le capitaine en faisant deux pas en avant. Dégradé et vivant! Voulez-vous donc que je subisse cette honte?

— Écoutez-moi jusqu'au bout, monsieur.

M. de Croisille croisa ses bras sur sa poitrine et se tut. Tout le corps de Marcel était penché en avant pour mieux entendre ce qu'allait dire le duc.

Le général continua :

— Vous avez été puni pour la faute, monsieur, et c'était justice; il est équitable maintenant que vous soyez récompensé pour la victoire.

M. de Croisille tressaillit et Marcel poussa un soupir de soulagement.

— Vous avez lavé votre faute dans le sang de l'ennemi, la trace en doit être effacée. Au nom du roi, je vous ai retiré l'épée de capitaine; au nom du roi, je vous rends une épée de colonel. Prenez-la donc, monsieur, et si vous servez toujours dignement votre pays comme vous l'avez fait jusqu'à présent, de nouvelles récompenses ne tarderont pas à vous être accordées.

M. le duc de Luxembourg tendit la main à M. de Croisille. Cet homme fort que l'approche de la mort ne pouvait émouvoir, se troubla comme un enfant aux paroles du général; il prit l'épée d'une main tremblante, et, sans voix pour le remercier d'une faveur si noblement accordée, il ne put exprimer que par son émotion la grandeur de sa reconnaissance.

Les officiers l'entourèrent et M. de Luxembourg, se levant, s'approcha de Marcel.

— Tu en as appelé du général au marchand, dit-il, le marchand s'est souvenù.

Marcel voulut répondre, M. de Luxembourg l'arrèta.

— J'étais ton obligé, lui dit-il avec bonté, j'ai voulu prendre ma revanche : voilà tout ; maintenant, au lieu d'un protecteur, tu en as deux.

Un instant après, ce fut au tour de M. de Croisille.

— Je sais ce que je te dois, dit-il à Marcel ; si tu as perdu un ami en M. d'Armentières, tu as gagné un frère en moi, souviens-t'en.

Une vigoureuse poignée de main termina ces laconiques paroles, et le nouveau colonel courut se faire reconnaître par son régiment. Comme Marcel rentrait au quartier de sa compagnie, une personne qui en sortait le heurta.

— William !

— Marcel ! s'écrièrent-ils en même temps.

Et les deux amis s'embrassèrent.

— C'est un heureux jour, reprit Marcel. Il en est donc encore dans la vie.

— Il en est mille ! répliqua William, dont le visage rayonnait de bonheur. J'ai vu votre père, le digne Dominique Vanderkove ; il m'appelle son fils ; j'ai là une lettre de Thérèse qui me prouve que je suis aimé autant que j'aime, et vous demandez si, dans la vie, il y a des jours heureux ! Mais elle en est pleine !

Marcel sourit.

— Bah ! reprit le jeune Irlandais, si je rencontre jamais une autre Thérèse, je vous la donne, et vous serez de mon avis.

— Nous chercherons, mais en attendant que nous l'ayons trouvée, vous devenez mon frère d'armes.

— Oui, certes ; je suis volontaire, et j'espère bien prendre Bruxelles avec vous.

Tout en causant de leurs affaires et de leurs espérances, les deux jeunes gens étaient sortis des lignes. La journée était belle et tiède ; ils poussèrent dans la campagne. Comme ils entraient dans un chemin creux, un coup de fusil retentit à quelque distance, et la balle s'aplatit contre un caillou, à deux pas de Marcel. William s'élança sur le revers du chemin. Un léger nuage de fumée flottait sur la lisière d'un champ de houblon.

— Oh ! oh ! s'écria-t-il, ce sont des maraudeurs espagnols. Je ne vois plus le camp.

— Reculons alors, répondit Marcel; des épées contre des mousquets, la partie n'est pas égale.

Tous deux rétrogradèrent, observant, l'un à droite, l'autre à gauche, ce qui se passait dans les environs. Ils n'avaient pas fait cinq cents pas, qu'un second coup de feu partit d'un petit bois. La balle, cette fois, traversa le chapeau de William.

— Un pouce plus bas, dit l'Irlandais en saluant l'ennemi invisible, et j'étais mort.

Un nouvel éclair suivit le second; et la balle coupa, sur la poitrine de Marcel, le revers de son habit.

— Parbleu! dit-il, nous sommes bien sots de rester exposés à leurs coups; gagnons les blés.

Tous deux s'y jetèrent à l'instant et filèrent dans la direction du camp, dont les premières tentes se voyaient à un quart de lieue en avant.

Quelques détonations éclatèrent de distance en distance, mais les balles, tirées au hasard, labouraient les épis sans atteindre les fugitifs.

— Ils nous croient donc bien riches! dit William en riant. Vous verrez que ces maraudeurs sont des marchands ruinés par la guerre.

Profitant des haies, des taillis, des sentiers creux, Marcel et William, le pied leste et l'œil au guet, gagnèrent les abords du camp sans autre danger. La première vedette n'était plus qu'à une centaine de pas, lorsque Marcel, donnant du pied contre une souche, trébucha; au même instant, deux balles, passant au-dessus de lui, s'enfoncèrent dans le tronc d'un chêne.

— Bienheureuse chute! dit Marcel, je lui dois la vie.

Quelques soldats accoururent au bruit de ces derniers coups, et William, mettant l'épée à la main, s'élança vers un champ voisin, d'où s'envolait un flocon de vapeur. Mais déjà les maraudeurs avaient disparu.

— Allons! dit-il en revenant auprès de Marcel, voilà une guerre où il n'y aura pas grand honneur à vaincre. Quels maladroits!

Ils traversèrent le camp lorsque, au détour d'une ligne de tentes, William poussa Marcel du coude.

— Regardez, lui dit-il.

Marcel leva les yeux et vit M. de Lude qui passait à cheval.

— Voilà, j'imagine, le capitaine des maraudeurs, reprit William.

XI

Une Troupe d'élite

M. de Lude venait à peine d'entrer au camp que le bruit de son arrivée se répandit.

Les états-majors des divers régiments qui composaient l'armée s'en émurent, et plusieurs officiers, qui avaient eu connaissance de sa conduite à l'égard de Marcel et du meurtre de M. d'Armentières, exprimèrent hautement leur indignation.

Tant d'audace les étonnait.

Mais M. de Lude n'était pas homme à s'effrayer de ces rumeurs et, se sachant appuyé à la cour par un parent qui avait quelque crédit, il croyait pouvoir braver impunément l'opinion de ses pairs.

C'était un de ces hommes, et le nombre en est plus considérable qu'on ne pense, qui ont le cœur lâche et l'esprit téméraire.

Le soir donc de son arrivée, il se rendit en uniforme dans une auberge où les officiers qui n'étaient pas de service se réunissaient pour causer, boire et jouer.

Il y avait, au moment où il entra, nombreuse compagnie.

Marcel, que M. de Croisille s'était plu à présenter lui-même aux officiers de sa connaissance, recevait partout un accueil qui prouvait l'estime qu'on avait à la fois pour sa personne et pour celle du colonel.

C'était, parmi ces braves et loyaux jeunes gens, à qui le complimenterait et presserait sa main.

M. de Lude passa entre les groupes sans paraître voir son rival, et s'avançant vers une table où sept à huit officiers jouaient au lansquenet, il jeta quelques pièces d'or sur le tapis.

Celui qui tenait les cartes leva les yeux et reconnut M. de Lude.

C'était un vieux capitaine d'artillerie réputé dans tout le régiment pour sa bravoure.

— Je fais dix louis, dit M. de Lude.

— Messieurs, je ne fais rien, reprit le capitaine.

Et lançant le jeu de cartes sur le tapis, il se leva.

— Monsieur ! s'écria le lieutenant ivre de colère et la main sur la garde de son épée.

Le vieux capitaine s'arrêta une minute, toisa M. de Lude des pieds à la tête avec un sourire de mépris, et passa sans répondre.

Un jeune mousquetaire noir ramassa les cartes et les mêla.

— Faites le jeu, messieurs, dit-il.

Mais avant de tirer une carte, il repoussa les pièces d'or de M. de Lude, et ôtant avec affectation le gant qui les avait touchées, il le jeta sous son pied.

M. de Lude se mordit les lèvres jusqu'au sang.

— C'est un outrage dont vous me rendrez raison, dit-il d'une voix sourde.

Le mousquetaire se leva et regarda M. de Lude comme l'avait fait le vieux capitaine.

— Décidément, dit-il en se retournant vers ses camarades, cette table est placée dans un lieu malpropre : on s'y frotte à de vilaines choses. Messieurs, allons-nous-en.

Un nuage passa devant les yeux de M. de Lude. Dans sa fureur aveugle, il voulut saisir un officier par le bras. Celui-ci, qui était un cornette de chevau-légers, le repoussa et se mit très gravement à épousseter la manche de son habit. L'élan était donné. Personne ne croyait de sa dignité de faire autrement que le capitaine d'artillerie, qu'on citait dans l'armée pour sa droiture et sa loyauté.

— Mais qui donc veut se battre de vous tous, lâches ? cria M. de Lude au paroxysme de la fureur.

Un frisson parcourut le cercle des officiers, qui s'agita ; mais un capitaine de grenadiers intervint.

— Je crois qu'il serait à propos de faire bâtonner monsieur, dit-il en désignant du geste le chevalier ; les valets de l'auberge pourraient nous servir à cet usage, qu'en pensez-vous ?

— Oui ! oui ! répondirent quelques voix ; appelons les valets !

— Arrêtez, reprit un lieutenant de canonniers ; ce sont d'honnêtes garçons que ça pourrait compromettre. Des laquais contre un assassin, la partie n'est pas franche. Quittons la place.

Le cercle des officiers se rompit et chacun se dirigea vers la porte. Marcel avait été témoin muet de cette horrible scène, il en avait froid au cœur. Au moment où il passait devant son ancien lieutenant, M. de Lude le reconnut.

— Oh ! s'écria-t-il avec un transport de rage, vous, au moins, tuez-moi !

Et il tira son épée.

Marcel appuyait déjà la main sur la garde de la sienne, lorsque M. de Croisille le saisit par le bras.

— Monsieur Vanderkove, lui dit-il d'une voix brève, Sa Majesté ne vous a pas donné une épée d'officier pour la salir.

L'épée de Marcel, à demi tirée, rentra dans le fourreau, et tous les officiers sortirent lentement.

M. de Lude, resté seul, chancela; l'épée échappa à ses mains défaillantes, une sueur glacée mouilla ses tempes, et il tomba sur le carreau.

Une heure après cette scène, le sergent Loridan entrait dans l'auberge, de l'air d'un homme qui a une mission délicate à remplir.

Du premier regard il aperçut M. de Lude assis, les coudes appuyés sur une table et la tête entre les mains, pâle, morne, défait.

L'épée était encore sur le sol.

Les chandelles avaient été enlevées, une seule lampe en fer pendue au plafond éclairait la vaste salle dont les angles reculés se noyaient dans l'obscurité.

Loridan fit trois pas en avant, et, ôtant son chapeau, s'inclina légèrement.

— Monsieur de Lude? dit-il.

M. de Lude tressaillit comme un homme qu'on tire violemment d'un profond sommeil. Il releva sa tête bouleversée par la rage impuissante et l'humiliation, et regardant un instant Loridan aux clartés rougeâtres de la lampe, il le reconnut.

— Oh! fit-il, c'est un cartel que tu m'apportes?

— Non, monsieur; c'est un ordre.

— Un ordre?

— Et c'est moi que MM. les officiers du régiment ont choisi pour vous le signifier.

— Toi! insolent!

Et M. de Lude, dans un accès de colère folle, sauta sur son épée, et la saisissant par le fer, en leva la lourde garde sur la tête de Loridan; mais celui-ci se jetant en arrière, prit à sa ceinture un pistolet dont il tourna le canon vers M. de Lude.

— Jouons franc jeu, monsieur, lui dit-il de cet air bonhomme qu'il avait toujours, vous n'êtes plus mon officier : je vous jure donc que si vous faites un pas, si vous me touchez, je vous casse la tête.

M. de Lude lança son épée contre les murs de la salle avec tant de violence, que la lame se brisa.

— Monsieur, reprit le sergent, remettant le pistolet à sa ceinture, vous êtes prévenu, de la part de MM. les officiers du régiment où vous avez servi en qualité de lieutenant, que si vous avez l'audace de vous présenter demain au quartier ou à la parade, ils seront contraints de vous châtier du plat de leur épée, à la face de l'armée. Tous m'ont requis pour vous signifier le même ordre. En conséquence, vous êtes sommé de partir sur l'heure, à moins qu'il ne vous plaise de subir ce traitement, et d'être ensuite livré au prévôt, sous la prévention de crime d'assassinat. J'ai dit.

Loridan remit son chapeau, qu'il assura d'un coup de poing, et sortit.

M. de Lude ne remua pas; il était comme un homme frappé d'un coup de foudre.

Ainsi le calice de l'humiliation et de la honte avait été vidé jusqu'à la dernière goutte.

Il resta une heure silencieux et frissonnant dans tous ses membres, puis se leva plus pâle qu'un cadavre et le regard plein d'éclairs.

Il arracha ses épaulettes et les jeta au loin, coupa avec un couteau les fleurs de lis d'or cousues à son habit, déchira la cocarde blanche attachée à son chapeau et la broya sous ses pieds, ramassa, au fond de la pièce où elle gisait, la garde de son épée brisée, en passa le tronçon dans le fourreau et s'éloigna.

Une heure après, un homme à cheval sortit du camp.

Lorsqu'il fut parvenu à quelque distance, il arrêta sa monture sur un monticule et se tourna du côté des lignes qu'il venait d'abandonner.

Mille flammes rayonnaient dans l'espace, où retentissait incessamment le cri des sentinelles.

M. de Lude — car c'était lui — écarta son manteau, et, debout sur ses étriers, contempla la ville de guerre où flottait le drapeau de la France.

Son bras s'agita un instant dressé vers le ciel, dont il semblait appeler les terribles malédictions.

Un dernier cri sortit de ses lèvres frémissantes de haine.

— Vengeance! dit-il.

Et poussant son cheval, il disparut dans les ténèbres.

A une lieue en avant étincelaient les premiers feux des lignes ennemies.

Arrêté par les sentinelles espagnoles, M. de Lude demanda à l'officier qui commandait le poste de le conduire auprès du général.

Un instant après, M. de Lude, guidé par l'officier lui-même, arrivait à la tente du duc de Castel-Rodrigo, gouverneur de la Belgique pour le roi d'Espagne.

Le duc de Castel-Rodrigo était assis devant une table chargée de cartes et de plans géographiques.

Des aides-de-camp, bottés et éperonnés, dormaient dans le coin de la tente.

— Qu'est-ce encore? s'écria le duc au bruit que firent les sentinelles en portant les armes.

— Je vous amène un étranger, un militaire, mon général, qui désire vous parler, répondit l'officier.

Le duc regarda M. de Lude.

— Vous êtes Français, monsieur? lui dit-il.

— Oui, général.

— D'où venez-vous?

— De là-bas! fit le chevalier en désignant le camp français.

— Du camp français! s'écria le duc.

— Oui, général.

— Et que voulez-vous?

— Je viens vous offrir mon épée et mon bras.

— Ah! fit le duc avec un geste où il y avait autant de mépris que de surprise. C'est-à-dire, reprit-il après un court silence, que vous venez en déserteur?

— Je viens en homme qui veut se venger.

— Fort bien, monsieur. Ainsi, vous avez une insulte grave à punir?

— Voyez! s'écria M. de Lude en tirant le tronçon de son épée du fourreau; j'ai brisé cette épée, mais avec une autre lame à cette garde, j'en frapperai ceux qui m'ont frappé.

— Ainsi l'on peut compter sur vous si l'on vous accueille?

— On peut compter sur moi si l'on m'accorde ce que je demande.

— Que vous faut-il?

— Quelques hommes déterminés et le droit de les mener partout où je voudrai, de jour et de nuit.

— Vous les aurez, et vous aurez le laisser-passer.

— Alors je suis à vous.

Le duc de Castel-Rodrigo prit une plume sur la table, écrivit quelques mots et remit le papier au lieutenant.

— Voici l'ordre, monsieur. Maintenant, répondez; mais songez-y : aussi bien j'ai consenti à faire ce que vous m'avez demandé, aussi bien je vous ferais pendre si vous me trompiez.

— Rien de plus juste. Parlez.

— Le roi Louis XIV est-il arrivé à Charleroi ?

— Il arrivera demain au camp. .

— A-t-il le projet de quitter les bords de la Sambre et de pousser en avant ?

— On croit que l'armée abandonnera son campement et envahira les pays de la Flandre espagnole, qu'elle a ordre de conquérir.

— Nous avons là les places de Douai, de Mons, de Tournai, de Maubeuge, du Quesnoy, fit le général avec un certain air de défi.

— Les places tiendront trois jours et seront prises.

— Monsieur, dit le duc, oubliez-vous que vous parlez au gouverneur de la province ?

— Je n'oublie rien ; vous m'interrogez, je réponds.

— Si vous croyez si fort au succès des armes françaises, qu'êtes-vous venu chercher parmi nous ?

— Je vous l'ai dit : la vengeance.

— C'est bien, monsieur, retirez-vous ; quand j'aurai besoin de vos services, vous serez prévenu.

Lorsqu'ils furent sortis, M. de Lude se tourna vers l'officier qui l'accompagnait.

— Avez-vous, monsieur, lui dit-il, dans quelque régiment, de ces hommes qui ne reculent devant aucune entreprise et savent tout risquer dans l'espoir d'un gain honnête ?

— Nous avons malheureusement trop de ces hommes-là. Vous cherchez des soldats, vous trouverez des bandits.

— Voudriez-vous, monsieur, me conduire au quartier de ces gens-là ?

— C'est ici, derrière ce bouquet de frênes. Ils servent dans le corps de M. le duc d'Ascot.

L'officier pressa le pas.

— Voilà, monsieur, dit-il en s'arrêtant bientôt.

Et du doigt il lui montra une ligne de tentes où, malgré l'heure avancée de la nuit, retentissait un bruit confus de chants et de cris.

Autour des tentes, éclairées par des chandelles fichées au bout des mousquets, on voyait un grand nombre de soldats qui jouaient aux dés sur la peau des tambours.

Çà et là, d'autres dormaient, d'autres buvaient, d'autres encore se querellaient.

Les bouteilles vides volaient en éclats, les joueurs juraient ; les plus irascibles soutenaient leur opinion le pistolet au poing, des femmes allaient et

Les premières sentinelles le laissèrent passer.

venaient, s'arrêtant aux endroits où l'argent sonnait ; il y avait dans un coin un soldat qui râlait, la gorge ouverte, et près de lui deux cuirassiers qui vidaient sa bourse.

— Il y a là des hommes de tous les pays, dit l'officier à M. de Lude ; le moindre d'entre eux a déserté cinq fois ; j'imagine qu'ils s'entendront avec vous.

M. de Lude jeta un regard froid sur l'Espagnol.

— C'est ce dont je vais m'assurer, dit-il.

Et il s'avança vers le premier groupe.

Cinq ou six soldats, accroupis par terre, agitaient un vieux cornet noirci par l'usage : les dés sonnaient en roulant sur les tambours.

L'un d'eux, qui avait perdu, tortillait sa moustache d'une main et fouillait de l'autre dans sa poche.

— Voilà cinq ducats ! dit celui qui avait gagné ; qui les veut ?

— Voilà mon sabre pour cinq ducats, dit celui qui avait perdu.

Il dégrafa son ceinturon et jeta l'arme sur le tambour.

— Ton sabre ! il en vaut deux à peine ; la lame est de fer et la poignée de mauvais cuivre !

— Eh bien ! voilà mes pistolets ! dit le soldat ; des pistolets qui ont tué dix catholiques et dix huguenots.

La main de M. de Lude se posa sur le bras du parieur.

— Je prends le sabre pour dix ducats, et j'en donne dix encore pour le bras qui le tient, dit-il.

— C'est convenu ! s'écria le soldat en voyant briller l'argent sur le tambour. Eh ! Conrad, joue donc !

Conrad jeta les dés et perdit ; au troisième coup, il n'avait plus rien.

— Mon officier, dit-il à M. de Lude, qui les regardait les bras croisés sur la poitrine, j'ai, moi aussi, un sabre et un bras ; en voulez-vous ?

— Voici vingt ducats.

— Marché conclu, dit Conrad en serrant l'argent dans ses poches.

— Conrad, s'écria brusquement un nouveau venu qui portait l'uniforme des hussards, Jeanne la blonde a fantaisie d'un collier avec sa croix d'or ; je n'ai plus que mon cheval, le veux-tu ?

— Je prends le cheval et te le donne, fit M. de Lude.

— A moi l'argent et le cheval ? reprit le hussard en comptant ses pièces d'or.

— A toi, mais à une condition.

— Rien qu'une ? C'est trop peu pour n'être pas beaucoup.

— Peu ou beaucoup, décide-toi : le cheval et l'homme me suivront partout où j'irai.

— Ils sont prêts.

Au bout d'un quart d'heure, M. de Lude avait recruté sa bande. Comme elle se disposait à partir, un brigadier intervint. C'était un homme balafré, grisonnant et d'aspect farouche.

— Eh ! dit-il, n'êtes-vous point enrôlés au service de M. le duc d'Ascot, notre général ? Lui seul peut vous donner permission de quitter le régiment.

— Lui ou celui qui commande à toute la province, répliqua M. de Lude, en présentant au sous-officier l'ordre du gouverneur.

Le brigadier déchiffra le papier à la clarté d'une chandelle.

— Un ordre et un laisser-passer ! murmura-t-il entre ses dents. Excusez-moi, mon officier ; c'était la discipline qui me faisait parler.

— Eh ! l'homme à la discipline, reprit M. de Lude, n'iriez-vous point aussi, pour l'amour des pistoles, où vont ces braves ?

Le brigadier, qu'on appelait Burk, boucla son ceinturon, prit sa pique et suivit le lieutenant sans répondre.

Il y avait dans la petite troupe que M. de Lude conduisait au logement qui lui fut assigné, un Lorrain, deux Wallons, un Franc-Comtois, un Piémontais, deux Suisses, deux Hollandais du pays de Gueldres, et un Bavarois, qui était le brigadier.

M. de Lude rangea ses nouveaux acolytes autour de lui et les examina attentivement.

— Vous aurez, leur dit-il un moment après, une demi-pistole de paie par jour et une pistole entière les jours d'expédition.

— Bravo ! dit le Piémontais.

— Le service de nuit se paiera double.

— Bon ! fit le Franc-Comtois, je dormirai le jour.

— Au premier mot, il faut être prêt ; au premier signe, il faut partir ; au premier ordre, il faut tuer.

— Si c'est la consigne, c'est fait, dit le brigadier.

— Allez, maintenant ; toi, Conrad, reste.

La troupe disparut, et Conrad s'assit dans un coin, tandis que M. de Lude fouillait dans sa valise.

— Écoute, reprit le lieutenant qui venait de tirer un papier de la valise, et retiens bien ce que je vais te dire.

— J'écoute et je retiendrai, dit le Lorrain.

— Tu partiras au point du jour pour le camp français. C'est ton affaire d'y pénétrer.

— J'y pénétrerai.

— Tu t'informeras du quartier de l'artillerie et tu t'y rendras sur-le-champ. Il te sera facile de découvrir le logement d'un lieutenant nommé Marcel Vanderkove.

— Je le trouverai.

— Tu lui remettras cette lettre. Elle est, comme tu le vois, sans adresse ; cette lettre a été écrite par une femme.

— Lettre de femme, glu pour les hommes.

— Justement. Tu diras à Marcel que la personne qui t'a remis cette lettre l'attend à deux lieues du camp, derrière Morlanwels, près d'un bois que tu dois connaître.

— Je le connais. C'est un endroit merveilleux pour les embuscades et les rendez-vous d'amour.

— C'est ce que j'ai pensé hier en m'y promenant. Tu t'arrangeras pour que le lieutenant Vanderkove te suive en ce bois.

— Il m'y suivra.

— Dans ce cas, tu auras vingt louis.

— Ils sont gagnés.

— Très bien. Un mot encore. Si tu te laisses soupçonner, tu es pendu.

— Ma mère, qui était un peu sorcière, m'a toujours prédit que je mourrais dans l'eau. Vous voyez bien que je n'ai rien à craindre.

— Va donc. Voici la lettre.

— Est-ce tout ?

— Tout ; le reste me regarde.

Au point du jour, Conrad partit.

C'était un homme accoutumé aux aventures périlleuses, et qui avait eu tant de fois affaire aux prévôts, qu'il ne redoutait plus rien.

Il avait le pied leste, l'œil vif, la main souple et la langue adroite.

Il s'était, pour la circonstance, déguisé en paysan, et à tout hasard, il s'était muni d'un poignard et de deux pistolets.

Au moment où il apercevait les premières tentes de l'armée, un coup de cânon retentit.

Au même instant les clairons sonnèrent, les tambours battirent aux champs, et mille cris s'élevèrent du camp.

Conrad s'arrêta.

On voyait, dans les longues rues de cette ville de toile, s'agiter une foule d'officiers ; des gentilshommes couraient au galop, distribuant des ordres de tous côtés ; les régiments prenaient les armes et les drapeaux flottaient au vent.

— Toute l'armée est debout : quand tout le monde regarde, personne n'y voit, dit Conrad.

Et il s'achemina délibérément vers le camp.

Au moment où il franchissait les palissades du côté de la frontière, Sa Majesté Louis XIV entrait dans le camp du côté de Charleroi.

FIN DE LA SECONDE PARTIE

TROISIÈME PARTIE

I

L'Arrivée du Roi

C'était vers la fin du mois de mai. Louis XIV, accompagné de Monsieur, venait prendre le commandement suprême des troupes réunies en Flandre. Il voulait voir, et bien plus encore, se faire voir. Toute sa maison l'avait suivi, les compagnies des gardes du corps et les mousquetaires, et il n'était pas un seul gentilhomme en France qui n'eût tenu à honneur de combattre sous ses yeux.

Les fils des meilleures maisons qui n'avaient point de grade dans l'armée étaient partis en qualité de volontaires, et c'était partout un flot de magnifiques cavaliers qui appelaient la bataille de tous leurs vœux.

L'entrée du roi au camp fut saluée de mille acclamations.

Les soldats mettaient leurs chapeaux au bout des fusils, et le cri de : Vive le roi ! éclatait comme une immense voix de Pandelon à Marsenal.

Tous les régiments étaient sous les armes, et d'innombrables pavillons flottaient sur les tentes.

Quand le roi approcha du quartier où était caserné l'artillerie, Marcel sentit son cœur battre à lui rompre la poitrine.

Il n'avait jamais vu le roi, et le roi, à cette époque, était tout.

C'était Dieu sur le trône de France.

Toute grâce émanait de lui, et sa grande renommée lui faisait une auréole qui éblouissait.

On le savait le maitre de la paix et de la guerre; la Hollande, comme une victime vouée à sa colère, frémissait à chacun de ses pas; l'Espagne était toute saignante des blessures qu'il lui avait faites; l'empire d'Allemagne s'épouvantait de son ambition.

Il était au milieu de l'Europe comme une torche ou comme un phare splendide dans le repos, terrible dans l'agitation.

Maître de lui autant que des autres, Louis XIV avait ce grand air royal qui frappait tout à la fois de crainte et de respect.

On sentait, rien qu'à le voir, que celui-là était souverain.

Au moment où Marcel aperçut le roi, il ne put se défendre, malgré la consigne, de s'élancer en avant.

Derrière Louis XIV se pressait la fleur de la noblesse de France; on voyait aux premiers rangs les plus fameux capitaines de l'époque, les gentilshommes les plus illustres par leur naissance ou par leur mérite.

Le roi marchait lentement; il avait cet aspect imposant, fier, un peu hautain que lui ont conservé les portraits de Mignard et de Vander-Meulen; il saluait les drapeaux des régiments qui s'inclinaient devant lui, et répondait par un signe de la main aux clameurs d'enthousiasme que sa présence soulevait.

En le voyant si jeune encore, si beau, si puissant déjà, en se trouvant, lui, parti de si bas, près de ce monarque qui était si haut, ébloui par ce cortège étincelant où tous les vieillards étaient célèbres et tous les jeunes gens en passe de le devenir, Marcel brandit son épée et cria d'une voix tonnante :

— Vive le roi !

A ce cri parti du cœur, à la vue de ce visage rayonnant et loyal, Louis XIV sourit et salua le soldat enthousiaste.

Quand Marcel releva sa tête inclinée devant la majesté royale, Louis XIV était passé.

Trois heures après, le roi, accompagné des principaux officiers de l'armée, se dirigea vers une chapelle qui se trouvait à Marchiennes-au-Pont, où était situé son quartier.

Tous les gouverneurs des places voisines s'étaient rendus au camp, aussi bien pour recevoir les ordres du roi que pour lui présenter leurs hommages; son cortège était grossi de leur suite, où l'on remarquait bon nombre de dames appartenant à la noblesse des Trois-Évêchés, de la Picardie et de l'Artois.

Leur présence donnait plus d'éclat à ces fêtes militaires et mêlait le prestige de la galanterie à tout cet appareil guerrier.

Le régiment de M. de Croisille avait été désigné pour former la haie, conjointement avec la maison du roi et les régiments de Crussol et de la Marine.

Marcel était à son rang.

Derrière le roi, parmi les femmes de la cour, l'une d'elles attirait tous les regards.

— Qu'elle est belle ! disait un cornette du régiment de Crussol, qui se penchait en avant pour la mieux voir.

— Vrai Dieu ! reprit un autre officier, pour cette femme je donnerais ma vie et le salut de mon âme !

Marcel, à son tour, regarda du côté des dames ; un éclair sembla passer devant ses yeux éblouis ; son cœur cessa de battre, il devint pâle comme un mort.

Madame de Glandèves, fière et superbe comme la Diane chasseresse, était au milieu du groupe.

Elle avait toujours cette beauté splendide qui lui donnait l'aspect d'une reine.

Ses yeux étincelants et sa lèvre dédaigneuse attiraient et repoussaient en même temps l'admiration.

Cependant, un voile indéfinissable de mélancolie adoucissait l'expression un peu hautaine de son visage, où l'on voyait flotter les ombres d'une pensée amère et désolée.

En ce moment elle leva les yeux : Marcel était là, dans les rangs, debout devant elle.

Les lèvres rouges d'Herminie blanchirent ; ses longs cils tremblants s'abaissèrent ; elle chancela.

Mais vingt rivales étaient autour d'elle qui l'observaient ; elle redressa son front plus poli que le marbre et passa.

Marcel palpitait encore sous ce regard humide, plein d'amour et de prière, lorsqu'une autre secousse vint ébranler son cœur.

Léonore suivait Herminie.

Un cri faillit s'échapper de la bouche du jeune officier ; il voulut courir vers elle, mais une force invincible le retint à sa place ; Léonore semblait ne pas l'avoir aperçu, et cependant ses paupières et ses lèvres tremblaient ; son profil n'avait rien perdu de son angélique pureté, mais elle était pâle et résignée comme la fille de Jephté.

Madame de Langenay portait à la main une fleur ; en inclinant son front, elle l'effleura de sa bouche, et la rose tomba.

Elle voulut se baisser pour la ramasser dans l'herbe, où elle rayonnait comme une étoile odorante, mais elle rencontra le regard de Marcel, si tendre et si triste qu'elle hésita ; elle fit un pas, puis deux, et s'éloigna, comprimant de ses mains son cœur qui battait à l'étouffer.

Une seconde après, la fleur s'était fanée sous les baisers de Marcel.

Si rapide qu'eût été ce mouvement, il ne put échapper à madame de Glandèves ; elle le vit, regarda la femme qui passait, la tête penchée, et son cœur blessé lui dit que c'était là cette mystérieuse Léonore dont le nom l'avait fait si souvent tressaillir au chevet de Marcel.

La présence de Léonore au camp s'expliquait par la nomination de M. de Langenay au gouvernement de Charleroi.

Quant à Herminie, elle avait suivi le duc, son mari, qu'une intrigue de cour avait depuis peu dépossédé de son gouvernement, et qui était accouru pour s'expliquer sur les causes de son rappel.

Après la messe et les prières offertes au Dieu des armées, le roi se retira dans son quartier ; les troupes se dispersèrent et Marcel, qui n'avait qu'une pensée et qu'un vœu, se dirigea vers le logis de Léonore.

Sa main, cachée sous son habit, broyait la fleur contre sa poitrine ; elle avait une odeur pénétrante qui l'enivrait, et ses pétales embaumés étaient comme un fer chaud qui le brûlait.

Le logis de madame de Langenay était tout auprès de Coulé, dans un lieu qui pouvait passer pour solitaire.

On n'y voyait que six compagnies de dragons.

Marcel tourna le long d'une haie qui défendait l'approche de la maison et poussa une petite porte à claire-voie qui fermait l'entrée du jardin.

Un éclat de rire à demi retenu l'arrêta.

Le jardin semblait désert comme le logis, il fit encore un pas, et ce fut un autre éclat de rire qui retentit ; on ne voyait personne, mais les branches d'un arbre fleuri s'agitèrent devant lui, et derrière le feuillage tremblant il découvrit le frais visage d'une jeune fille qui souriait.

— Thérèse ! s'écria-t-il.

Et ses bras étendus écartèrent le rempart léger qui le séparait de sa sœur. Il avait d'abord aperçu Thérèse ; il vit ensuite William Grant.

— Tous deux ensemble, leur dit-il ; ma sœur et mon frère !

A ces mots qui les unissaient dans la pensée de Marcel, Thérèse rougit.

— Oh ! fit-elle avec un sourire sur les lèvres et les yeux baissés, il y a à peine quelques minutes que M. Grant s'est présenté chez nous.

— Ton souvenir retarde peut-être un peu, reprit Marcel; mais c'est une douce erreur dont le bonheur seul a le privilège.

William tendit la main au jeune lieutenant.

— Je ne vous quitte plus, lui dit-il; nos deux sorts sont liés et nos mains sont unies. Ma place est ici. Soldat, je me battrai comme un soldat.

Mais Marcel avait dans ce moment tout l'égoïsme de l'amour; lui aussi voulait un peu de cette joie que savouraient Thérèse et William.

Comme ces talismans qui allument la fièvre au cœur de ceux qui les touchent, la rose de Léonore avait irrité son ardeur toujours contenue et toujours vivace.

— Thérèse, dit-il tout bas à sa sœur, madame de Langenay est-elle ici ?

A ce nom, le visage de Thérèse se rembrunit.

— Oui, dit-elle.

— Puis-je la voir, lui parler ?

Thérèse secoua la tête.

— Une heure, une minute, un instant ! reprit Marcel avec l'aveugle obstination de l'amour.

Thérèse hésita un moment :

— Frère, dit-elle, c'est une mauvaise pensée; mais il ne sera pas dit que je t'aurai rien refusé le jour où tu m'es rendu. Attends, je cours.

Et, plus légère qu'un oiseau, Thérèse s'élança vers la maison.

William, avec une réserve naturelle aux gens de sa nation, s'était retiré à l'écart.

Marcel s'appuya contre un arbre et ferma les yeux.

Ce jardin, ces arbres, ces fleurs, cette petite maison, ces insectes bourdonnants, Thérèse qu'il venait d'embrasser, Léonore qui était si proche de lui, tout lui rappelait son enfance et le logis de son père.

Au bout de cinq minutes, le temps de revoir toute une vie à la lueur d'un souvenir, Thérèse revint.

Elle était pâle et tenait une lettre à la main.

A la vue de cette lettre, Marcel perdit toute espérance.

— Elle ne veut pas? fit-il.

— Lis ! répondit Thérèse.

Et, tendant la lettre à son frère, elle détourna la tête pour cacher une larme qui roulait dans ses yeux.

Marcel rompit le cachet et lut.

Il voyait comme au travers d'un nuage.

(LIV. 26)

« Il y a un quart d'heure que je vous vois, mon ami, disait la lettre ; avant que vous fussiez entré au jardin mon cœur s'était empli au bruit de vos pas. J'ai couru à la porte, entraînée par un élan irrésistible ; une puissance inconnue m'a clouée sur le seuil. Je suis restée là, immobile, haletante, ne vous voyant plus et tout émue du son de votre voix.

» Depuis que je vous ai rencontré sur le chemin de la chapelle, je suis comme une folle. Quelles prières ai-je adressées à Dieu ? Ai-je prié seulement ? Toute ma force s'en est allée comme l'eau d'un vase brisé, et c'est alors que votre sœur est venue, tremblante et désolée, me dire que vous attendiez un mot qui vous rappelât à moi ! Ce mot, vous l'avouerai-je, mon ami, vingt fois ma bouche l'a prononcé. C'était moins une parole qu'un soupir, moins un soupir qu'une effusion du cœur ! Et maintenant j'hésite. Oh ! je n'hésite même pas. Non, mon ami, non, vous ne pouvez, vous ne devez pas me revoir. Votre souffrance ne vous dit-elle pas la mienne ? Tenez, Marcel, si vous entriez, si je vous voyais ici, près de moi, si votre voix me suppliait, oh ! je le sens, ma force épuisée ne combattrait même plus ; pour vous consoler je me perdrais...

» Dites, Marcel, dites, le voulez-vous ? Que votre courage vienne en aide au mien ; mais ne m'accusez pas dans votre douleur. Vous avez l'éclat des armes, le bruit de la guerre pour oublier ; moi je n'ai rien, rien que la prière. Voudriez-vous donc m'enlever le seul asile où mon âme puisse encore se réfugier ? Faites un pas, venez, et je suis sans défense, et quand vous me quitterez, heureux de m'avoir revue, moi, je mourrai.

» LÉONORE. »

A cette lecture, le cœur de Marcel se brisa ; il pressa la lettre contre ses lèvres.

— Si frêle de corps et si forte d'âme ! murmura-t-il.

Thérèse jeta ses bras autour du cou de son frère et l'entraîna.

— Viens lui dit-elle, viens !

Comme ils venaient de franchir la porte du jardin, un officier supérieur se présenta devant eux. C'était un homme déjà vieux, mais qui le paraissait encore davantage à cause de sa taille un peu voûtée et de la difficulté qu'il éprouvait à marcher.

— Bonjour, mon enfant, dit-il à Thérèse d'un air plein d'intérêt.

Et il salua les deux jeunes gens.

Mais il regarda Marcel avec une expression si singulière, que celui-ci ne put s'empêcher de baisser les yeux ; il lui semblait que ce regard, à la fois triste et doux, fouillait dans son cœur et en éclairait les plus secrètes pensées.

Après cette muette observation, le vieil officier entra dans le jardin. Il venait de disparaître derrière les arbres, que Marcel voyait encore son visage, où s'alliaient si bien la souffrance du corps et la sérénité de l'esprit.

Marcel se tourna vers Thérèse comme pour l'interroger.

— C'est M. de Langenay, dit-elle.

Et aussitôt elle ajouta pour dissiper une triste préoccupation :

— Une grande joie t'est réservée, mon frère ; cette joie, tu vas la goûter.

— Qu'est-ce ? fit Marcel, dont la pensée était ailleurs.

— Oui, mon ami, vous allez revoir l'honnête et vieux fauconnier que j'ai conduit de Lille au camp, dit William.

Marcel embrassa William.

— Mon père ! fit-il ; mais où est-il donc ?

— Au quartier de l'artillerie.

Marcel prit, en courant, de ce côté-là, suivi de loin par Thérèse et William.

Le fauconnier était tout fier d'avoir un officier dans la famille. Il l'attendait depuis le matin, et lorsqu'il le vit, il lui tendit les bras.

Le père et le fils s'embrassèrent avec effusion.

M. de Croisille, toujours prévenant dans sa rudesse, avait chargé Loridan de dire à son lieutenant qu'il pouvait s'absenter du quartier jusqu'à la nuit.

— La discipline et la famille ne vont pas bien ensemble, avait-il dit ; qu'il soit aujourd'hui tout à l'une pour être demain tout à l'autre.

Tandis que Marcel, en compagnie de son père, de William et de Thérèse, allait chercher un peu de silence et de repos dans quelque village voisin, le Lorrain rôdait dans le camp.

L'entreprise n'était point aussi aisée qu'il l'avait cru d'abord.

L'arrivée de Louis XIV avait excité dans le camp un tel tumulte et un tel mouvement que le Lorrain n'avait pu trouver l'occasion de s'approcher de Marcel.

D'un autre côté, Conrad avait, tout en explorant les lieux, reconnu un sergent du régiment de Bourgogne, dans la compagnie duquel il avait servi.

La découverte du Lorrain entraînait sa pendaison.

Il commença donc par battre en retraite, mais il n'était pas homme à renoncer, pour un si mince danger, à la mission que M. de Lude lui avait confiée.

Après s'être rendu un compte exact des localités, le Lorrain s'éloigna, monta sur un cheval qu'il avait, à tout événement, caché dans un fourré, et poussa jusqu'au bois de Morlanwels, où il prévint M. de Lude du retard qu'éprouvait son honnête expédition.

— C'est partie remise, lui dit-il en finissant.

— Tant pis pour toi, répondit l'officier. La récompense est aussi remise. Tu n'auras rien aujourd'hui.

— C'est autant de perdu.

— Mais tu auras vingt louis demain, si tu réussis.

— Alors, c'est regagné.

Conrad remonta sur sa bête, joua de l'éperon et se jeta dans un ravin proche du camp, où il s'établit pour la nuit. Il voulait être de grand matin en mesure de profiter des circonstances.

Vers neuf heures, Marcel s'étant séparé de son père à qui Thérèse avait offert un asile dans la maison de madame de Langenay, regagna son quartier.

Loridan, qui, malgré son grade, s'était institué le planton régulier du lieutenant, allait et venait devant la tente.

— Mon lieutenant, dit-il à Marcel, attendiez-vous quelqu'un ce soir?

— Non.

— Alors, c'est que quelqu'un vous attendait, sans doute.

— Que veux-tu dire?

— C'est fort simple. Un jeune homme, un enfant, ma foi, quelque page, j'imagine, est venu, il y a une demi-heure, s'informer si vous étiez chez vous. Sur ma réponse négative, il m'a demandé s'il pouvait vous attendre : « C'est pour une chose d'importance », a-t-il ajouté.

— Et que lui as-tu répondu?

— Qu'il était parfaitement libre de vous attendre jusqu'à demain, si ça lui plaisait. Je n'avais pas fini, qu'il était déjà dans votre tente.

— Dans ma tente?

— Où il est encore.

Marcel écarta la toile qui fermait l'entrée. Au bruit de son arrivée, le page, qui était assis sur un coffre, la tête entre ses mains, se leva.

En le voyant, Marcel fit un soubresaut.

Il avait devant lui madame Herminie de Glandèves, la Lionne de Paris.

On sentait, rien qu'à le voir, que celui-là était souverain.

II

Une Confession

Après sa première surprise passée, Marcel se pencha vers l'ouverture de la tente.

— Loridan, dit-il, reste-là, et ne laisse entrer qui que ce soit.

— Bien! dit le sergent.

Et il s'assit sur le tronc d'un arbre.

Quand la portière se fut abaissée, Marcel s'avança vers madame de Glandèves, qui tremblait de tous ses membres.

— Qu'êtes-vous venue faire ici, madame, et que me voulez-vous? lui dit-il d'une voix qu'il s'efforçait en vain de rendre ferme.

— Je viens, dit-elle, comme un coupable devant son juge. Oh! reprit-elle au geste de Marcel, ne me repoussez pas; si votre cœur m'a condamnée, au moins devez-vous m'entendre.

— Et qu'avez-vous à m'apprendre que je ne sache déjà, madame?

— Toute la vérité; je vous parlerai comme un pénitent parle au confessionnal de Dieu. Par pitié, écoutez-moi! Ce n'est plus au nom de votre amour que je vous invoque, ajouta-t-elle d'une voix étranglée par la crainte, c'est au nom de la justice. Les condamnés n'ont-ils pas le droit de se défendre?

Herminie tremblait si fort, qu'elle dut s'appuyer contre un des piquets de la tente pour ne pas tomber. Le désordre et la douleur de cette femme, jadis si fière, touchèrent Marcel.

— Vous le voulez? dit-il, parlez donc. Moi aussi, j'ai une mission à remplir auprès de vous, et puisque vous courez au-devant de cette épreuve, je la remplirai.

— Écoutez-moi d'abord, vous me tuerez après, si c'est votre volonté, dit Herminie.

— Prenez garde, madame, ce n'est point ici une vaine menace. Vous avez un compte terrible à rendre, et peut-être allez-vous me contraindre à venger un mort!

— Le venger? Oh! fit-elle, vous ne le vengeriez pas en me tuant!

L'expression du regard et de la voix était si déchirante, le sens de ces paroles était si clair, que Marcel se sentit remué jusqu'au fond du cœur.

— Parlez! lui dit-il, parlez! Vous savez bien que, quoi qu'il arrive, ce n'est pas moi qui peux vous punir!

Madame de Glandèves prit la main de Marcel et la porta à ses lèvres. Ce baiser glissa comme une flamme dans les veines du jeune officier. Il sentit son courage mollir, et dégageant sa main de l'étreinte d'Herminie, il lui fit signe de s'asseoir.

Herminie obéit; sa tête était pâle et désespérée comme le visage de marbre de Niobé; sa respiration était oppressée, et malgré la chaleur précoce de la saison, ses dents claquaient.

— Renoncez à cette explication, lui dit Marcel; je n'ai qu'une question, une seule à vous adresser. Votre réponse me suffira.

— Vous ne saurez rien, ou vous saurez tout, reprit la duchesse avec fermeté. Vous êtes mon juge et mon maître ; écoutez-moi.

Marcel connaissait trop madame de Glandèves pour se méprendre à l'accent de sa voix. Jusque dans la soumission de cette femme, il y avait de la reine qui veut et sait se faire obéir.

Il se tut et attendit.

— J'avais quinze ans, reprit-elle, quand je vis M. d'Armentières pour la première fois. Les guerres de la Fronde ensanglantaient alors la France. J'habitais avec ma mère, une Espagnole alliée à la famille des Médina, un château voisin d'Ecouen.

— Je le connais, dit Marcel.

— Un soir, je me promenais seule dans le parc, j'entendis tout à coup le bruit d'une mousquetade aux environs ; la peur me prit, et je me mis à courir dans la direction du château. Tout à coup, au détour d'une allée, un officier se présente à moi ; il était pâle, effaré, sanglant.

« — Sauvez-moi, » me dit-il d'une voix éteinte.

Et il roula au pied d'un arbre.

On entendait le piétinement d'une troupe de cavaliers à peu de distance. Je m'élançai vers la petite porte du parc, mais il n'était plus temps, le chef de la bande m'aperçut.

« — N'avez-vous pas vu par ici un officier ? » dit-il.

Dieu m'inspira le courage de mentir.

« — Non, répondis-je résolument. J'ai entendu la fusillade et suis accourue pour fermer la porte. »

Tout en parlant, je me sentais défaillir, mais mes yeux ne quittaient pas le cavalier.

« — Ainsi, vous n'avez pas peur ? reprit-il.

» — Peur !... Je suis fille de M. de Breteuil, qui est bon gentilhomme.

» — Bien ! c'est un des nôtres ! » fit le cavalier.

Et il s'enfonça dans le bois.

Quand la troupe eut disparu, je poussai la porte et retournai vers l'officier, que je retrouvai occupé à étancher le sang qui sortait de ses blessures.

« — Vous n'avez plus rien à craindre, lui dis-je. Si vous pouvez encore marcher, appuyez-vous sur moi, et je vous aiderai à gagner un pavillon, qui est tout près d'ici. »

L'officier se leva et, après bien des efforts, nous parvînmes à ce pavillon qui était alors inhabité.

— M. d'Armentières m'a dit que vous l'aviez sauvé, interrompit Marcel.

— Et il vous a dit aussi que je l'avais aimé ?

Marcel inclina la tête.

— Ses blessures étaient nombreuses, mais peu graves, reprit madame de Glandèves. Avec le secours de ma nourrice et de son mari, qui m'étaient dévoués, je pus cacher et protéger M. d'Armentières. Mon père était frondeur, et je n'osais lui parler de cette aventure, n'ayant pas alors une juste idée de cette guerre. Le mystère de nos entrevues plaisait d'ailleurs à ma jeune imagination, et il m'était doux de penser que je jouais auprès d'un bel officier malheureux le rôle d'une fée secourable. Ma mère, qui était d'un caractère faible et timide, et qui aurait tout révélé à M. de Breteuil, dont elle avait grand'peur, ne sut rien de toute cette affaire. M. d'Armentières guérit. Il était jeune, spirituel et beau; il m'aima et je l'aimai. Il était encore languissant et faible, que déjà je lui appartenais. Lequel de nous deux était le plus coupable, de celle qui, presque encore enfant et sans expérience aucune, s'abandonnait à l'amour d'un malheureux qu'elle avait sauvé, ou de celui qui, de la jeune fille innocente, de sa protectrice, fit sa maîtresse?

— N'accusez pas ceux qui sont morts, dit Marcel.

— Je n'accuse pas, je raconte. Bientôt cependant, reprit Herminie, M. d'Armentières dut s'éloigner. La guerre et les partis contraires dans lesquels mon père et lui servaient, éloignaient toute pensée de mariage. Parfois il s'échappait et venait me voir au pavillon. Que de jours de deuil devaient amener ces heures d'ivresse! Sur ces entrefaites, ma mère mourut, et le désespoir que me causa cette mort rapide comme la foudre me révéla que moi aussi j'étais mère. Des tressaillements inconnus répondirent à mes sanglots, et ce fut en embrassant le cadavre de ma sainte mère que je sentis les premiers frémissements de l'être qui était dans mon sein !

Tandis qu'Herminie parlait, deux grosses larmes roulaient sur ses joues.

— Pauvre femme ! murmura Marcel, qui sentait son cœur étreint comme dans un étau.

— Oh! oui, pauvre femme! reprit Herminie, car ce que j'étais alors, je ne le suis plus aujourd'hui, et ce que je suis devenue, je ne l'aurais pas été sans cette honte et ce deuil de ma jeunesse ! Je ne serais pas une créature qu'on a surnommée la Lionne de Paris !... Le lendemain, continua-t-elle, j'écrivis à M. d'Armentières; ma lettre demeura sans réponse ; j'écrivis encore, j'écrivis vingt fois ; le silence et l'abandon m'entouraient : je crus à son oubli, et si je n'avais pas eu la vie de mon enfant à sauver je me serais tuée. J'étais alors sous la garde d'une tante âgée, la sœur de mon père, rude et sévère comme lui. Ma nourrice seule me voyait pleurer et me consolait.

Il y avait alors au château un jeune Espagnol, un parent du côté de ma mère, qui avait obtenu un sauf-conduit pour visiter la France. Ma tristesse l'étonnait et l'affligeait. Je compris bientôt qu'il m'aimait; les malheureux ont besoin d'affection, et je lui vouai une reconnaissance profonde pour tous les soins dont il m'entourait. Peut-être même lui étais-je plus attachée que je ne le faisais paraître; mais ma position me commandait une extrême réserve, et je ne lui laissai jamais deviner combien j'étais touchée de son amour. On nous voyait souvent ensemble dans le parc. Ces innocentes promenades furent cause de sa mort. Un jour que je l'attendais dans une allée où nous avions coutume de nous rencontrer, il ne vint pas. A l'heure du déjeuner, on m'apprit qu'il était sorti dans la matinée avec un jeune homme. Un garde les avait vus causer vivement et s'éloigner ensemble. Une vague inquiétude me saisit, et je me levai de table dans un état d'agitation que je ne pouvais dominer. Quand le malheur nous a touchés de son aile, on a de ces pressentiments. Une heure après, deux bûcherons rapportaient au château l'Espagnol, qu'ils avaient trouvé dans un coin du bois, la poitrine traversée d'un coup d'épée. Il n'y avait déjà plus d'espoir de le sauver. Quand il me vit, il me prit les mains entre les siennes, les embrassa et mourut. Jamais je n'oublierai l'expression de ses derniers regards; ils étaient si tristes et si pleins d'amour que je me mis à sangloter comme une folle. Dans ce moment, il me sembla que je l'aimais aussi et que je perdais avec lui ma dernière espérance.

— Et le nom du meurtrier ? dit Marcel.

— Je ne l'ai su que plus tard; quant à mon pauvre ami, il mourut avec son secret, mon nom sur les lèvres. Trois jours après, je reçus une lettre de M. d'Armentières; elle était datée de Paris et m'apprenait que, de retour d'une mission secrète en Italie, il partait pour l'Angleterre, où l'envoyait un ordre du cardinal Mazarin. Il devait être promptement de retour et me disait de compter sur lui. On voyait bien qu'il m'aimait toujours, mais son langage était plus grave. Il ne paraissait pas, d'ailleurs, avoir reçu aucune de mes lettres. Cette mission, qui devait durer quinze jours ou trois semaines, n'était pas terminée encore au bout de trois mois. Mon père était revenu. Pour moi, les jours s'enfuyaient comme de sombres rêves, et la nuit je pleurais. Mes pensées allaient de Ludovic à don Pedre — c'était le nom de mon parent mort — et, je dois bien vous l'avouer, mes sympathies et mes regrets étaient à celui qui n'était plus. Il m'avait aimée et consolée. L'autre m'avait perdue ! Le hasard voulut qu'un soir le nom de M. d'Armentières fût prononcé par un gentilhomme qui était en visite au château. A ce nom, mon père fit éclater une colère inattendue; j'appris alors que M. de Breteuil avait été battu en blessé dans une rencontre avec le père de Ludovic. M. de Breteuil avait été humilié dans son orgueil de soldat ; la plaie était incurable. Mon avenir se voilait de plus en plus ; je ne voulais pas y penser et j'y rêvais toujours ; j'avais des heures de gaîté folle et des jours de morne désespoir. La douleur usait mon amour. A cette époque, la cour et le Parlement venaient de conclure leur alliance, et mon père m'apprit qu'il avait résolu de me marier avec un riche seigneur du parti du roi, et que je devais me tenir prête. Il me dit cela au moment de partir et le pied dans l'étrier. Quand je revins de ma surprise, M. de Breteuil galopait à un quart de lieue. Cependant, M. d'Armentières était de retour et, cette nuit même, je le revis au pavillon. A la nouvelle que j'allais être mère, il fit éclater une joie si vive que ma tendresse se réveilla. Il m'embrassait les mains et pleurait d'ivresse à mes genoux.

« — Ainsi, vous m'aimez toujours ? me dit-il.

» — Oui, répondis-je, et j'étais franche alors.

» — Et pendant cette longue absence que mon devoir m'a imposée, aucun autre n'a rien surpris de votre cœur ?

» — Que voulez-vous dire ? repris-je étonnée. N'ai-je pas toujours été seule ? Un instant, j'ai eu près de moi un ami, un frère ; il a été bon, tendre, affectueux pour moi, il m'a consolée, et il est mort.

» — Me pardonnerez-vous, Herminie ? » me dit tout à coup Ludovic.

Je le regardai, effrayée déjà du son de sa voix.

« — Cet ami, c'est moi qui l'ai tué ! » reprit-il.

Je poussai un cri terrible à cet aveu, et j'écartai de mes mains les mains de M. d'Armentières : il me semblait y voir du sang.

« — Ne me maudissez pas, Herminie, me dit-il ; je vous aimais; j'étais jaloux. Quand j'arrivai d'Italie, à la première auberge où je m'arrêtai, à Ecouen, votre nom fut prononcé avec celui de don Pedre. On disait que vous vous aimiez... Je devins fou, et la première personne que je rencontrai dans le parc, ce fut lui. Nous étions vifs et tous deux armés... Vous savez le reste. Je partis sans vous voir... hélas ! je vous accusais et vous étiez mère ! »

Il parla longtemps, mais je ne l'entendais plus. Un bruit confus emplissait mes oreilles, mon cœur se tordait, je m'évanouis. Ludovic me laissa aux mains de ma nourrice. Quand je revins à moi, mon enfant vagissait à mes côtés.

— Un enfant ! répéta Marcel ; mais c'est à lui que se rattache ma mission.

— Votre mission sera facile, dit Herminie. Ce que vous voudrez, je le voudrai. Une fièvre ardente me cloua sur ce lit de souffrance, continua-t-elle, sur ce lit où je n'eus pour mon enfant que des baisers mêlés de larmes. Je ne sais combien de temps dura ce délire ; ma nourrice écartait tout le monde de ma chambre ; ma tante, confite en dévotion, me voyait à peine une minute au retour de ses stations à la chapelle du château. J'étais en convalescence quand mon père revint.

« — Je vous amène un mari, le seigneur dont je vous ai parlé, » me dit-il, avant même de m'avoir embrassée.

Et il me le présenta sur l'heure.

— C'était M. le duc de Glandèves ? dit Marcel.

— Lui-même. M. d'Armentières avait disparu depuis la scène du pavillon. Il avait cru à une trahison, à mon tour je crus à son oubli. Que vous dirai-je ? Mon père a été la seule personne devant qui j'aie tremblé. Après un mois d'hésitation, j'épousai le duc. Trois jours après, je revis M. d'Armentières ; laissé pour mort dans un combat où mon père se trouvait, il avait dû la vie aux soins charitables de malheureux paysans, qui l'avaient recueilli sur le champ de bataille. Sa douleur m'épouvanta ; ses reproches, à la fois amers et passionnés, me brisèrent le cœur. Oh ! il m'aimait bien, celui-là !... Mais je ne l'aimais plus... La pitié quelquefois réchauffait mon âme... hélas ! ce n'était pas la tendresse qui l'agitait, c'était le souvenir !... Nous nous rencontrions alors dans la petite maison de la rue Garancière, où j'avais établi ma nourrice. Ces rencontres étaient tour à tour douces et empoisonnées pour moi ; pour lui, elles étaient enivrantes ou terribles. Parfois, il se souvenait de M. de Glandèves ; moi, je me souvenais de don Pedre. Cette vie me devint intolérable. Un jour, je lui témoignai le désir que j'avais de rompre nos relations. Il résista. Je le priai avec des larmes dans la voix... Il m'offrit de m'enlever, de quitter la France et d'aller vivre au bout du monde avec notre enfant. Cette proposition venait trop tard : je ne l'aimais plus.

« — Vous refusez, me dit-il, eh bien ! si je n'ai pas la mère, du moins j'aurai l'enfant ! »

Cette menace me fit froid au cœur. Mon enfant ! Comprenez-vous cela, dites ? C'était toute ma vie, à moi ; mon refuge, mon espérance, mon repos, ma joie... ses sourires éclairaient mon désespoir. . Quand j'étais lasse de vivre, je l'embrassais et j'oubliais.

« — Mon enfant ! m'écriai-je, et je sentis tout d'un coup cette force et cette énergie qui avaient si longtemps sommeillé dans mon cœur de jeune fille. Mon enfant ! ne l'ai-je donc pas assez payé de ma honte, de mes pleurs, de mes angoisses ; vous voulez m'arracher mon enfant !... Cela ne sera pas, je vous le jure ! »

Le lendemain, l'enfant avait disparu ; je l'avais mis en lieu sûr. M. d'Armentières n'eut pas le temps de se livrer à de longues recherches, la guerre qui venait de se rallumer en Flandre l'obligea de quitter Paris, et je restai seule. Seule, après avoir aimé ! Seule ! entendez-vous ? Mon mari avait une haute position à la cour... J'étais jeune et belle... on se pressait autour de moi... je voulus oublier... je voulus tromper l'activité de mon imagination... Les distractions qui s'offraient à moi, je les acceptais toutes... J'eus bien vite ma part d'influence et je m'en servis. Bientôt même j'aimai ou je crus aimer. Je fis de mon existence un tourbillon ; tous les succès, je les eus ; tous les plaisirs, je les goûtai ; les femmes m'enviaient et me détestaient ; les hommes m'admiraient et m'appelaient la Lionne de Paris ; on me croyait heureuse et je n'étais que folle ! M. d'Armentières m'a bien souvent maudite... il ne m'a pas vue aux heures où j'étais seule ! Que de fois ai-je pleuré toute la nuit dans mon oratoire, comme Madeleine aux pieds-du Christ. Et puis, le lendemain, c'étaient d'autres fêtes et d'autres égarements ! J'étais la Lionne de Paris !

Marcel comprenait tout ce qu'il y avait d'amertume dans le cœur de cette femme.

— Oh ! mon Dieu ! reprit Herminie en sanglotant, je vous dis tout, à vous, Marcel, et vous allez me haïr, me mépriser peut-être ! Ces temps d'erreurs, je les maudis. Si mon sang pouvait les effacer, je le verserais goutte à goutte... Est-ce bien moi, moi, la fille de ma sainte mère, qui ai pu passer par cette route-là ? J'avais le vertige et je suivais ma pente quand je vous rencontrai ! Vous en souvenez-vous, Marcel ?

— La trace du feu ne s'efface pas, fit Marcel à demi-voix.

— Mon Dieu ! laissez-moi croire que vous me pardonnerez ; je ne vous demande rien qu'un peu de cette pitié que vous avez pour tous les malheureux, et si vous me maudissez encore, moi je vous bénirai toujours ; oui, je vous bénirai, parce que vous m'avez tirée de cette vie misérable, parce que vous avez fait descendre dans mon cœur un rayon de joie et de pureté, parce que j'aime, enfin !

Herminie, inclinée sur la main de Marcel, la couvrait de ses larmes et de ses baisers. Marcel la retira doucement.

— Vous pardonner, dit-il ; je ne suis pas votre juge, et je ne saurais vous haïr.

Herminie tendit ses bras vers le ciel :

— Merci, mon Dieu! dit-elle; il ne m'a pas repoussée. Vous savez, reprit-elle après un instant de silence, dans quelles circonstances je vous ai rencontré. Vous aviez remis trois lettres de M. d'Armentières à la petite maison de la rue Garancière : l'une de ces lettres suppliait, l'autre priait et menaçait tout ensemble; la dernière ne contenait que des menaces.

— Et c'est à celle-là que vous vous êtes rendue? dit Marcel.

— Vous savez bien, Marcel, reprit la duchesse avec un accent de fierté, que la peur n'a pas d'empire sur moi. Je me rendis à cette lettre, parce qu'entre la première et la troisième, j'avais tout disposé pour mon entrevue avec M. d'Armentières, et qu'à cette entrevue notre enfant devait assister.

— Vous auriez fait cela, Herminie ? s'écria Marcel.

— J'allais le faire, quand j'appris que M. d'Armentières avait chargé une personne inconnue de le représenter. Cette découverte m'indigna, je crus qu'il avait révélé notre secret, et je résolus d'avoir par la ruse, ou par la force au besoin, les papiers qui pouvaient compromettre mon repos.

— Ainsi, vous avez soupçonné M. d'Armentières? un si loyal gentilhomme ?

— Hélas ! quand on s'habitue à pratiquer le mal, on oublie bien vite la croyance au bien. Mais, se hâta d'ajouter Herminie, en vous faisant venir au pavillon où je vous reçus masquée, mon projet était seulement de vous obliger à me remettre les papiers qui prouvaient les droits de M. d'Armentières; sûre alors qu'il ne pouvait plus me ravir mon fils, je l'aurais rendu à sa tendresse. Déjà j'étais lasse de cette vie aventureuse où toute distraction était empoisonnée. J'étais étonnée d'avoir pu regarder avec d'autres yeux que les yeux de l'indifférence un homme qui n'avait ni grandeur dans le caractère, ni noblesse dans les sentiments... La honte me prenait au cœur!... Je vous vis, vous m'aviez sauvée, vous étiez jeune, vaillant, généreux, et fier! Vous ne savez pas combien je vous aimai tout de suite... Je voyais en vous comme dans une eau limpide, et votre vaillante nature rendait à la mienne un peu de sa jeunesse et de sa fraîcheur. Je sentis renaître en moi les sources des douces pensées! Oh! que n'étais-je jeune fille alors! J'eusse été digne de vous... Vous m'auriez aimée, peut-être !...

— Herminie! Herminie! s'écria Marcel bouleversé à ces aveux. Dites! ne l'avez-vous pas été?

A ce cri, un éclair de joie illumina le front pâle d'Herminie.

— Je l'ai été, reprit-elle; est-ce bien vrai cela?... Est-ce la pitié qui vous inspire cette bonne parole ou votre cœur qui vous la rappelle? J'ai été aimée. J'ai eu ma part de bonheur, et vous ne me maudirez pas, et vous aurez parfois mon nom sur les lèvres? J'ai tant souffert, si vous saviez; j'ai tant prié et tant pleuré; votre abandon m'avait rendue folle, votre colère me tuerait... Que faut-il que je fasse, dites? Votre volonté sera ma loi; parlez, et j'obéis... Mais ne me chassez pas de votre souvenir... En quelque endroit que j'aille, et quoi qu'il m'arrive, faites au moins que j'emporte un mot qui me console et me relève... Vous ai-je été si chère un jour pour que vous me haïssiez toute la vie?... Marcel! mon ami, votre main, mon Dieu! votre main!

Marcel prit la tête d'Herminie entre ses deux mains et la baisa au front.

— Vous avez aimé, vous avez souffert! Que Dieu vous pardonne! dit-il.

A ce baiser, une joie inespérée emplit le cœur d'Herminie. Elle renversa sa tête en arrière et, ses bras défaillants autour du cou de Marcel:

— Mon Dieu! il est encore du bonheur! dit-elle.

III

Le Piège d'un Bandit

Le lendemain, au point du jour, quand Marcel ouvrit les yeux, il était seul.

Un instant il crut qu'un rêve enflammé avait troublé son imagination; le silence l'entourait, mais un vague et doux parfum dont l'air était imprégné lui rappelait madame de Glandèves.

Il se leva tout troublé, et comme il regardait, s'attendant à la voir surgir de quelque côté, ses regards se portèrent sur une rose fanée dont les pétales jonchaient le sol au pied du lit.

A cette vue, le jeune officier se couvrit le visage de ses mains.

— Oh! mon Dieu! dit-il, hier encore j'aimais Léonore!

Ses yeux ne pouvaient se détacher de la pauvre fleur abandonnée dont les subtils parfums lui paraissaient comme un mélancolique reproche.

Il se baissa tristement, et ramassant les pétales flétris, il les serra dans un médaillon qu'il suspendit à son cou.

— Pauvres feuilles! murmurait-il en les pressant de ses lèvres, vous êtes toujours douces et suaves comme celle dont la main vous a cueillies.

Son odorante moisson à peine achevée, le sergent Loridan entra sous la tente.

— Il y'a là un homme qui désire vous parler, dit-il.

— Le connais-tu?

— Non, c'est à vous seul qu'il veut parler.

— C'est bien, qu'il attende, je suis à lui dans un instant.

Marcel passa son épée à sa ceinture, agrafa son habit, prit son chapeau et sortit.

Le Lorrain l'attendait devant la porte.

— Que me voulez-vous? lui dit Marcel.

— C'est bien à monsieur Marcel Vanderkove, lieutenant d'artillerie au régiment de La Ferté, que je m'adresse? répliqua le drôle, qui tenait à remplir consciencieusement sa mission. Est-ce à lui-même que j'ai l'honneur de parler?

— A lui-même.

— S'il en est ainsi, mon officier, veuillez prendre connaissance de cette lettre qu'on m'a chargé de vous remettre.

— A moi?

— Sans doute.

— Mais il n'y a point d'adresse.

— N'importe! brisez le cachet et lisez, la lettre est bien pour vous.

Marcel déchira l'enveloppe. Aux premiers mots, il reconnut l'écriture de madame de Glandèves.

Le billet ne contenait que deux lignes.

« Suivez cet homme; j'ai besoin de vous voir pour affaire d'importance qui m'intéresse et vous intéresse. Dépêchez, je vous attends. »

Marcel regarda tour à tour l'homme et le billet. L'homme soutint ce regard sans sourciller; quant au billet, il était d'un laconisme qui surprit le jeune officier; mais cette brièveté même le persuada qu'il s'agissait de l'enfant de M. d'Armentières.

— La personne qui vous a remis cette lettre est-elle encore au camp? demanda Marcel.

— Non, répondit hardiment le Lorrain.

— Y a-t-il longtemps que vous lui avez parlé?

— Une heure à peu près.

— Ainsi, vous savez où je dois la trouver?

— Je le sais.

Marcel appela le sergent Loridan, et lui commanda d'apprêter son cheval.

—- Il est prêt, dit le sergent.

— Va donc le chercher.

Un instant après, Loridan revint, amenant deux chevaux par la bride.

— Voici deux animaux inséparables, dit-il : où l'un va, il faut que l'autre suive. Mon lieutenant permettra bien que le gris accompagne le noir ?

— Comme tu voudras.

Conrad avait tout entendu. A ces derniers mots, il s'approcha.

— La personne qui vous attend, dit-il en s'adressant à Marcel, m'a recommandé de vous amener seul.

Loridan intervint brusquement.

— Mon ami, dit-il au Lorrain, la personne qui t'envoie ne sait pas que mon cheval est un animal surprenant pour l'amitié. S'il restait seul au logis, il se casserait la tête d'un coup de pied ; c'est un meurtre que tu ne voudrais pas avoir sur la conscience. Marche, on te suit.

Conrad réfléchit qu'une plus longue insistance pourrait éveiller des soupçons ; ce n'était, après tout, que deux hommes contre dix.

— Ce sera l'affaire d'un coup de pistolet de plus, se dit-il.

Et il se mit en devoir de partir.

Au moment de s'éloigner, Loridan appela un caporal qui passait par là.

— Eh! Lançois! lui dit-il, viens t'asseoir ici, et garde la maison. Si M. de Croisille ou quelque autre personne nous venait demander, dis-leur que nous serons promptement de retour. Nous allons... Où allons-nous ? reprit-il en se tournant du côté de Conrad.

— A Morlanwels, dit Conrad, qui ne pouvait éviter de répondre à la question.

— Tu as entendu? continua Loridan en s'adressant à Lançois.

— Parfaitement.

A trois cents pas du camp, le Lorrain prit son cheval qu'il avait laissé dans une ferme, et on poussa vivement du côté de Morlanwels.

Marcel n'avait pas fait une lieue que madame de Glandèves, à cheval, arrivait devant la tente du lieutenant.

Elle était vêtue d'un habit de velours vert qui seyait merveilleusement à sa taille élégante et souple ; un feutre gris où flottait une plume rouge, ombrageait sa tête, et du bout de sa cravache elle agaçait une superbe jument blanche qui piaffait impatiemment.

Deux laquais la suivaient à cheval, le mousqueton pendu à l'arçon de la selle.

Reste là, et ne laisse entrer qui que ce soit.

— Hé! l'ami! dit-elle à Lançois, voudriez-vous dire au lieutenant Marcel qu'une dame est là, qui désire lui parler?

— Je le ferais sans nul doute, madame, si le lieutenant n'était parti.

— Parti, dites-vous?

— Il y a une demi-heure.

— Parti, sans rien dire?

— Un homme est venu ce matin, lui a remis un billet, et ils se sont éloignés ensemble. Le sergent Loridan m'a chargé de répondre qu'ils allaient du côté de Morlanwels.

— A Morlanwels? mais il y a des Espagnols de ce côté-là.

— Des Espagnols et des Impériaux, dit Lançois.

Les yeux de la duchesse tombèrent sur un papier plié en forme de lettre qui gisait sur le sol; vive comme un oiseau, elle sauta à terre et ramassa le papier.

Dès la première ligne elle pâlit, ayant peur de comprendre.

— Voilà le billet qu'on a remis au lieutenant? dit-elle à Lançois d'une voix tremblante.

— Je le crois.

— C'est une trahison! fit-elle.

En ce moment William Grant et le père Dominique accouraient pour embrasser Marcel.

La duchesse, du premier coup d'œil, reconnut le gentilhomme qu'elle avait rencontré dans l'antichambre de M. de Louvois.

Elle courut à lui.

— Monsieur, lui dit-elle précipitamment, me reconnaissez-vous?

— Madame la duchesse de Glandèves! s'écria William en s'inclinant.

— Eh bien! monsieur, dans ce moment on assassine Marcel!

A ce cri, le vieux Dominique Vanderkove s'élança vers la duchesse.

— Que dites-vous, madame? s'écria-t-il; je suis son père!

— Je dis qu'il faut le sauver s'il est vivant ou le venger s'il est mort. C'est à Morlanwels qu'il faut courir. A cheval! à cheval! qu'on me suive!

La duchesse prit un pistolet à la ceinture de Lançois, sauta sur sa jument, lâcha les rênes et partit suivie de ses deux laquais.

William, Dominique et Lançois, qui appela deux hommes de la compagnie, s'élancèrent sur des chevaux de dragons attachés à un piquet, et la petite troupe, guidée par la duchesse, franchit les barrières du camp.

Cependant Marcel et Loridan suivaient le Lorrain, qui pressait sa monture sans souffler le moindre mot.

Au bout d'une lieue, Conrad prit un sentier sur la gauche qui coupait à travers champs.

L'approche de la guerre avait fait fuir les habitants; les fermes étaient dévastées; on ne voyait pas un paysan à l'entour.

— Où diable nous mènes-tu? dit Loridan, à qui la mine du Lorrain ne revenait pas.

— C'est une entrevue où il faut de la prudence. La personne qui m'envoie serait désespérée si on venait à la soupçonner, répondit Conrad.

Loridan se tut, mais il s'assura que ses pistolets jouaient bien dans leurs fontes. Ceux que Conrad cachait étaient tout armés. On courut encore une demi-lieue.

Marcel, absorbé par ses pensées, se recueillait en quelque sorte pour la mission qu'il allait accomplir. Le chemin que suivaient les trois cavaliers s'enfonçait dans un petit vallon couvert de bois. A l'extrémité, on voyait un château.

— C'est ici, dit Conrad, en montrant le château du doigt.

Comme ils longeaient un taillis, Loridan entendit un bruit d'arbustes froissés.

Conrad tourna vivement la tête.

— Il y a là quelque sanglier qui quitte sa bauge, dit-il nonchalamment.

Loridan passa la main droite sous les fontes, saisit la crosse d'un pistolet, et, se penchant vers Marcel, lui dit tout bas à l'oreille :

— Prenez garde, mon lieutenant; nous sommes en pays ennemi.

Marcel tressaillit et jeta un regard autour de lui.

Tout à coup le sabot d'un cheval sonna contre un caillou.

— Oh! oh! fit Loridan, voilà un sanglier qui a les pieds ferrés.

Le Lorrain leva brusquement la main et lâcha un coup de pistolet contre le sergent; mais le sergent avait l'œil sur lui; au mouvement du Lorrain, il répondit par un mouvement semblable en se jetant de côté, et les deux coups partirent presque en même temps.

La balle du Lorrain passa derrière la tête du sergent.

— Ah! mon drôle! s'écria Loridan en rendant balle pour balle, c'est comme ça que ça se joue; tu es trop maladroit pour le métier que tu fais !

Le coup du sergent déchira le bras du Lorrain et atteignit son cheval au front. L'animal blessé hennit de douleur, se cabra et partit comme une flèche. Au bout de cent pas, il donna dans un marais dont l'eau était couverte d'herbes; du premier bond il s'enfonça jusqu'au jarret dans la vase; un violent coup d'éperon le fit se redresser; il s'élança, s'embourba jusqu'au poitrail et roula dans l'eau verdâtre.

Un instant on vit les jambes de la bête qui battaient la surface de l'eau dans les convulsions de l'agonie; les mains de Conrad se raidissaient cramponnées à la selle; un élan furieux lui fit soulever la tête au-dessus du lit d'herbes qui l'étouffait. « A moi » criait-il d'une voix haletante; mais le cheval et son cavalier disparurent sous l'eau.

Toute cette scène s'était passée en une minute; au moment où les deux coups de pistolet retentissaient, une troupe de cavaliers parut sur la lisière du bois.

En avant marchait M. de Lude.

Loridan regarda derrière lui; trois ou quatre hommes gardaient le sentier: décidément Marcel et lui étaient cernés.

Il y avait du côté opposé du bois de grands rochers au pied desquels s'offrait un renfoncement.

Marcel y poussa son cheval, et sûr de n'être pas enveloppé, il fit face à l'ennemi.

Loridan était déjà à son côté, l'épée et le pistolet au poing.

M. de Lude rallia sa troupe et s'avança vers le rocher.

Il y avait une douzaine de cavaliers derrière lui rangés en demi-cercle.

Il marchait lentement, comme un homme qui ne craint pas que sa proie lui échappe, l'épée au fourreau, le pistolet dans les fontes, l'œil sur Marcel.

— Hier, c'était votre tour; c'est aujourd'hui le mien, lui cria-t-il. Je prends ma revanche.

— Vous la volez! répondit Marcel, qui s'apprêtait à vendre chèrement sa vie.

— Soit! dit M. de Lude; je ne chicanerai pas sur les termes. Je l'ai, le reste m'importe peu.

Comme il parlait, on entendit le bruit lointain d'un galop rouler comme un tonnerre sur le sentier.

Marcel et M. de Lude regardèrent d'où venait le bruit.

Une troupe de cavaliers arrivait à bride abattue, guidée par une femme sur un cheval blanc.

M. de Lude devina plutôt qu'il ne reconnut madame de Glandèves. Il pâlit et tira son épée.

— A nous ceux-ci! s'écria-t-il en montrant Marcel et Loridan, à vous ceux-là! reprit-il en s'adressant à un soldat balafré qui paraissait le lieutenant de la bande. — Burk, en avant!

Les deux tiers de la troupe suivirent Burk, qui s'élança, le sabre au poing, du côté du sentier. Le reste suivit M. de Lude. Mais Marcel et Loridan leur épargnèrent les trois quarts du chemin.

En les voyant un instant immobiles à l'aspect des cavaliers qui arrivaient ventre à terre, Loridan s'était penché vers Marcel.

— Chargeons ces drôles! lui dit-il.

Marcel avait déjà les éperons aux flancs de sa monture; ils tombèrent comme la foudre sur la bande de M. de Lude au moment où la troupe de Burk et celle de madame de Glandèves se joignaient.

Le choc fut terrible des deux parts.

Burk, qui courait en tête, tenta d'arrêter madame de Glandèves par le bras, alors qu'elle s'élançait du côté de Marcel.

— Eh! dit-il, des yeux comme des diamants et de l'or autour du cou ! Double aubaine !

— Tu m'as touchée, je crois, dit fièrement madame de Glandèves.

Et levant son pistolet à la hauteur du soldat, elle lui fit sauter la cervelle.

Ce coup fut le signal du combat. Vingt détonations le suivirent et les épées se choquèrent.

A la première décharge l'un des laquais fut tué et William démonté.

La supériorité du nombre était du côté des complices de M. de Lude.

Madame de Glandèves, éperdue, se tordait les mains de désespoir.

Là où combattait Marcel, elle ne voyait plus qu'un groupe d'hommes entourés de fumée où luisait l'éclair des épées.

Ses yeux épouvantés se tournaient vers le ciel, lorsqu'au détour du bois elle aperçut une troupe de cavaliers qui s'approchaient au pas.

La duchesse fouetta sa jument et se précipita vers eux.

I V

Le Noyé du Saule

Ceux qui étaient à la tête de cette compagnie étaient vêtus d'habits magnifiques. En une seconde, Herminie fut sur eux. Elle était frémissante de colère et de terreur; le sang de l'homme qu'elle avait tué avait rejailli sur sa robe, et sa main tenait encore le pistolet fumant.

(Liv. 29)

— Il y a là un officier français qu'on assassine, messieurs, leur dit-elle. Amis ou ennemis, si vous êtes gentilshommes vous le sauverez.

Celui qui paraissait le chef de la compagnie fit un signe de la main, un officier partit au galop avec les soldats de l'escorte, et madame de Glandèves le suivit. Il était temps que ce renfort intervint. Loridan, blessé, était couché par terre, la jambe engagée sous son cheval. Marcel, également démonté, se défendait avec le tronçon de son épée, dont la lame était restée dans le corps d'un cavalier; ses habits déchirés en vingt endroits, étaient rouges de sang.

Des deux laquais, l'un était mort, l'autre avait la tête fendue.

William et Lançois, tout sanglants, se débattaient au milieu de plusieurs bandits acharnés contre eux.

Le vieux Dominique gisait sur un soldat qu'il avait tué au moment où ce soldat allait frapper Marcel.

Les deux canonniers, un instant dégagés, achevaient de poignarder deux bandits qu'ils avaient abattus.

Le vieux Dominique était le seul qui fût parvenu à rompre la troupe de Burk; le père était venu mourir auprès du fils.

Les hussards de l'officier entourèrent les combattants et les forcèrent à lâcher prise.

Tous étaient meurtris, et M. de Lude, frappé au front, avait le visage couvert de sang.

A la vue de l'officier qui faisait rentrer les épées au fourreau, il pâlit de rage et jeta la sienne sur l'herbe.

La duchesse de Glandèves s'élança vers Marcel.

— Vivant, dit-elle, vivant, mon Dieu !

Et elle tomba sur ses genoux, les mains tournées vers le ciel.

La prière entr'ouvrait ses lèvres, et deux grosses larmes roulaient sur ses joues.

Marcel la souleva dans ses bras avec un élan amer et passionné.

— Ainsi, dit-il, vous me sauverez toujours. Voici trois fois que je vous dois la vie !

Herminie, brisée par tant de terribles émotions, appuya sa tête contre l'épaule de Marcel, et des larmes dans les yeux :

— Oh! mon Dieu! dit-elle, je voudrais mourir ainsi.

En ce moment, le duc de Castel-Rodrigo — car c'était lui qu'Herminie avait rencontré — arriva sur le lieu du combat.

— Ah ! c'est vous, monsieur. dit-il à M. de Lude, qu'il reconnut malgré le désordre de ses habits et le sang dont il était couvert.

— Moi-même, fit M. de Lude, qui mordait ses lèvres de colère.

— Diable ! monsieur, vous n'avez pas tardé à entrer en campagne, à ce qu'on peut voir, reprit le duc d'un ton de mépris.

— J'imagine, monsieur le duc, reprit le traître hardiment, que vous ne m'avez pas confié ces braves gens pour les conduire à la messe ?

Le duc de Castel-Rodrigo fronça les sourcils.

— Au surplus, ajouta M. de Lude, que la fureur tourmentait, il m'est doux de savoir que nous vivons au temps de la chevalerie. A l'avenir, quand j'aurai un ennemi à combattre, j'aurai gran soin de le prévenir de l'heure et du lieu, comme faisaient les preux de la Table ronde.

— Monsieur sait bien qu'il ment, dit froidement un officier de la suite du duc de Castel-Rodrigo : il n'ignore pas sans doute qu'au temps dont il parle on bâtonnait les déserteurs et on pendait les traîtres.

Cet officier, d'une figure austère et pensive, était le jeune prince d'Orange, qui faisait son apprentissage de la guerre, celui-là même qui devait être un jour Guillaume Ier, roi d'Angleterre.

— Assez, messieurs, s'écria le duc ; j'ai autorisé M. de Lude à se faire accompagner de quelques soldats partout où bon lui semblerait ; mais je n'ai pas, que je sache, abdiqué mes droits de gouverneur de la province. Votre rôle est fini, monsieur, le mien commence. Allez !

M. de Lude se retira lentement. En passant devant madame de Glandèves et Marcel, il leur jeta un regard empreint d'une haine implacable, et rallia ceux de ses gens qui étaient encore debout, puis s'éloigna.

— Monsieur, dit le duc à Marcel, vous êtes libre ; voici des chevaux pour vous et les vôtres ; voici une escorte pour vous protéger. Il n'y a plus ici ni Français ni Espagnols : il n'y a que des gentilshommes.

Marcel venait à peine de remercier le duc, qu'un faible soupir lui fit tourner la tête. Son sang s'était figé dans ses veines ; il regardait partout, craignant de voir. Un moribond à demi couché sur un cadavre étendait vers lui ses bras suppliants.

— Mon père ! s'écria Marcel.

Et il s'élança vers le vieux Dominique.

William et Marcel s'agenouillèrent auprès du fauconnier. Une pâleur mortelle, la pâleur du désespoir, avait effacé sur leur visage l'animation du combat.

— J'ai vécu plus de soixante-dix ans, leur dit Dominique, Dieu me fait la grâce de mourir en soldat : ne pleurez pas.

Marcel ne pleurait pas, mais son visage était effrayant; il soutenait la tête de son pauvre père de ses deux mains et baisait ses cheveux blancs.

— C'est pour moi, mon Dieu! c'est pour moi que vous mourez! disait-il; mais il fallait me laisser tuer! Pauvre Thérèse!...

Ses doigts tremblants écartèrent l'habit qui cachait la blessure; le fer était entré dans la poitrine, d'où sortait encore un filet de sang : la plaie était horrible et profonde.

Les traits de Marcel se contractèrent; le vieillard sourit.

— Tu me parles de Thérèse, fit-il, je te la confie.

En ce moment, les yeux de Marcel rencontrèrent les yeux d'Herminie : il se souvint de la lettre qu'il avait reçue, de la cause qui l'avait conduit à Morlanwels: ses sourcils se froncèrent, et il jeta à la pauvre femme un regard si plein d'amertume, qu'elle cacha sa tête entre ses mains.

Cependant William faisait construire à la hâte un brancard avec des branches; un chirurgien, qui se trouvait dans la suite du gouverneur, posa un premier appareil sur les blessures du vieux Dominique : deux soldats prirent le brancard, et le triste cortège s'achemina vers Charleroi.

Loridan, peu dangereusement blessé, bien que criblé de coups, se tenait passablement à cheval; il se rangea près du brancard.

Madame de Glandèves essuya ses yeux rougis par les larmes et s'approcha de Marcel.

— Marcel, lui dit-elle d'une voix douce et ferme, j'ai encore une grâce à vous demander, non pas pour moi, mais au nom d'un enfant sur qui vous avez juré de veiller.

A ce souvenir Marcel tressaillit.

— Parlez, Herminie, mais hâtez-vous, chaque minute m'est précieuse.

— Il faut que je vous voie, que je vous parle encore au sujet de cet enfant. Le voulez-vous? reprit la duchesse en attachant un regard suppliant sur celui qui l'avait tant aimée.

— Je le dois et je le ferai, dit-il.

— Merci, Marcel. Demain, je vous ferai savoir où nous aurons cette dernière entrevue. Adieu.

Madame de Glandèves détourna la tête pour cacher une larme qui tremblait au bord de sa paupière, poussa sa jument et disparut dans les détours du sentier.

Quelques heures après la rencontre du vallon, le funèbre cortège entrait au camp de Charleroi.

M. de Croisille, prévenu par Lançois, accourut auprès du fauconnier, qui avait aimé et protégé son enfance.

Sous la tente, Thérèse sanglotait; Marcel était désespéré, mais ferme; William allait de Thérèse à Marcel et de Marcel à Thérèse, morne et silencieux; Dominique avait la sérénité d'un vieux soldat qui a toujours vécu en bon chrétien. Il mourait comme d'autres s'endorment.

Dominique Vanderkove reconnut M. de Croisille aussitôt qu'il entra et lui serra la main.

Il ne pouvait déjà plus parler, mais son regard loyal avait encore l'éclat de sa verte vieillesse.

Tandis qu'il retenait M. de Croisille, il fit signe à Marcel d'approcher; ses yeux se tournèrent alors vers le fils du comte d'Armentières avec une expression inquiète et suppliante.

— Je suis son frère, dit M. de Croisille que cette prière muette toucha jusqu'au fond de l'âme.

Dominique porta la main de M. de Croisille à ses lèvres avec tant d'effusion, que l'impassible soldat détourna la tête pour ne pas laisser voir son trouble.

Thérèse s'était agenouillée au pied du lit; le vieux Dominique appela William du regard, et le forçant doucement à s'incliner près d'elle, il étendit ses mains sur leurs deux jeunes têtes.

Le silence était profond.

Loridan, dont Marcel n'avait pas voulu se séparer, étendu sur un matelas dans un coin, tambourinait la marche des canonniers sur ses genoux, pleurait et soliloquait :

— Et dire que c'est ce bon vieux qui a reçu le coup tandis que j'étais là ! murmurait-il à voix basse. Faut-il que j'aie du guignon !

Et l'honnête Loridan se donnait au diable de n'être pas transpercé de part en part.

En ce moment, un pan de toile se souleva et donna passage à M. de Luxembourg. Le duc s'approcha du lit où gisait le vieux fauconnier et lui tendit la main.

— Me reconnaissez-vous, Dominique ? lui dit-il.

Dominique le regarda un instant, et l'on vit un doux sourire briller sur ses lèvres.

— Vous m'avez secouru dans des temps de malheur, reprit le duc, je m'en suis souvenu. Marcel sera un fils pour moi. Je ne lui épargnerai pas les dangers, et si Dieu nous prête vie à tous deux, il arrivera plus loin qu'il n'a jamais rêvé.

Le fauconnier porta la main du gentilhomme à ses lèvres.

En se retirant, le duc pressa fortement la main de Marcel.

— Soyez ferme, lui dit-il ; il vous reste un père.

L'aumônier du bataillon arriva dans la nuit et récita la prière des agonisants. Tout le monde tomba à genoux, et Dominique, les mains jointes, remit son âme à celui qui aime et pardonne.

Le surlendemain, vers midi, un soldat se présenta à la tente de Marcel.

C'était un page à la tournure leste, au regard vif, au sourire espiègle et déterminé.

Malgré ses habits d'homme, Marcel reconnut Marie, la suivante de madame de Glandèves.

— Ma maîtresse vous fait prévenir, dit la cameriste, qu'elle vous attendra ce soir, s'il vous est possible de lui donner un rendez-vous.

— Je suis à ses ordres, répondit Marcel.

— S'il en est ainsi, tenez-vous prêt ce soir, au coucher du soleil.

— Je serai prêt. Où faut-il me rendre ?

— Entre Marchiennes et Landely, à deux lieues d'ici à peu près. Mais ne vous mettez pas en peine, c'est moi qui vous servirai de guide.

— A ce soir donc.

Marie pirouetta sur ses talons et s'éloigna.

Tandis que ces choses se passaient au camp, M. de Lude, plus ardent encore à la vengeance depuis l'intervention inattendue du duc de Castel-Rodrigo, avait dispersé ses hommes et quelques autres que l'appât du gain avait attachés à sa fortune, autour des lignes françaises, en leur recommandant la plus stricte surveillance.

Lui-même, sous les habits d'un maraîcher, s'était aventuré jusqu'aux avant-postes ; il allait et venait à toute heure par les sentiers, infatigable et silencieux comme le loup qui rôde cherchant une proie.

Vers cinq heures, comme il était en observation sur un monticule, d'où l'on pouvait apercevoir le côté du camp qu'habitaient le duc de Glandèves et sa suite, il aperçut Herminie à cheval, suivie d'un laquais, qui se dirigeait vers les barrières.

M. de Lude attendit qu'elle fût à quelques centaines de pas du camp et sautant alors sur un cheval qui était toujours à la portée de sa main, il fit signe à l'un des hommes de le suivre, et se lança à la poursuite de la duchesse,

en ayant soin de mettre la rivière entre eux pour qu'elle ne prît pas garde
à lui.

Madame de Glandèves suivait la route de Marchiennes-au-Pont.

A un quart de lieue de cette petite ville elle prit un chemin sur la droite,
gagna la campagne de Landely et s'arrêta à cent pas des bords de la Sambre,
devant un pavillon de chasse dont un garde lui ouvrit la porte.

M. de Lude, ne la voyant pas sortir, côtoya les bords de la rivière, trouva
un gué, poussa son cheval et traversa la Sambre, ayant tantôt de l'eau jusqu'à
l'éperon, tantôt jusqu'aux hanches.

Après avoir attaché son cheval aux branches d'un vieux saule, il se dirigea
doucement vers le pavillon, en fit le tour, et quand il en eut reconnu les
abords, il reprit au galop la route de Charleroi, laissant son acolyte en sentinelle dans le taillis.

Au coucher du soleil, M. de Lude avait réuni quatre ou cinq de ses gens
et leur avait donné rendez-vous à Landely.

Chacun devait s'y rendre de son côté.

Quant à lui, il se coucha dans un fossé sur le bord de la route qu'avait
suivie madame de Glandèves et attendit.

Cependant, à l'heure convenue, Marcel vit s'avancer Marie, qui gouvernait
d'une main sûre un beau genet d'Espagne.

— Êtes-vous prêt? lui dit le faux page.

Marcel, pour toute réponse, sauta sur un cheval que Lançois tenait par
la bride. Marie lâcha les rênes du genet, et Marcel piqua des deux à sa suite.

Ils n'avaient pas fait un quart de lieue, qu'ils entendirent un cavalier courant à fond de train sur la route.

Marcel se retourna, et, dans le clair-obscur, il reconnut Lançois qui arrivait
sur lui comme la foudre.

— Loridan m'envoie près de vous, lieutenant.

Marcel tendit la main au caporal, et tous trois, penchés sur la croupe des
chevaux, passèrent comme des fantômes.

M. de Lude se dressa, un amer sourire éclaira son visage.

— Si madame de Glandèves me le livre, dit-il, je pourrai bien, au prix de
l'homme, pardonner à la femme.

Il y avait, entre Marchiennes-au-Pont et Charleroi, sur la route la plus
directe de Landely, un régiment de cavalerie dont il était impossible, après le
coucher du soleil, de traverser le bivouac sans avoir le mot d'ordre.

M. de Lude, qui n'ignorait pas cette circonstance, tourna au midi de Charleroi, passa la Sambre un peu au-dessous du camp et se lança dans la campagne du côté de Landely.

Le ciel était pur, et la lune. qui montait à l'horizon, guidait sa marche rapide.

Au bout d'une heure, il vit parmi les arbres, de l'autre côté de la Sambre, qui s'étendait entre les deux rives sombres comme une ceinture d'argent, une lumière qui tremblait.

M. de Lude fouetta son cheval, qui hennit de douleur et bondit sur le sable.

D'autres hennissements lui répondirent sur les deux rives.

— Ils sont là! pensa M. de Lude.

Et penché sur l'encolure du cheval qui mordait son frein, il se mit à chercher le gué sur le rivage.

Il crut le reconnaître à une pierre qu'il avait remarquée dans la soirée, et il se jeta hardiment dans l'eau.

Cependant Marie et Marcel atteignaient le pavillon de Landely.

Le garde les introduisit dans une antichambre où Marie s'arrêta.

Marcel pénétra dans une autre pièce où madame de Glandèves l'attendait. Lançois s'était assis à la porte du pavillon.

Herminie accueillit Marcel avec un pâle et triste sourire.

— Je vous ai fait venir, lui dit-elle, pour vous parler d'un enfant qui n'a plus de père et que sa mère veut vous confier. Il ne faut pas qu'il grandisse seul.

— En vous communiquant la mission dont M. d'Armentières m'a chargé, dit Marcel, je n'ai jamais prétendu vous ravir le droit de voir et d'embrasser votre fils. Ne pouvons-nous veiller ensemble sur lui?

Madame de Glandèves secoua la tête.

— Hier, c'eût été le plus doux de mes désirs; mais ce n'était qu'un rêve! Je me suis éveillée.

La voix de madame de Glandèves était si profondément désespérée, que Marcel lui prit la main.

— Herminie, lui dit-il, oubliez que vous êtes femme pour vous souvenir que vous êtes mère.

— Je ne puis rien oublier, reprit-elle. Vous voulez que nous veillions ensemble sur cet enfant. Hélas! le pouvons-nous? Quand vous le verrez beau comme un ange et souriant entre nous, quel regard aurez-vous pour la mère? Tenez, Marcel, hier j'ai tout compris. Le malheur est sur moi! Comme ces sirènes de la Fable, je suis fatale à tous ceux qui m'approchent! Quand

A trois cents pas du camp, le Lorrain prit son cheval.

M. d'Armentières est mort, j'étais là! Quand le sang de votre père a coulé, j'étais là! Le reproche a lui dans vos regards, le reproche était dans votre cœur, et maintenant, quoi que vous fassiez, l'idée du mal que j'évoque se mêlera toujours à mon souvenir! Et d'ailleurs, l'image d'une autre est dans votre cœur bien plus puissante que la mienne!... N'ai-je point vu, il y a trois jours, votre main ramasser une fleur que cette femme avait laissé tomber, et n'avez-vous pas porté cette fleur à vos lèvres? Oh! vous l'aimez, cette femme!... Son nom, vous l'avez mille fois murmuré!... Elle est jeune... elle est belle... elle est pure!... Un instant, j'ai cru qu'à force d'amour je pourrais lutter contre son souvenir ; c'était une erreur dont le sang répandu m'a tirée... Entre vous et moi, il y a trop de malheurs, il y a votre père... il y a Ludovic!...

Marcel baissa la tête. Chaque parole d'Herminie entrait dans son cœur comme une pointe acérée.

— Vous vous taisez, Marcel, reprit-elle, et je ne me plains pas : vous m'avez accordé votre pardon.

Comme ce dernier mot tombait de ses lèvres, un cri terrible fendit l'air et vint retentir à leurs oreilles. Tous deux tressaillirent; mais ce cri sans nom avait traversé l'espace comme un éclair; tout était redevenu calme et silencieux.

Par un mouvement instinctif. Herminie s'était rapprochée de Marcel.

— Marcel, lui dit-elle en prenant une de ses mains entre les siennes, dites-moi du moins que vous apprendrez à mon fils à m'aimer. Quand il me voit, il sourit ; il a pour moi des caresses divines ; il étend sur mes fautes son innocence comme un manteau ; ses petites mains se suspendent à mon cou, et, quand il m'appelle, il me semble que la bénédiction de Dieu descend sur moi.

Herminie pleurait, le visage appuyé sur la main de Marcel.

— Il vous aimera! il vous aimera! Comment le fils de M. d'Armentières ne pourrait-il pas vous aimer! s'écria Marcel éperdu.

Un autre cri plus horrible encore retentit. C'était un cri funèbre qui semblait ne pas appartenir à la terre; il déchirait l'oreille et glaçait le cœur; l'espace profond l'engloutit, et l'on n'entendit plus rien que le doux murmure du feuillage agité par le vent.

Herminie, épouvantée, se laissa tomber sur les genoux.

— Mon Dieu! fit-elle, est-ce l'âme de Ludovic qui m'appelle?

Marcel sentit un frisson l'envahir; ses cheveux se mouillèrent d'une sueur froide. Il s'élança vers la fenêtre et l'ouvrit. La nuit sereine enveloppait la campagne; la brise chantait entre les rameaux fleuris, et l'on entendait une fauvette qui gazouillait dans son nid.

Une épouvante sans nom retenait Herminie agenouillée à terre; elle avait la pâleur du marbre, sa tête renversée en arrière semblait aspirer l'horreur de ce cri, et ses mains perdues dans son épaisse chevelure en tordaient les boucles flottantes. Marcel, lui, sondait du regard les profondeurs de la nuit; sa main s'était portée à la garde de son épée, et ce soldat qui ne connaissait pas la peur, attendait muet et frémissant.

Un nouveau cri éclata soudain et se prolongea lugubrement sous le ciel étoilé ; c'était tout à la fois une plainte déchirante et une menace formidable, un cri qui figeait le sang.

Madame de Glandèves, folle d'épouvante, se précipita aux genoux de Marcel et s'y cramponna.

Tout à coup la porte s'ouvrit violemment, et Lançois se jeta dans la chambre, l'épée nue au poing.

Marie, effarée, le suivait.

— Entendez-vous, mon lieutenant? dit à voix basse le caporal pâle d'une émotion étrange ; entendez-vous ?

Marcel se dégagea de l'étreinte de madame de Glandèves et tira son épée.

— Venez ! dit-il au caporal.

Et tous deux sortirent du pavillon.

Madame de Glandèves, éperdue et muette, suivit Marcel et Lançois. Dans l'état de frayeur mortelle où son âme était plongée, ce qu'elle craignait avant tout, c'était de demeurer seule. Le paysage était calme et reposé. La campagne, baignée d'une blonde clarté, se perdait dans un horizon placide et vaporeux où rayonnaient seulement quelques lumières immobiles comme des étoiles.

A cent pas du pavillon, la Sambre coulait comme un fleuve d'argent limpide, et l'on n'entendait rien que le clapotis de l'eau qui se brisait au pied des saules.

Il semblait aux deux hommes que les cris s'étaient élevés dans la direction de la rivière.

Ils s'avançaient donc de ce côté, prudemment, l'œil et l'oreille au guet, comme des soldats qui craignent une surprise, lorsqu'un appel rauque, haletant, essoufflé, passa au-dessus de leurs têtes et fit se courber madame de Glandèves.

Un silence lugubre le suivit. Marcel se redressa brusquement.

— C'est le cri d'un homme qui se noie, dit-il.

Et il s'élança vers le rivage.

Lançois arriva sur le sable aussi vite que lui, et tous deux, courbés, cherchèrent le long de la berge en descendant le courant.

Ils n'avaient pas fait cinquante pas qu'ils aperçurent, auprès d'un vieux saule penché sur la rivière, un corps qui flottait doucement à la surface de l'eau. Il y avait des instants où ce corps apparaissait et d'autres où il disparaissait sous les branches du saule, obéissant au remous qui le balançait.

— Le voilà ! dit le caporal Lançois; regardez : ses deux mains sont crispées autour d'une branche !

C'était en effet le cadavre d'un homme cramponné à l'arbre. Les bras, raidis par l'agonie, sortaient de l'eau et le retenaient au milieu des rameaux tremblants.

Marcel s'avança sur le tronc du saule tandis que Lançois entrait dans la rivière; penchés sur le cadavre, dont la tête ballottée par les vagues flottait entre les feuilles, ils le tirèrent ce l'eau; mais les doigts inflexibles étaient scellés à la branche, qu'il fallut rompre pour le pousser à la rive.

Madame de Glandèves attenda t au bord de la Sambre; quand le cadavre fut étendu sur l'herbe aux pâles rayons de la lune, la première elle le reconnut.

— M. de Lude ! fit-elle.

Marcel se jeta à genoux près du mort; c'était bien lui; la face était livide, et les yeux, démesurément ouverts, sortaient ho.s des orbites. Les angoisses d'une horrible agonie avaient bouleversé ses traits, où se réfletait encore l'expression de la haine. Le jeune officier laissa retomber la tête qu'il avait un instant soulevée.

— Le cœur ne bat plus, dit-il. Que Dieu fasse paix à son âme !

M. de Lude. en croyant passer la Sambre à gué, s'était trompé; son cheval, qui n'avait tout d'abord de l'eau que jusqu'au jarret, perdit pied tout à coup; M. de Lude voulut le ramener, mais le courant était rapide en cet endroit; l'ex-officier voulut abandonner l'animal qui s'enfonçait sous lui, et tenta de se sauver à la nage.

Il y aurait peut-être réussi si le cheval, en se débattant, ne l'eût frappé d'un coup de pied à la tête, ce qui fit perdre à M. de Lude la moitié de ses forces.

Ce fut alors qu'il poussa son premier et formidable cri.

Un de ses hommes, caché dans un fourré sur la rive opposée, se glissa vers la berge pour aller à son secours, mais il tomba dès son premier élan dans un endroit tout rempli d'herbes, où il faillit rester.

Comme il s'en dégageait, il entendit du bruit dans le pavillon; la peur le prit, et il se jeta sous un taillis.

Cependant M. de Lude luttait contre le courant avec l'énergie du désespoir; ses forces s'épuisaient rapidement, parfois sa bouche s'emplissait d'eau, la respiration lui manquait; quand, par un effort suprême, il avait assêz de force pour soulever sa poitrine, il jetait un de ces cris qui glaçaient d'effroi madame de Glandèves.

Enfin il put atteindre le vieux saule miné par les flots, ses doigts s'attachèrent autour d'une branche comme des liens de fer; il voulut se hausser sur le tronc, mais la branche plia, un cri d'horreur jaillit de ses lèvres bleuies, et il disparut sous l'eau.

Quand Marcel se fut assuré de la mort de M. de Lude, il appela le garde et lui confia le cadavre du noyé, puis il reprit avec madame de Glandèves et Lançois le chemin du pavillon.

En ce moment, on entendit au loin le galop précipité de plusieurs chevaux; c'étaient les gens de M. de Lude qui, se voyant privés de leur chef, regagnaient leurs cantonnements.

Quelques instants après, madame de Glandèves se trouvait seule avec Marcel.

La mort imprévue et terrible de M. de Lude avait encore augmenté la tristesse profonde et l'amer découragement dont elle se sentait frappée.

La désolation était dans son âme; elle avait assisté à l'agonie de M. d'Armentières, elle venait de voir le cadavre de M. de Lude, et elle avait devant elle Marcel, pâle et morne, qui portait dans son cœur le deuil de son père.

Elle comprit que l'heure de la séparation avait sonné, et appelant à son aide tout ce qui lui restait de force, elle tira de sa poche un petit paquet cacheté.

— Voici, dit-elle à Marcel, les papiers concernant le fils de M. d'Armentières; quand il sera en âge de choisir une carrière, il pourra le faire en gentilhomme. A ces papiers j'ai joint une lettre qui vous donne tout droit sur lui.

— Mais vous, Herminie? dit Marcel.

— Moi? je l'embrasserai; c'est la seule grâce que je vous demande.

En achevant ces mots, madame de Glandèves se leva. Toute espérance était bannie de son cœur. Elle s'approcha de Marcel, la pâleur d'une morte sur le front, un sourire navrant aux lèvres, et lui tendit la main.

Marcel, sans lui répondre, la prit entre les siennes.

— Ainsi, reprit-elle, je serai votre amie, rien de plus, rien de moins, une amie absente à laquelle vous penserez quelquefois sans amertume?

— Une amie dont je ferai bénir le nom par les lèvres d'un enfant, répondit Marcel.

Le visage d'Herminie rayonna d'une joie pure. Elle attira vers elle la tête de Marcel et l'embrassa chastement comme une sœur embrasse son frère.

— Voilà une parole que j'emporte dans mon cœur, dit-elle, et qui me consolera quand je serai seule. Adieu, mon ami, puissiez-vous trouver quelque

jour le bonheur que j'aurais voulu vous donner !... Une autre sera plus heureuse ; vous penserez à moi dans votre joie et je prierai pour vous deux dans
ma tristesse. C'est une nouvelle vie que je commence ; je la commence avec le
repentir.

Marcel retint quelques minutes Herminie sur son cœur ; puis, sentant les
larmes le gagner, il s'arracha de ses bras, colla une dernière fois ses lèvres au
front de la pauvre désolée, et s'élança hors de l'appartement.

Un instant après, il s'éloignait avec le caporal Lançois.

Au premier coude que faisait le chemin, Marcel se retourna ; sur la porte
du pavillon, une femme, qu'on reconnaissait à sa robe blanche, était
agenouillée, les bras tendus vers lui ; au milieu du silence de la nuit, il entendit
comme le bruit d'un sanglot qu'on cherchait à retenir.

Marcel frissonna dans tout son être, et piquant son cheval de ses deux
éperons à la fois, il se précipita sur la route de Charleroi.

V

La Mission

Deux jours après, le camp était levé, et le quatre juin, le siège fut mis
devant Tournai.

Thérèse et Léonore étaient restées à Charleroi, où M. de Langenay venait
de tomber malade ; son grand âge, les fatigues de la guerre, ses blessures, tout
inspirait de graves inquiétudes sur son état.

Au milieu du tumulte d'une ville remplie de troupes, il était à craindre que
le vieil officier ne reçût pas tous les soins que réclamait sa position ; il fut décidé
qu'on se dirigerait sur Paris à petites journées ; là du moins on aurait tous les
secours de la science.

Depuis sa disgrâce, le duc de Glandèves avait reçu l'ordre de résider
dans la ville d'Arras. Herminie s'y retira, sa présence étant nécessaire au
moment des réceptions officielles.

On sait que les deux époux vivaient en grands seigneurs qui n'ont de
rapport ensemble que pour les choses qui tiennent à leur situation dans le
monde.

L'armée était devant Tournai.

Les opérations du siège commencèrent activement et la place fut investie le jour même.

Les efforts de l'artillerie furent tournés contre un fort qui commandait la place du côté du midi.

Les assiégés répondaient par un feu incessant aux attaques de l'armée française, et cherchaient à troubler ses opérations par de fréquentes sorties.

Mais la présence du roi augmentait l'ardeur des troupes, et on prévoyait déjà l'instant où la ville serait forcée de battre la chamade.

Pour en précipiter le moment, il s'agissait de miner un bastion dont la chute, en ouvrant une brèche, contraindrait le gouverneur de Tournai à parlementer.

C'était un coup de main où il y avait de grands dangers à courir, et qui demandait des hommes déterminés.

Marcel, qui cherchait l'occasion de se signaler, s'offrit de bonne volonté.

— C'est bien, lui dit M. de Croisille, choisis tes hommes ; si tu réussis, tu en reviendras capitaine.

Vers le soir, à la tombée de la nuit, Marcel, accompagné de Loridan, de Lançois et de quelques sapeurs, sortit du chemin couvert et s'approcha de la place en rampant.

Les premières sentinelles qui l'aperçurent tirèrent sur lui ; sans leur donner le temps de recharger leurs armes, il se mit à courir jusqu'aux abords du fossé, où, dissimulé dans un pli de terrain, il attendit le moment propice pour le franchir.

Marcel s'était muni d'un sac d'étoupe qu'il avait coiffé d'un chapeau.

Au moment où les Espagnols allongeaient leurs fusils par-dessus le rempart, il jeta cette espèce de mannequin dans le fossé.

Il faisait sombre déjà, et tous les soldats, trompés, firent feu à l'exception de deux ou trois.

Marcel sauta sur le champ ; ceux qui n'avaient pas tiré lâchèrent leurs coups ; mais le jeune lieutenant était déjà parvenu de l'autre côté et s'était logé derrière un éboulement sans autre accident qu'une balle perdue dans ses habits.

Les gens de Marcel attendaient son signal pour descendre.

Quant à lui, sûr de n'être pas inquiété, il mit tout de suite la sape au rempart et travailla avec une telle ardeur, qu'en moins de deux heures il eut pratiqué une excavation où deux hommes pouvaient tenir.

Les Espagnols lui tiraient sans relâche des coups de feu, mais les balles s'aplatissaient contre la pierre ou rebondissaient derrière lui ; trois ou quatre d'entre eux avaient tenté de joindre le mineur en passant par-dessus le rempart ; mais Loridan et Lançois avaient tué les deux premiers ; un autre, atteint à la cuisse, était tombé dans le fossé, où il s'était cassé les reins ; le quatrième avait été frappé par Marcel lui-même au moment où il mettait le pied sur le sol.

Après ces tentatives infructueuses, les Espagnols restèrent prudemment derrière le mur.

Marcel siffla doucement.

A ce signal dont ils étaient convenus d'avance, Loridan et Lançois accoururent au bord du fossé.

L'un arrêta l'autre.

— Eh ! l'ami, je suis sergent ! dit Loridan.

— C'est vrai ! répliqua Lançois.

Loridan sauta dans le fossé et joignit Marcel au milieu de la mousquetade.

Tous deux poussèrent si vigoureusement l'ouvrage qu'il fallut donner bientôt un second coup de sifflet.

Cette fois ce fut Lançois qui se présenta.

Les assiégés jetèrent des pots-à-feu dans le fossé ; mais le caporal, leste comme un chat, avait déjà disparu sous la sape.

Les coups de sifflet se succédaient rapidement ; le mur était percé ; les mineurs étaient toujours à leur poste, sauf un seul qui avait été tué d'un éclat de grenade.

Cet accident avait déterminé Loridan à élever en arrière de la sape un épaulement en terre qui les mettait à l'abri.

— Nous voilà comme des taupes, dit-il de cet air tranquille qui ne l'abandonnait jamais ; creusons.

Vers le matin, ils entendirent un bruit sourd comme celui d'un travail souterrain.

Marcel fit arrêter tout le monde et colla son oreille aux parois de la mine.

— Très bien, dit-il ; on sape en avant.

— Mine et contre-mine ! fit Loridan ; creusons.

On creusa si bien, que vers midi on entendit très distinctement les coups de pioche qui frappaient la terre. Des deux côtés on travaillait avec une égale ardeur.

— Alerte ! mes enfants, reprit le sergent ; après la pelle ce sera le tour des pistolets.

Au bout d'une heure, Marcel reconnut à la sonorité des coups qu'on n'était plus séparé que par deux pieds de terre.

— Cachez-vous tous! dit-il en étendant la main vers les mineurs.

— Eh! mon lieutenant! tous, excepté moi, s'écria Loridan.

— Toi le premier! reprit l'officier d'un air qui ne souffrait pas de réplique.

Loridan obéit.

— A présent, camarades, laissez là les outils et apprêtez les armes. D'un coup de pioche je vais jeter bas ce pan de muraille; aussitôt que les Espagnols nous verront, ils feront feu.

— C'est-à-dire que vous attraperez tout! murmura Loridan d'un air jaloux.

— Oui, tout ou rien, répondit Marcel en souriant, et il continua : Vous ne vous lèverez qu'après avoir essuyé leur feu, mais alors levez-vous tous ensemble et sautez sur eux. Attention maintenant.

Marcel prit une pioche à deux mains, la plus lourde, et frappa.

Au troisième coup, la terre s'ébranla, une large brèche s'ouvrit, et l'on vit les Espagnols qui abaissaient leurs mousquets.

— Feu! cria l'officier qui les commandait.

Mais au commandement de l'officier, Marcel s'était jeté à plat ventre; toute la décharge passa par-dessus sa tête. Au milieu de la poussière et de l'obscurité, les ennemis n'avaient rien vu.

— Debout! s'écria Marcel d'une voix tonnante.

Et il s'élança le premier, suivi par Loridan, Lançois et le reste des mineurs.

Les Espagnols, surpris, furent tués sur place ou désarmés. Ils étaient dix dans la chambrée. Au dernier coup de pistolet il n'en restait que trois debout.

Marcel s'empressa de faire murer l'ouverture avec des pierr et des décombres; il chargea la mine, attacha le pétard, déroula la mèche et donna l'ordre à Loridan de ramener sa petite troupe.

Quand elle eut repassé le fossé, Marcel mit le feu à la mèche et il s'éloigna, mais pas avant d'avoir vu le soufre et la poudre pétiller.

Loridan était resté sur le revers du fossé, sans prendre garde aux coups de fusil que les fuyards tiraient sur lui en quittant le rempart.

— Eh! du diable! cria-t-il du plus loin qu'il vit Marcel, ne pourriez-vous marcher plus vite?

— Et toi, dit Marcel, ne pourrais-tu partir plus vivement?

Tous deux s'éloignèrent rapidement, mais au bout de cent pas, Marcel sentit le sol trembler sous ses pieds.

— A terre ! cria-t-il à Loridan.

Et le saisissant par le bras, il le força de se coucher près de lui dans un pli du terrain.

Une épouvantable détonation retentit aussitôt; un nuage de poudre obscurcit le jour, et mille éclats de pierre tombèrent autour d'eux.

Quand ils se relevèrent, vingt toises du mur étaient à bas; le fossé était comblé par les débris et une large brèche ouverte au flanc du bastion.

La garnison avait décampé.

Un corps de soldats que M. de Croisille tenait en réserve, s'élança aussitôt que la mine eut joué, et s'installa sans coup férir dans le fort, où le drapeau blanc fut arboré.

M. de Luxembourg se porta en avant, suivi de ses officiers.

Comme il passait, il rencontra Marcel qui courait vers le rempart, ses habits en désordre et tout couvert de terre.

— Ah! c'est vous, Vanderkove, fit M. de Luxembourg; connaissez-vous le nom du soldat qui a mis le feu à la mèche?

— Eh ! s'écria Loridan, ce soldat est un officier.

— Ah !

— Et cet officier est mon lieutenant.

M. de Luxembourg tendit la main à Marcel.

— Ce sont de ces actions qui ne m'étonnent pas, venant de vous : j'en parlerai ce soir à Sa Majesté, lui dit-il.

Le gouverneur de Tournai, voyant la ville démantelée, envoya un parlementaire au camp, la capitulation fut signée, et la ville ouvrit ses portes.

Ce premier succès excita la joie de l'armée, qui ne parlait de rien moins que d'aller d'emblée jusqu'à Bruxelles.

Vers le soir, et comme la ville retentissait de chants, une ordonnance prévint Marcel que M. de Luxembourg l'attendait à son quartier.

Le jeune officier s'y rendit et trouva le général sous sa tente.

— Vanderkove, lui dit-il, quand ils furent seuls, Sa Majesté à qui j'ai rendu compte de votre belle conduite, m'a permis de vous promettre le grade de capitaine. Votre brevet est à la signature.

Marcel remercia son généreux protecteur et regretta dans le fond de son âme que son père ne fût plus là pour jouir de cette fortune.

— Mais, reprit M. de Luxembourg, ce n'est pas le général qui vous parle, c'est l'ami. Celui-ci, Marcel, a une fois encore besoin de vos services et de votre dévouement.

— Parlez, monseigneur, et quand vous m'aurez dit ce qu'il faut que je fasse, je vous remercierai pour m'avoir choisi.

— Un homme en qui j'avais mis toute ma confiance, continua le général, vient de me trahir. Tu t'en souviens peut-être pour lui avoir parlé à la Bassée, il y a dix ans.

— Bartholomée ! s'écria Marcel.

— Lui-même. Il est en pourparlers pour vendre, moyennant une somme de cent mille livres, des papiers qu'il a entre les mains, et que je lui avais laissés croyant à son honnêteté. Si ces papiers ne comprommettaient que moi ou le prince de Condé, je ne m'en inquiéterais pas. Le roi, dans sa souveraine miséricorde, a bien voulu tout oublier. Mais ils peuvent porter un grave préjudice à des gens qui n'ont point été soupçonnés ; que dis-je, ils peuvent les perdre, si ces papiers tombent au pouvoir de M. de Louvois.

— Que faut-il faire ?

— Il faut partir pour Paris.

— Quitter l'armée ! s'écria Marcel indécis.

— Tu perdras quinze jours que tu regagneras en une semaine, répliqua M. de Luxembourg, qui s'animait en parlant. Et, d'ailleurs, je ne sais que toi à qui je puisse confier cette misson.

— J'irai.

— Tu t'arrêteras à Chantilly, où l'intendant de M. le prince de Condé te remettra cent mille livres en or sur cet avis que voici. Tu te rendras ensuite chez Bartholomée, qui demeure du côté de Palaiseau, dans une maison que je lui ai donnée.

— Ah ! fit Marcel avec dégoût.

— La maison est à droite, à cent pas de la route, avant d'entrer au village, reprit M. de Luxembourg. Tout le monde te l'indiquera. Bartholomée ne se doute pas encore que je suis instruit de sa perfidie. Tous les papiers sont chez lui, dans une certaine armoire que je connais bien, qui est creusée dans le mur, et dans laquelle je me suis caché plus d'une fois au temps de la Fronde. Un homme qui est employé auprès de M. de Louvois a eu connaissance de ce marché, il s'est souvenu qu'il me devait tout et il m'a prévenu.

— Ce sont ces papiers-là que vous voulez ?

— Par ruse ou par force, il faut que tu les aies.

— Oh ! c'est un vieillard ! fit Marcel.

— Eh ! morbleu ! s'écria M. de Luxembourg, les vieux loups ont les plus longues dents! D'ailleurs, il ne s'agit pas de le tuer. Tu paies le prix de la trahison et tu prends les papiers, qu'il se taise ou qu'il crie! Sais-tu qu'il y va de la vie de vingt personnes?

— C'est bien! J'aurai ces papiers.

— Ainsi, tu partiras demain.

— Je partirai cette nuit.

— Va, et que Dieu te conduise! Une première fois tu m'as peut-être sauvé la vie; une seconde fois tu me sauveras l'honneur. Que ferai-je pour toi, Marcel?

— Vous me ferez voir une bataille.

VI

La Chasse aux Papiers

Une heure après, Marcel partit accompagné de Loridan, qui, sous aucun prétexte, n'avait voulu se séparer de son officier.

Afin que l'absence de Marcel ne fût pas interprétée d'une manière défavorable, il avait été, en apparence, chargé d'une mission pour M. de Louvois.

Arrivé à Chantilly, Marcel se rendit chez l'intendant du prince, qui lui compta la somme convenue; puis il poussa vers Paris, où il descendit chez le digne Tartarin, qui pensa s'évanouir de joie en le revoyant.

Le lendemain, il se dirigea sur Palaiseau.

Parvenu à cinq minutes du village, il arrêta un bouvier qui passait sur la route.

— Eh! l'ami, pourrais-tu m'indiquer la demeure de M. Bartholomée? lui dit-il.

— Vous la voyez là-bas, entre ces vieux ormes; c'est la maison qui a des volets verts et des tuiles rouges. Le jardin est à lui et la prairie aussi. Oh! il a du bien, M. Bartholomée; on dit dans le pays qu'il va s'arrondir encore.

— Eh! mais, c'est justement pour l'aider à s'arrondir que je me rends chez lui! dit Marcel en souriant.

— Allez donc, et vous serez le bienvenu.

Ils entendirent un cavalier sur la route. Marcel se retourna.

Marcel poussa du côté de la maison avec Loridan, qu'il laissa devant la porte avec les deux chevaux, et entra dans le jardin.

— M. Bartholomée? dit-il à un petit garçon qui grappillait parmi les groseillers.

Le petit garçon, qui était maigre, pâle et chétif, regarda Marcel d'un air futé.

— De quelle part venez-vous, monsieur ?

— De la mienne, répondit Marcel.

Le petit garçon salua avec beaucoup de politesse.

— C'est très bien, monsieur ; mais M. Bartholomée, étant fort occupé, ne saurait vous recevoir à présent. Il faudrait revenir.

— Allons, pensa Marcel, c'est un siège à faire.

Et il reprit :

— Ne pourriez-vous pas dire à M. Bartholomée qu'il s'agit d'une affaire importante ?

— Pour qui, monsieur ? dit l'enfant d'un air simple qui cachait une grande malice.

— Eh ! mais pour lui, sans doute ! s'écria Marcel.

— Pardonnez-moi, monsieur, reprit l'enfant d'un petit ton patelin, mais c'est qu'en général les personnes qu'on ne connaît pas, ont toujours pour entrer chez les gens de belles affaires à traiter.

Marcel eut quelque envie de saisir le petit drôle par le cou et de le bâillonner : mais il y avait du monde sur la route, il ne connaissait pas les êtres de la maison ; ce n'était pas le moment d'employer la violence.

— Allons, répliqua-t-il de l'air d'un homme qui se décide à parler, puisque tu veux tout savoir, prends ce louis pour toi, et cours dire à M. Bartholomée qu'il s'agit de cent mille livres à recevoir.

A la vue de l'or, les yeux du petit garçon étincelèrent. Il agrippa la pièce et pria Marcel de le suivre.

— Fourbe, mais avide ! pensa Marcel : un vice corrige l'autre.

L'enfant laissa Marcel dans une salle du rez-de-chaussée, grimpa l'escalier qui conduisait à l'étage supérieur avec la souplesse d'un chat, et redescendit deux minutes après.

— Suivez-moi, monsieur, dit-il à Marcel, M. Bartholomée est là-haut qui vous attend.

Le petit garçon introduisit Marcel dans une pièce carrée où, d'un coup d'œil, le fils du fauconnier chercha la fameuse armoire dont lui avait parlé M. de Luxembourg. Elle était dans un coin, sous une tapisserie qui aurait dissimulé sa présence à un homme moins bien renseigné.

M. Bartholomée regarda Marcel avec l'expression d'un chat qui guette une souris.

— Vous avez une somme d'argent à me remettre, avez-vous dit, monsieur ? ou bien ce jeune enfant, dont il faut excuser la simplicité, s'est-il trompé en me rapportant vos paroles ? dit-il à Marcel.

— Cet enfant vous a dit la vérité, monsieur Bartholomée, répondit Marcel, et je suis prêt à vous compter les cent mille livres qu'on m'a confiées.

— Fort bien, monsieur, c'est une somme que je recevrai quand vous m'aurez dit pourquoi elle m'est envoyée.

Marcel ne se méprit pas à l'expression du regard que lui jeta M. Bartholomée.

L'enfant rôdait autour d'eux ; c'était un témoin incommode au cas où il faudrait employer la menace. Marcel résolut de s'en débarrasser.

— C'est ce que je vais vous dire tout à l'heure ; permettez-moi seulement d'aller chercher l'argent, reprit Marcel.

Et il sortit.

Ce qu'il avait prévu arriva. L'enfant le suivit.

— Loridan, dit tout bas Marcel au sergent, tandis que je débouche cette valise, approche-toi de ce méchant drôle et bâillonne-le lestement.

Fely — c'était le nom de l'enfant — regardait de tous ses yeux la valise où il devait y avoir de si beaux louis d'or ; Loridan attacha la bride du cheval à une branche et s'approcha de Fely ; mais l'enfant, qui l'aperçut du coin de l'œil, fit deux pas en arrière.

— Eh ! fit Marcel en laissant tomber quelques pièces d'or, voilà l'argent qui m'échappe ! Viens par ici, mon petit, ramasse ces louis ; si tu me les rapportes là-haut, il y en aura deux pour toi.

Et Marcel, chargeant la valise sur ses épaules, s'éloigna.

L'enfant se jeta sur l'herbe, où l'or étincelait ; Loridan sauta sur lui, le saisit par le cou et noua un mouchoir autour de sa bouche.

Fely n'eut pas même le temps de pousser un soupir, mais il eut assez de présence d'esprit pour glisser quatre ou cinq pièces d'or dans sa poche.

Marcel, qui avait tout vu, remonta vivement chez M. Bartholomée.

— Voilà ! dit-il en posant la valise sur la table.

— Et Fely ? demanda M. Bartholomée, dont les yeux s'étaient écarquillés au bruit argentin de la valise.

— Oh ! fit l'officier d'un air tranquille, il tient mon cheval par la bride.

La fenêtre de la pièce où se tenait M. Bartholomée s'ouvrait sur une partie écartée du jardin ; il n'avait rien pu voir et n'eut aucun soupçon.

— Çà, entendons-nous, dit-il en poussant son fauteuil vers la table : vous êtes venu pour me compter cent mille livres, c'est très bien, et je ne demande pas mieux que de les recevoir, mais encore faut-il que je sache d'où provient cette somme.

Marcel comprit qu'il fallait jouer le tout pour le tout.

— C'est un échange, répondit-il hardiment.

— Ah! fit le vieillard en attachant sur lui ses petits yeux perçants.

— Argent contre papiers.

— Ah! ah!

— L'argent est ici et les papiers sont là, reprit Marcel en désignant la place où était l'armoire.

— Très bien. Je prends les louis et vous donne les papiers. Est-ce cela?

— Précisément.

— Mais, mon cher monsieur, vous me direz bien encore de quelle part vous venez?

— Eh! parbleu! vous le savez bien.

— Je ne sais rien du tout.

— Allons donc! Vous êtes aussi instruit que moi.

— Sans doute. Cependant je ne serais pas fâché d'en avoir l'assurance.

— Eh! soyez satisfait. Je suis envoyé par le ministre.

— M. de Louvois?

— Lui-même.

— Alors vous avez bien une lettre, quelque papier avec sa signature?

— Une commission, n'est ce pas? fit Marcel sans sourciller.

— Justement.

Marcel venait de prendre son parti résolument; tandis que M. Bartholomée parlait, la main du lieutenant s'était glissée sous sa casaque.

— Ma commission, reprit-il, la voici!

Et il leva un pistolet à la hauteur du visage de M. Bartholomée.

— Si vous dites un mot, si vous faites le moindre geste, vous êtes mort, ajouta l'officier.

Mais M. Bartholomée n'avait garde de crier: glacé d'effroi, il tremblait dans son fauteuil.

— Bien! fit Marcel; voilà que vous comprenez. Je savais bien que nous finirions par nous entendre. Que vouliez-vous? cent mille livres, les voici. Que me faut-il? des papiers. Je les prends; nous sommes quittes.

— Mais c'est un assassinat, murmura M. Bartholomée d'une voix étouffée par la peur.

— Ah! monsieur, que vous voyez mal les choses! C'est une restitution, une pauvre petite restitution.

— Ah! mon Dieu! que va dire le ministre? reprit tout bas M. Bartholomée, qui suivait avec terreur les mouvements de Marcel.

— Eh ! mon cher monsieur, vous lui direz que vous avez terminé l'affaire avec un autre plus pressé. Voilà tout.

Tout en parlant, Marcel avait fait sauter les serrures de l'armoire et s'était emparé d'une liasse de papiers enfermée dans une cassette. Il y jeta un rapide coup d'œil ; c'étaient des lettres jaunies par le temps et des listes chargées de noms sur lesquelles on voyait les signatures de M. de Bouteville et du prince de Condé.

— Voilà qui est fait, reprit Marcel. Vous avez la somme, j'ai la marchandise. Adieu, mon bon monsieur Bartholomée.

Et saluant le pauvre homme, il sortit en ayant soin de fermer la porte sur lui.

— Loridan, à cheval ! fit Marcel aussitôt qu'il fut dans le jardin, et au galop !

Le sergent avait déjà le pied à l'étrier ; ils partirent ventre à terre.

Cependant Fely était parvenu à se débarrasser de ses liens, ce qui n'avait pas été difficile dès qu'il n'avait plus été sous la surveillance de Loridan. Son premier soin fut de courir vers son maître et de le délivrer.

M. Bartholomée, qui redoutait la colère de M. de Louvois, ordonna d'abord à Fely de se mettre à la poursuite du ravisseur. Il avait l'argent, il n'aurait pas été fâché de ravoir les papiers.

Fely, muni d'un mot qui racontait succinctement les faits, sauta sur un cheval et se précipita à fond de train sur les traces des deux cavaliers.

Fely était Corse, et partant vindicatif quoique enfant.

Les chevaux de Marcel et du sergent avaient fourni le matin même une assez bonne traite ; ils ne s'étaient pas reposés, tandis que celui de Fely était frais.

Marcel et Loridan avaient leurs éperons ; Fely avait sa haine. Aux barrières de Paris, il les atteignit.

Le petit Corse les suivit de loin et les vit entrer dans la maison de l'honnête Tartarin.

Quand la porte se fut refermée sur eux, Fely courut en un lieu où il était sûr de trouver des gens de la maréchaussée.

M. Tartarin accueillit Marcel avec le sourire qui lui était habituel.

— Je vous ai fait préparer un petit déjeuner dont vous me direz des nouvelles, lui dit-il en se frottant les mains.

— C'est à merveille ; mais avant de le goûter, je vous serais fort obligé, mon cher monsieur Tartarin, de vouloir bien me rendre un service.

— Deux, s'il le faut.

(LIV. 33)

— Un seul suffit.

— Lequel ?

— Celui de m'allumer un bon feu dans ma chambre.

M. Tartarin regarda Marcel d'un air tout ébahi.

— Seriez-vous malade, par hasard ?

— Point.

— C'est que du feu au mois de juin...

— Faites toujours, mon cher hôte; le feu ne sert pas seulement à réchauffer, il brûle.

M. Tartarin ne comprit pas grand'chose à la réponse de Marcel; mais en homme qui a l'habitude d'obéir, il disparut.

Aussitôt que les fagots furent embrasés, Marcel monta dans la chambre, brisa l'enveloppe des papiers et se mit en devoir de les détruire.

En ce moment, un grand tumulte éclata dans l'escalier, on entendit la voix de M. Tartarin qui discutait et celle de Fely qui criait.

Marcel sauta vers la porte et poussa les verrous.

Les papiers en masse étaient dans le feu.

Au milieu du bruit que faisaient en discutant le petit Corse, M. Tartarin et l'exempt, Marcel s'approcha de la fenêtre qui donnait sur le jardin.

Celle de la salle basse, où Loridan était resté, s'ouvrait précisément au-dessous.

— Eh ! sergent? fit Marcel à voix basse.

Loridan sauta dans le jardin.

— La maréchaussée est ici... Glisse-toi hors de la maison et tiens-toi prêt à fuir.

— Venez-vous ?

— Non; on frappe à la porte et les papiers ne sont pas encore consumés.

— Alors, je reste.

— A ton aise; mais quand nous serons en prison tous les deux, lequel de nous sauvera l'autre ?

— Bien. Je pars.

— Va, et raconte à M. de Luxembourg ce que tu as vu.

On frappait à la porte à coups redoublés. Marcel regarda du côté de la cheminée; les papiers étaient aux trois quarts brûlés. Il poussa du pied ce qui restait dans l'âtre.

— Au nom du roi, ouvrez ! dit une voix à l'extérieur.

— Ce serait plus court d'enfoncer la porte, dit la petite voix flûtée de l'enfant.

Trois coups de crosse vigoureusement appliqués lui répondirent; le bois craqua, et l'enfant, sûr que le ravisseur ne pourrait pas s'échapper de ce côté-là, courut vers le jardin.

La porte vola en éclats, et l'exempt se précipita dans la chambre.

Marcel, à genoux devant la cheminée, chassait les débris des papiers au milieu des flammes.

Fely montra tout à coup son visage au seuil de la pièce; d'un bond il sauta près du foyer, écarta Marcel et chercha entre les chenets. Un nuage de cendres étincelantes s'éparpilla sur le visage de l'enfant.

Fely se releva.

— Monsieur, dit-il à l'exempt, en jetant un regard de vipère sur Marcel, voici l'homme qui a volé les papiers à mon maître.

— Eh! petit, repartit Marcel, il ne faut pas mentir, ce n'est pas bien à votre âge : j'ai acheté ce qui était à vendre.

— Des papiers qui étaient destinés à M. de Louvois ! répliqua l'enfant qui avait légèrement pâli.

Ce nom redoutable, dont Fely avait déjà exploité l'influence, produisit de nouveau son effet.

— Marchons, monsieur, dit l'exempt.

Le galop d'un cheval retentit dans la rue d'Enfer.

Marcel sourit et se tourna vers l'exempt.

— Où me conduisez-vous, monsieur ? dit-il.

— A la Bastille !

VII

L'Amour de deux Femmes

Loridan ne fit qu'une traite de Paris à Douai, où l'armée s'était transportée. M. de Luxembourg avait poussé du côté de la Belgique par le Limbourg. M. de Croisille fut la première personne à laquelle Loridan put apprendre ce qui était arrivé à Marcel.

— Cours chez l'Irlandais, lui dit M. de Croisille, moi je vais aller trouver M. de Luxembourg.

M. de Croisille avait songé à M. de Luxembourg ; William songea à madame de Glandèves. L'un connaissait l'honneur du gentilhomme, l'autre avait mis à l'épreuve le cœur de la femme.

Deux heures après, M. de Croisille partait pour le Limbourg, et William pour Arras.

Au nom de William Grant, madame de Glandèves donna ordre d'introduire le jeune Irlandais auprès d'elle.

La duchesse se tenait dans un oratoire où pénétrait un jour mystérieux ; elle était vêtue d'une longue robe sans ornement qui cachait son cou et ses bras.

Son visage avait les teintes mates de l'ivoire, et deux cernes bleuâtres estompaient ses paupières alanguies.

Un pâle sourire entr'ouvrit ses lèvres à la vue de William.

— Qui vous amène ? dit-elle ; allez-vous me donner la joie de pouvoir vous être utile à quelque chose ?

— Non, pas à moi, mais à un autre, madame.

— Parlez ! reprit la duchesse, qui avait le nom de Marcel sur les lèvres et n'osait le prononcer.

— Marcel est arrêté.

— Arrêté ! dites-vous ? s'écria madame de Glandèves en attachant ses regards effarés sur William.

William lui raconta les circonstances qui avaient précédé et accompagné cette arrestation.

Madame de Glandèves l'écoutait les mains jointes.

Quand elle apprit que Marcel avait été conduit à la Bastille, elle frissonna.

— C'est un lieu terrible, dit-elle ; les uns en sortent pour perdre la vie, d'autres y restent pour mourir.

— Il faut l'en tirer, madame, et l'en tirer vivant.

— Certes, je m'y emploierai de toutes mes forces, mais suis-je bien sûre de réussir ?

— Vous, madame ? mais vous l'avez sauvé de la mort, déjà. Vous le sauverez bien de la prison.

Madame de Glandèves secoua la tête.

— J'étais puissante alors, et ce n'était qu'un soldat jugé comme déserteur, dit-elle ; j'ai perdu mon crédit, et c'est maintenant un officier et un criminel d'État.

— Lui ! fit William épouvanté.

— Oh! vous ne savez pas, vous, ce que c'est que la cour et comme on y
transforme les innocents en coupables. Vous ne savez pas quel homme c'est
que ce M. de Louvois : farouche, violent, impérieux, il hait qui le blesse, et ce
n'est pas lui pardonnera jamais à Marcel.

— Qu'il ne lui pardonne pas, soit, mais qu'il lui rende la liberté! Il n'osera
pas vous la refuser, à vous.

— Non, peut-être, si j'étais encore ce qu'on m'a vue, jeune, belle et puissante. Regardez-moi, reprit la duchesse en souriant tristement à son image
réfléchie dans une glace, et dites-moi si je suis celle que vous avez connue il
y a trois mois ! J'ai quitté la cour, je n'ai plus rien demandé, d'autres sont
venues, et je suis oubliée... Oh! ne dites pas non, on oublie vite autour
du roi !

— Que faire alors, que faire? s'écria William.

— Tout tenter et prier Dieu. J'irai trouver M. de Louvois, je lui parlerai
et ne le quitterai qu'après avoir tout épuisé. Pour si triste et si abattue que je
sois, je me souviens toujours que je suis duchesse de Glandèves.

À cet élan d'une âme fière jusque dans sa détresse, William sentit luire en
son cœur un rayon d'espérance.

— Vous le sauverez! s'écria-t-il.

— Oh ! reprit-elle, j'irai jusqu'au roi s'il le faut avant de le laisser périr.
Mais, tenez, je serais bien plus sûre de sa vie si quelque femme en crédit à la
cour s'intéressait à son sort.

— Une femme? dit William.

— Oui, reprit Herminie; si les femmes ne peuvent pas grand'chose sur
l'esprit de M. de Louvois, elles peuvent tout sur l'esprit du roi. M. de
Luxembourg est compromis, son crédit n'est pas encore assis... Il ne nous
sera d'aucun secours... ni M. de Condé non plus... Une femme ferait plus que
tous deux ensemble.

— Mais vous, madame, vous?... s'écria William.

— Oh! moi, je suis disgraciée... mon mari n'est plus rien, et l'on ne sait
même plus son nom.

— Après vous, madame, répondit William, je ne connais que madame de
Langenay.

— Madame de Langenay! répéta Herminie en tressaillant dans toutes les
fibres de son être.

— Elle-même, qui a été l'amie de Marcel et la protectrice de sa sœur.

Madame de Glandèves avait incliné son front sur sa belle main. Après une
minute de silence, elle reprit :

(LIV. 34)

— Eh bien ! il faut que madame de Langenay aille elle-même trouver le roi, il le faut !

Le nom de madame de Langenay semblait déchirer les lèvres de madame de Glandèves ; elle était fort pâle et parlait avec une émotion extraordinaire.

— Madame de Langenay est à Compiègne, auprès de son mari, auquel son état de souffrance n'a pas permis de se rendre jusqu'à Paris, dit William ; c'est du moins ce que me mande une jeune personne attachée à madame la marquise.

— En allant à Paris pour voir M. de Louvois, dit la duchesse, je passerai par Compiègne et verrai d'abord madame de Langenay.

Madame de Glandèves se leva après ces mots et congédia William.

Au moment où le gentilhomme irlandais se retirait, elle lui prit la main et la lui serra fortement.

— Comptez sur moi, quoi qu'il arrive, dit-elle.

Au récit que M. de Croisille lui fit de l'arrestation de Marcel, M. de Luxembourg manifesta une grande douleur.

— Je ne sais pas encore si je puis beaucoup, dit le duc au colonel, mais croyez que tout ce que je pourrai est sûrement acquis à Marcel. Je verrai le prince de Condé et m'entendrai avec lui sur cette affaire. Le plus triste est que M. de Louvois me hait. Mon nom est une bien mauvaise recommandation auprès du ministre.

— Et le roi ?

— Le roi attend : il ne m'a pas encore éprouvé. Si je ne jouais que mon épée et mon rang, je n'hésiterais pas une minute ; mais j'exposerais Marcel au ressentiment de M. de Louvois sans avoir la certitude de pouvoir l'en garantir. Il n'est encore que prisonnier ; ne nous hâtons pas trop, de peur qu'on ne le traite en criminel. Mais, je vous l'ai dit, comptez sur moi. Je ferai mon devoir.

Madame de Glandèves ne perdit pas de temps et partit dans la nuit pour Paris. A son passage à Compiègne, le lendemain, elle se fit indiquer la demeure de madame de Langenay et s'y rendit.

Madame de Langenay quitta son mari pour la recevoir. Elle semblait fatiguée par de longues veilles et souffrante d'un mal secret. Herminie se prit à la considérer un instant, cherchant à dominer son émotion.

Au nom de madame de Glandèves, Léonore avait étouffé un cri de surprise. Toutes deux se connaissaient sans s'être jamais parlé ; l'une avait lu dans le cœur de Marcel, l'autre avait su comment et dans quelles circonstances était mort M. d'Armentières.

— Que désirez-vous de moi, madame ? dit Léonore, dont l'esprit ferme et honnête avait su tout d'abord commander à son trouble.

— Madame, répondit Herminie, un malheureux accident a frappé une personne pour laquelle vous avez des sentiments d'amitié : Marcel a été arrêté.

Madame de Langenay pâlit à ces mots.

— Il a été arrêté par ordre de M. de Louvois et conduit à la Bastille, continua la duchesse.

Madame de Langenay appuya la main sur son cœur et chancela. Le froid de la mort l'avait saisie. Mais madame de Glandèves était devant elle.

Léonore se raidit contre le mal.

— Je ne cherche pas à dissimuler la douleur que me cause cette nouvelle, vous le voyez, madame, dit-elle. M. Marcel Vanderkove était un ami d'enfance ; mais quelque part que je prenne à son infortune, que puis-je faire pour lui ?

— Il est en prison, la mort le menace, et vous demandez ce que vous pouvez faire pour lui !... s'écria la duchesse avec explosion.

Léonore regarda madame de Glandèves et attendit.

— Mais vous pouvez le sauver ! reprit Herminie.

— Moi, madame ? et comment le pourrais-je ? Parlez, et si l'honneur me le permet, je suis prête.

— Vous avez été présentée au roi... n'est-ce pas ? continua madame de Glandèves rapidement.

— Je l'ai été au camp de Charleroi par M. de Langenay.

— Sa Majesté a pour M. le marquis une estime toute particulière, dit-on.

— Sa Majesté a bien voulu lui en donner l'assurance en lui remettant le gouvernement d'une place considérable.

— Eh bien ! madame, la vie de Marcel est entre les mains du roi, lui seul peut le soustraire au ressentiment de M. de Louvois. Courez à Lille, et obtenez de Sa Majesté qu'elle intervienne entre Marcel et le ministre.

Léonore sentit son cœur se briser. Elle voyait la grâce de Marcel suspendue à sa décision et restait muette.

— Il est à la Bastille ! Qu'attendez-vous, madame ? dit Herminie.

— M. de Langenay est ici... répondit Léonore d'une voix mourante.

— Mais c'est de Marcel qu'il s'agit ! Comprenez-vous ? Quoi ! tant de malheur sur sa tête et tant d'indifférence dans votre cœur !

Léonore leva vers le ciel ses yeux remplis de larmes.

— Il vous aime et vous hésitez ! reprit Herminie.

— C'est parce qu'il m'aime que j'hésite ! s'écria Léonore en relevant la tête : il faut que je reste digne de cet amour. Lui-même me repousserait si je quittais cette maison où l'honneur me retient. Si j'étais libre, je serais près de lui ; mariée, je dois rester où est M. de Langenay.

— Voilà donc comme vous l'aimez ! ô mon Dieu ! s'écria Herminie, les mains tendues vers le ciel et le regard étincelant ; s'il m'avait aimée comme il vous aime, j'aurais tout oublié, moi, tout !

— Chacun agit suivant sa conscience, dit Léonore ; Dieu nous voit, et Dieu nous juge.

— Oh ! vous ne l'avez jamais aimé.

— Je ne l'ai pas aimé ! s'écria Léonore, qui se tordait les mains de désespoir ; mais savez-vous que depuis mon enfance mon cœur n'a pas eu un battement qui ne soit à lui, que sa pensée est tout à la fois ma consolation et mon tourment, que je n'existe que par son souvenir, que je l'aime si profondément, que je ne voudrais pas lui apporter une vie où l'ombre d'une faute eût passé, une âme que le souffle du mal eût ternie ; que je veux rester forte et pure pour qu'il se souvienne de moi. Je ne l'aime pas, dites-vous ? Mais laquelle de nous l'aime le plus ? Si c'était la volonté de Dieu que je fusse à lui, ma main s'unirait à la sienne sans trouble et sans remords ; il lirait dans ma vie comme dans une eau limpide... Vous dites que je ne l'aime pas ! il a aimé et j'ai souffert ; il a oublié et je me suis tuée !... Je vis dans ma maison comme dans un cloître... Je prie et je pleure... Je suis dans le monde comme si le monde n'existait pas... Ma vie s'écoule entre Dieu que j'invoque et un malade que je console... Je n'ai ni joie, ni repos, ni contentement !... Je me suis fait du mariage un tombeau, et vous dites que je ne l'aime pas ! Comment l'aimez-vous donc, vous, madame ?...

Jamais Léonore n'avait parlé avec cette exaltation ; Herminie la regardait avec surprise et se sentait touchée jusqu'aux larmes à l'aspect de ce visage où se réflétaient tous les tourments et tous les sacrifices d'une âme un instant dévoilée.

Herminie tomba sur ses genoux :

— Vous l'aimez ! oh ! oui, vous l'aimez, mon Dieu ! Que suis-je auprès de vous ?

Quand Léonore retourna auprès de M. de Langenay, elle était d'une pâleur extrême ; ses yeux gardaient encore les traces de ses larmes.

Le malade lui prit la main.

— Vous pleurez, Léonore, lui dit-il.

Léonore s'efforça de sourire, mais sa volonté était à bout ; elle laissa tomber sa tête sur sa poitrine e versa des larmes abondantes.

Bien, fit Marcel, voilà que vous me comprenez.

M. de Langenay laissa passer les premiers sanglots sans l'interrompre; puis, quand Léonore fut un peu calmée, il reprit :

— Que vous est-il arrivé, mon enfant? N'êtes-vous pas ma compagne, une compagne que je chéris comme une fille? Parlez, Léonore.

— Oh ! vous êtes secourable et bon ! s'écria madame de Langenay, qui se pencha sur la main de son mari et la baisa pieusement.

— Je suis vieux, voilà tout, reprit M. de Langenay avec un doux sourire : les passions n'ont plus guère le pouvoir de m'agiter, et je sais d'ailleurs qu'il ne peut rien sortir que d'honnête de votre cœur. Confiez-moi ce que vous avez.

— Oh ! dit Léonore d'une voix tremblante, c'est une triste chose : un jeune homme, qui a été le compagnon de mon enfance, le fils de cet honnête Dominique Vanderkove que vous avez vu à Lille, le frère de Thérèse, a été arrêté et conduit à la Bastille... On dit qu'un danger le menace.

— Que pouvons-nous pour lui ?

— On dit que je puis tout, continua Léonore ; on m'a demandé de supplier Sa Majesté et que c'était un sûr moyen d'obtenir la grâce de Marcel.

— Pourquoi n'êtes-vous point partie ?

— Oh ! monsieur ! vous êtes mon mari, et vous souffrez !... Il y a des choses impossibles...

— Vous êtes une sainte et digne femme, murmura M. de Langenay en posant sa main sur le front incliné de Léonore ; me pardonnerez-vous un jour de vous avoir ravi le bonheur qui vous était dû ?

Léonore releva ses paupières gonflées de larmes et regarda son mari avec une touchante expression de reconnaissance.

— Pourquoi me parlez-vous ainsi ? dit-elle ; n'avez-vous pas été plein de tendresse pour moi et ne m'avez-vous pas aimée et protégée ?

M. de Langenay sourit tristement.

— J'étais près de la maison de Dominique Vanderkove, un soir qu'un jeune homme se mourait de désespoir entre deux jeunes femmes qui pleuraient. L'une avait le costume d'une villageoise, l'autre portait un voile de mariée.

A ces mots, Léonore effarée tomba à genoux ; elle cacha son visage dans les plis du drap.

— Pardonnez-moi, monsieur ! pardonnez-moi ! fit-elle d'une voix brisée.

— Et qu'ai-je à vous pardonner, pauvre femme ! Oui, j'ai bien souffert, mais vous avez souffert encore plus. Si votre main était à moi, votre cœur était à un autre !... Et cependant ne vous êtes-vous pas dévouée à consoler ma vieillesse ? ne vous ai-je pas toujours trouvée près de moi, tendre, affectueuse et charitable ?... Si j'ai eu des tourments, c'est parce que je vous savais malheureuse ; si vous m'avez vu triste, c'est parce que j'avais brisé vos espérances et flétri vos joies ! Vous êtes demeurée sainte et pure comme vous vous êtes donnée ; qu'ai-je donc à vous pardonner ?

Léonore, agenouillée auprès du lit, pleurait sur les mains tremblantes de

M. de Langenay. Elle était sans voix pour répondre, mais la bonté du vieillard la remplissait à la fois de reconnaissance et d'affliction.

— Relevez-vous, Léonore, lui dit M. de Langenay... Encore un peu de courage, de résignation, et je veillerai sur vous du haut du ciel... Vous serez libre.

— Oh! monsieur! fit Léonore avec un accent navré.

— Laissez s'accomplir la volonté de Dieu, pauvre affligée; il n'y a point d'amertume dans mes paroles, reprit le vieil officier, il y a une sainte consolation pour moi. Vous serez heureuse; il faut que la jeunesse aille à la jeunesse. Relevez-vous, Léonore, je n'ai plus qu'à vous bénir.

Tandis que ces choses se passaient à Compiègne, madame de Glandèves poussait droit vers Paris. Elle ne descendit de voiture que pour monter chez M. de Louvois. Aux premiers mots qu'elle lui toucha de l'affaire qui l'avait amenée près de lui, le ministre l'interrompit.

— M. Marcel Vanderkove vous doit la vie une fois déjà... Il ne vous devra pas davantage.

Madame de Glandèves laissa échapper un geste suppliant.

— Oh! reprit M. de Louvois, la fermeté est une des servitudes de ma profession : je n'oublie rien. Le nouveau crime du lieutenant Vanderkove n'est pas de ceux pour lesquels on décapite un homme, mais il est suffisant pour qu'on en retienne dix en prison leur vie durant. Il est à la Bastille, il y restera.

VIII

M. de Louvois

Après les formalités d'usage qui précédaient l'incarcération d'un prisonnier à la Bastille, Marcel avait été conduit dans une chambre qui avait vue sur le faubourg Saint-Antoine. Il entendit pousser les verrous et se trouva seul.

Quand vint la nuit, la plus profonde obscurité l'enveloppa; c'est à peine s'il reconnaissait, à la pâle lueur qui s'en échappait, l'endroit où se trouvait la fenêtre. Elle était étroite et garnie de solides barreaux.

Tout en bas, à une portée de mousquet, les petites maisons du faubourg

Saint-Antoine éparpillaient leurs toits, où l'on voyait, au milieu des ténèbres, briller çà et là d'immobiles clartés. Marcel s'approcha de la fenêtre et regarda ce coin de la ville d'où montait encore un peu de cette rumeur qui flotte incessamment sur la grande cité.

L'une des lumières disparut, puis une autre, puis une autre encore. On n'en distinguait plus que quelques-unes qui rayonnaient comme des étoiles tombées du ciel.

Tandis que Marcel les contemplait, une indéfinissable émotion pénétrait dans son cœur ; il lui semblait que ces lumières étaient l'image de ceux qu'il avait connus.

Une de ces radieuses étincelles, tout à coup disparue, lui rappelait M. d'Armentières tué au cœur de la vie ; une clarté rougeâtre, qui s'évanouit brusquement dans la nuit, lui fit se souvenir de M. de Lude et de l'heure funèbre qui avait sonné sa mort ; plus loin encore, une douce et tremblante lumière, lentement éclipsée derrière un épais rideau, lui fit songer à son père, dont la vie avait été si honnête et la mort si loyale.

A mesure que ces pensées l'envahissaient, Marcel sentait son âme s'emplir d'une mélancolie profonde, qui n'était pas sans douceur et sans charme.

Il avait eu sa part de souffrances et de joies : il avait aimé, il avait pleuré ; des lèvres adorées avaient murmuré son nom gardé comme un trésor au fond d'un cœur ; il savait ce que la vie compte d'heures d'ivresse et de jours de larmes ; il pouvait partir.

Les yeux de Marcel ne quittaient pas les ultimes clartés qui brillaient comme des diamants épars sur du velours noir ; il en était venu à s'imaginer, tant la nuit et la solitude apportent de rêverie au cœur de l'homme, qu'elles étaient l'image de sa vie, ainsi que de celle de Léonore et d'Herminie.

Une lumière large, mais voilée, qui allait s'affaiblissant d'heure en heure, lui semblait symboliser ce qui lui restait d'existence ; madame de Glandèves était représentée par une étincelle ardente, qui projetait un jet de flamme ; madame de Langenay revivait à ses yeux dans une lueur blanche, pure et scintillante comme une goutte de rosée.

— Si l'une de ces étoiles vient à disparaître, se disait Marcel, c'est qu'Herminie ou Léonore, l'une des deux doit quitter cette terre ; si la mienne s'efface, c'est que je dois mourir.

Il en était là de ses réflexions lorsqu'il entendit tirer les verrous de sa prison ; la porte s'ouvrit, la clarté rougeâtre d'une torche inonda sa chambre, et Marcel vit le lieutenant de la Bastille, que précédait un guichetier et que suivaient trois ou quatre soldats.

— Monsieur, lui dit l'officier, j'ai ordre de vous emmener en la chambre du conseil, où vous attend M. le gouverneur.

— Je vous suis, répondit Marcel.

Son escorte prit un long corridor, au bout duquel elle descendit un escalier qui conduisait dans la cour intérieure de la Bastille. Elle la traversa, passa sous un porche, monta un autre escalier et s'arrêta devant une salle voûtée qui dépendait du logement militaire du gouverneur.

Le gouverneur se tenait debout près d'un personnage inconnu à Marcel, mais qui devait être tout-puissant si l'on en jugeait par la manière respectueuse avec laquelle le gouverneur lui parlait.

Quand Marcel fut introduit, ce personnage se tourna vers lui. Au portrait qu'on lui en avait fait à l'armée, Marcel reconnut M. de Louvois.

Le redoutable ministre attacha sur le jeune officier un regard perçant comme s'il eût voulu lire jusqu'au fond de son âme. Marcel attendit la tête haute et le regard ferme.

— Approchez, monsieur, lui dit le ministre.

Marcel fit un pas en avant.

— C'est bien vous qui êtes allé ce matin chez un nommé Bartholomée? reprit M. de Louvois.

— C'est moi.

— Vous lui avez enlevé des papiers qui m'étaient destinés?

— J'ai payé des papiers qui étaient à vendre.

— Mais ces papiers, je les avais achetés.

— En pareille affaire, la chose appartient à celui qui se présente le premier.

— Eh! monsieur, vous avez de l'audace, dit le ministre avec ironie; mais je saurai bien tirer de vous ce que je veux.

— C'est selon ce que vous voudrez.

Il y eut un instant de silence pendant lequel les deux interlocuteurs s'examinèrent.

M. de Louvois l'interrompit le premier.

— Vous avez brûlé ces papiers, monsieur?

— Oui, monseigneur.

— Tous?

— Tous.

— Avez-vous pris connaissance de leur contenu?

— Non, monseigneur.

— Mais vous vous doutiez de ce qu'ils pouvaient contenir, puisque vous vous êtes si fort empressé de les faire disparaître ?

— Je pouvais supposer qu'ils avaient quelque importance, à voir la hâte qu'on mettait à me poursuivre.

— Et vous ne vous trompiez pas.

— J'en suis aise.

— Monsieur !...

— Je suis sans crainte, j'ai fait mon devoir.

— Un devoir qui vous mène à la Bastille.

— C'est un lieu comme un autre.

— On n'en sort que pour le tombeau...

— Je n'y puis rien changer.

— Un mot peut vous en tirer.

— Un seul, monsigneur ?

— Un seul. Vous voyez que je mets à votre liberté une bien légère condition.

— Eh ! monseigneur, il y a des mots qui valent des têtes.

— Prenez garde aussi que le silence n'engage la vôtre !

— A votre aise, monseigneur !

— Monsieur !...

La colère gagnait M. de Louvois ; à tout instant la fougue irascible de son caractère se faisait jour. Quand à Marcel, il ne perdait rien de sa tranquillité calme et fière, et parfois même ironique.

— Brisons là ! reprit le ministre ; il s'agit de savoir si vous voulez sauver votre tête, oui ou non.

— Elle est donc vraiment menacée, monseigneur ?

— Plus peut-être que vous ne le pensez.

— Et tout cela parce que j'ai payé cent mille livres des papiers que je n'ai pas lus. Du sang pour de l'encre, vous êtes prodigue, monseigneur.

— Enfin, je vous l'ai dit, monsieur, un mot peut vous sauver, un seul...

— Et lequel ?

— Le nom de la personne pour qui vous avez enlevé ces papiers ?

Marcel ne répondit pas.

— M'avez-vous entendu, monsieur ? s'écria le ministre.

— Parfaitement.

— Eh bien ?...

— Vous connaissez le proverbe, monseigneur : « Il n'est pire sourd qui ne veut pas entendre. »

— Assez, monsieur.

— Je né demande pas mieux.

— Quittez cette ironie et répondez-moi catégoriquement. Pour qui avez-vous agi ?

— C'est une réponse qu'il n'est pas en mon pouvoir de faire.

— Réfléchissez.

— Si je vous disais que je les ai pris pour moi et par l'effet seul de ma propre volonté, me croiriez-vous ?

— Jamais.

— C'est qu'apparemment alors je suis dans votre pensée le mandataire d'une personne qui a mis en moi sa confiance. Parler serait une lâcheté que vous ne sauriez me proposer sérieusement ; vous voyez donc bien, monseigneur, que je dois me taire.

— C'est votre dernier mot ?

— Vous en êtes tout autant convaincu que moi, monseigneur.

— Je pourrais le croire, monsieur, si nous n'avions ici des instruments merveilleux pour arracher des paroles aux plus décidés à se taire.

— Essayez ! fit Marcel.

Et il se croisa les bras sur la poitrine.

M. de Louvois le regarda un instant sans parler, puis se leva. Sur un signe de sa main, l'officier qui avait amené Marcel le reconduisit dans sa prison.

Quand ils furent seuls, le gouverneur de la Bastille s'approcha de M. de Louvois.

— Tenez, monseigneur, lui dit-il, je me connais en physionomies. Voilà un jeune homme que nous ne réussirons pas à faire parler. Il mourra, voilà tout.

— C'est dommage, dit le ministre, qu'il appartienne à M. de Luxembourg. Sans cette fâcheuse circonstance, on aurait pu chercher à en faire quelque chose.

— Quoi ! monseigneur, vous savez..

— Je sais tout : Tandis que vous l'i.   .iez ici, un courrier m'est arrivé de Flandre ; j'ai appris que, la nuit même du départ du lieutenant Vanderkove, le jeune officier avait eu une conférence avec M. de Luxembourg ; on m'a conté les détails d'une scène qui s'est passée au camp de Charleroi, à propos d'un capitaine qui avait encouru la peine de mort ; j'ai tout compris : le soldat a été l'instrument du général.

— Oserai-je demander à Votre Excellence ce qu'elle compte faire?

— Rien.

— La question devient donc inutile?

— Tout à fait.

— Et le prisonnier peut être mis en liberté?

— Non pas! Je l'oublie...

Le gouverneur comprit la terrible signification de ces deux mots, qui condamnaient Marcel à une détention perpétuelle.

— Il faut bien qu'on sache, reprit le ministre en se levant, que par moi on peut tout, que sans moi on ne peut rien.

— Permettez-moi d'espérer. monseigneur, qu'un jour vous m'autoriserez à reprendre cet entretien au sujet de notre prisonnier; il est si jeune...

— Bon! de la pitié, fit M. de Louvois. Soit! je vous ajourne à vingt ans!

A peine Marcel eut-il été réintégré dans sa prison, qu'il courut à la fenêtre. Au loin, dans les ténèbres de la nuit, les trois étoiles rayonnaient toujours d'un pur et doux éclat. Marcel s'endormit calme et souriant; une mystérieuse espérance était dans son cœur.

La journée du lendemain se passa sans qu'un nouvel incident vint déranger le prisonnier de ses méditations.

Vers le soir, à l'heure du dîner, un guichetier glissa un papier dans sa main et s'éloigna, un doigt sur la bouche.

Marcel ouvrit le papier et n'y trouva que ces mots : *Une amie veille sur vous.*

Au premier coup d'œil il reconnut l'écriture d'Herminie.

— Pauvre femme! dit-il entre deux soupirs, elle se souvient, et c'est à Léonore que je pense!

Un jour, Léonore dit tout bas à l'oreille de Marcel quelques mots
qui firent tressaillir le soldat.

•

IX

La Fin couronne l'Œuvre

Tandis que ces choses se passaient à Paris, madame de Langenay prodiguait à son mari les soins les plus tendres; sa figure était devenue blanche comme la cire; ses mains semblaient transparentes ainsi que l'albâtre.

Quand venait le soir, Thérèse l'accompagnait dans sa chambre, qui était attenante à celle du marquis.

— Mon Dieu, vous vous tuez, lui disait la pauvre fille en l'embrassant.

— Laisse, répondait tristement Léonore, c'est pour moi le repos qui vient.

Une nuit, la troisième depuis le passage de madame de Glandèves, M. de Langenay appela Léonore.

Léonore était déjà au chevet de son lit.

— Vous souffrez? lui dit-elle.

— Non, je finis.

Léonore ouvrait la bouche pour parler, M. de Langenay l'arrêta d'un geste.

— Je vous ai fait venir, reprit-il, pour que vous receviez mes adieux et mes dernières volontés. Je vous ai toujours aimée comme un père aime son enfant; vous m'avez rendu cette affection autant qu'il était en vous; vous avez été honnête, pieuse et résignée; vous n'avez pas eu une mauvaise pensée : Dieu vous doit une récompense. Voici, ajouta-t-il, un pli que vous remettrez au roi après ma mort... Maintenant, Léonore, approchez-vous, et que j'appelle la bénédiction du ciel sur vous.

Léonore s'agenouilla près du lit; elle avait bien compris à l'air de M. de Langenay que quelque chose d'étrange et de mystérieux se passait en lui.

M. de Langenay posa ses deux mains sur le front de la jeune femme et pria. Au bout d'un instant, ses mains s'appesantirent et se glacèrent.

Léonore les écarta doucement et regarda son mari. Le vieux capitaine venait de rendre son âme à Dieu.

Madame de Langenay le baisa au front, et, fermant les paupières du mort, elle alla s'agenouiller devant l'image du Christ et passa toute la nuit en prières.

Après qu'elle eut rendu les derniers devoirs à la dépouille de son mari, elle commanda une voiture et des chevaux de poste.

Thérèse ne l'avait jamais vue si prompte et si résolue.

— Est-ce à Paris que nous allons, madame ? lui dit-elle.

— Non. Le roi est en Flandre, c'est en Flandre que je vais. Je puis maintenant tout braver, mon dévouement appartient à Marcel, je le lui accorde tout entier.

Tandis que Léonore courait sur la route de Lille, madame de Glandèves allait et retournait de la Bastille chez M. de Louvois, morne, désespérée. Cette fois, la fière et vaillante Espagnole se sentait vaincue.

Un jour où elle était seule dans son oratoire, elle vit entrer madame de Langenay. Oubliant à la fois et son amour abandonné et sa dévorante jalousie, elle courut vers sa rivale et lui prit les mains.

— Sauvé, n'est-ce pas ? dit-elle.

Léonore secoua la tête. Herminie laissa tomber ses bras.

— Quoi ! madame ! le roi lui-même...

— Le roi m'a dit d'aller attendre à Paris ; j'ai obéi.

— Perdu ! mon Dieu ! perdu ! s'écria Herminie.

— Non, pas encore ! Tant que je vis, j'espère !

Herminie, étonnée de ce langage ferme et résolu, se prit à regarder Léonore.

— Oh ! continua la marquise, je ne suis plus la femme que vous avez vue à Compiègne. Je puis l'aimer sans crainte, à présent, et tout risquer pour le sauver. J'y jouerai ma fortune et ma vie, s'il le faut.

— Vous ignorez ce qu'est M. de Louvois ! dit madame de Glandèves, que le désespoir rongeait.

— Vous ne savez pas ce que c'est qu'une femme qui veut, dit Léonore avec une puissante conviction.

— M. de Louvois est cruel, fit la duchesse.

— Il le hait, moi je l'aime, fit la marquise. Nous verrons !

Herminie étouffa un soupir.

— Essayez, madame ! tout ce que je pourrai faire pour vous aider, je le ferai.

Léonore lui ayant demandé où en étaient les choses depuis le jour de l'emprisonnement, Herminie lui raconta tout ce qu'elle savait et tout ce qu'elle avait tenté.

Elles étaient encore ensemble quand un laquais vint avertir la duchesse qu'un gentilhomme insistait pour être introduit auprès d'elle.

— Son nom ? fit-elle.

— William Grant.

— Qu'il entre tout de suite ! s'écria Léonore.

— Oh ! nous apportez-vous le malheur ou le bonheur ? demanda vivement madame de Glandèves à William aussitôt qu'il fut introduit.

— La grâce de Marcel, madame, dit-il en remettant un pli à la marquise.

— Et qui l'a obtenue ? fit Léonore.

— M. de Langenay.

— M. de Langenay ! répéta Léonore avec surprise.

— M. de Langenay, qui a fait Marcel l'héritier de son nom.

— Libres tous deux et ils s'aiment, qu'ils soient heureux ! fit mentalement et avec résignation Herminie, plus pâle qu'une morte. Adieu ! dit-elle à Léonore ; soyez bénie, madame, vous qui l'avez sauvé !

— Dieu vous garde sa part de bénédiction, madame ; sans vous, j'ignorais tout.

— Oh ! merci de ce souhait !

— Il est plus que sur mes lèvres, il est dans mon cœur.

— Allez, madame, interrompit Herminie d'une voix éteinte ; il vous aime, soyez heureuse. Je prierai pour vous deux.

Léonore et William coururent à la Bastille. Marcel se jeta dans leurs bras.

— Sauvé ! sauvé ! fit la marquise en surmontant son émotion.

Madame de Glandèves, brisée par la souffrance, était tombée à genoux sur son prie-dieu ; elle priait, les mains jointes. Son visage était trempé de larmes ; les sanglots déchiraient sa poitrine, et ses mains amaigries se crispaient sur son cœur plein d'une indicible douleur.

— Mon Dieu ! disait-elle, je vous ai offert ma vie comme une expiation, j'ai voulu boire jusqu'à la dernière goutte le calice amer que vous m'avez présenté, afin que mes péchés me fussent remis... J'ai prié, j'ai pleuré, j'ai souffert, et cependant, mon Dieu, je l'aime toujours !

O vous, mère divine du Christ, qui êtes tendre et miséricordieuse, vous à qui la douleur a enseigné la bonté, vous qui êtes secourable aux affligés, vous prendrez ma misère en pitié...

Cet amour que je lui ai voué est maintenant pur de toute mauvaise pensée... C'est un asile dans lequel je me réfugie... C'est une autre vie dans ma vie... Voyez, mère de Dieu, j'assiste aux funérailles de mon cœur; je suis pleine d'angoisse, et mon âme crie vers vous dans cette solitude où je pleure. Qu'il soit heureux, sainte mère du Christ, et qu'elle soit heureuse, lui comme elle, elle comme lui, unis tous deux dans ma prière; elle est pure et radieuse comme l'un de vos anges, je suis une pauvre pécheresse qui ai marqué mes jours par mes fautes... Je n'ai plus d'espérance qu'en vous!... Il m'a pardonné sur la terre, me pardonnerez-vous dans le ciel ?

Je souffre, mon Dieu, je souffre! Tout mon courage s'en est allé par les blessures de mon cœur... Je me sens mourir chaque jour; la vie est pour moi comme un désert... De tout ce que j'aimais, il ne me reste rien... ni lui ni mon enfant... Vierge divine et chaste mère, n'est-ce point assez d'un si dur châtiment? Faites au moins que le bonheur lui sourie... écartez de son chemin toutes peines et donnez-les-moi... que j'en meure et qu'il vive... Je baise les pieds saignants de votre fils crucifié, et les couvre de mes larmes; mon cœur est brisé... Miséricorde sur moi, mon Dieu !

Madame de Glandèves, anéantie et folle de douleur, se traîna vers une console et sonna Marie.

— Ma voiture, dit-elle à sa cameriste sitôt qu'elle parut.

Marie obéit à l'injonction de sa maitresse, puis revint un instant après l'avertir que sa voiture l'attendait.

— Où faut-il conduire madame la duchesse? demanda le cocher.

— Aux Carmélites ! répondit Herminie.

ÉPILOGUE

———

Quinze mois s'étaient écoulés depuis les derniers événements; Marcel et Léonore étaient unis.

Les doux ombrages de Merville avaient vu les plus beaux jours que les deux amants eussent encore vécu. C'étaient sans cesse de longues promenades dans les bois, de silencieuses rêveries au bord des eaux murmurantes de la Lys, de charmants entretiens le soir dans les prés.

On ne pouvait rencontrer l'un deux qu'on n'aperçût immédiatement l'autre. Ils avaient toujours à se dire mille choses qu'ils s'étaient dites mille fois.

Le matin les trouvait ensemble, assistant, les mains unies, au réveil du jour; le soir les retrouvait encore, errant côte à côte le long des mêmes bords de la Lys. Les semaines s'écoulaient comme des heures.

Quant à Thérèse et William, ils se demandaient si les heures avaient des ailes.

Le bonheur de Léonore était grave, elle avait beaucoup souffert; le bonheur de Thérèse était gai, elle avait toujours espéré.

La joie de l'une lui mettait des larmes dans les yeux; la joie de l'autre lui mettait le rire aux lèvres : c'étaient deux caractères différents et deux âmes jumelles.

Un jour, Léonore se suspendit en rougissant au cou de Marcel et lui d
tout bas à l'oreille quelques mots qui firent tressaillir le soldat. Marcel la
prit dans ses bras et bénit Dieu, en déposant un baiser sur le front de sa
femme.

A quelque distance de Marcel et de Léonore, un petit garçon courait par
les champs. C'était un bel enfant, fier et souriant; ses yeux étaient humides
et doux, ses joues fraîches et brunies par le soleil, sa bouche rouge comme
une cerise, ses cheveux plus fins que la soie. Les deux jeunes époux le
regardaient marcher d'un pas ferme et résolu, s'arrêtant parfois pour cueillir
une marguerite, ou prenant sa course comme un chevreuil; sa taille souple et
délicate se ployait comme un jonc; il bondissait parmi les herbes et franchissait les ruisseaux comme s'il eût eu des ailes.

Marcel pensait à l'avenir de cet enfant, et se disait:

— Puisse le mien lui ressembler!

Après cette réflexion, il appela l'enfant.

— Ludovic! fit-il.

— Mon petit père! répondit l'enfant en tournant sa tête blonde vers Marcel
et l'interrogeant de ses grands yeux noirs.

— Mon cher enfant, reprit Marcel en le caressant, nous partons demain
pour le Limbourg, où l'armée va passer le Rhin.

— Oh! quel bonheur! s'écria Ludovic en sautant de joie et frappant de
ses deux petites mains; je vais revoir mon oncle Georges et M. de Luxembourg
et le roi!

— Vous partez, Marcel? dit Léonore.

— Demain, pour gagner les épaulettes de colonel.

— Vous emmenez cet enfant? un enfant si jeune!

— Je suis fils de soldat! dit Ludovic en relevant avec fierté sa tête
blonde.

— Fils de soldat et de gentilhomme, reprit Marcel, sa place est dans
un camp, près de M. de Croisille, près de moi. Demain nous partons ensemble,
la guerre sera son éducatrice. Le duc de Luxembourg et le prince de Condé
nous attendent.

Les traits du jeune Ludovic rappelaient déjà l'expressive et charmante
physionomie de M. d'Armentières; il avait à la fois les yeux fiers et caressants
d'Herminie, et le profil sympathique et franc de son père.

Cet enfant était le fils du comte Ludovic d'Armentières et de notre héroïne,
Herminie de Breteuil.

La duchesse de Glandèves, on le sait, s'était faite carmélite. La douleur avait passé sur le beau front de cette femme et une tristesse invincible était répandue comme un voile sur ses traits ; les austérités de la religion, le silence du cloître et la prière avaient plié cette âme déchirée par l'amour ; elle s'était inclinée sous la main de Dieu, et celui qui l'eût vue, blanche et recueillie, paisible et sereine, eût compris que madame de Glandèves n'avait emporté du monde qu'un cœur épuré par le pardon et qu'un esprit plein de miséricorde.

La Lionne de Paris était comme la Madeleine lorsqu'elle eût essuyé de sa chevelure les pieds du Sauveur.

FIN

www.ingramcontent.com/pod-product-compliance
Lightning Source LLC
Chambersburg PA
CBHW061445030726
47503CB00005B/1576